KB136327

牟山漫筆 2

수우당 수필선 003

시인 이월춘의 세상읽기

牟山漫筆 2

이월춘 산문집

수우당

글을 쓴답시고 세상을 돌아다니며 가족들을 괴롭힌 죄가 실로 크다. 그러다 돌아보니 마흔 해가 넘었다. 시집 일곱 권, 시선집 한 권, 문학에세이집 한 권, 편저 두 권을 내었으나 산문집은 처음이다. 문단 생활한 지 꽤 오랜 세월이라 시간이 맞지 않은 글도 있고, 미숙한 글도 많아 추리고 또 추려서 내놓는다.

책 이름은 '시인 이월춘의 세상읽기 모산만필 2'. 5년 전에 낸 문학에세이 '모산만필'에 이어 넓은 의미로 두 번째 산문집이 된다.

그런 한편으로 걱정도 많다. 빅데이터니 AI니 하는 4차 산업혁명 시대에 출판공해를 더하는 것은 아닐까 하는 생각 때문이다. 그러나 용서하시라. 평생을 글과 함께 해 온 시간을 정리한다는 개인적 욕심을.

지난해에 38년여의 교직 생활을 마무리했다. 대학 졸업과 군을 마친 후 바로 진해남중학교에 입사하여 줄곧 학교법인 성주학원의 일원으로 보냈으니 제법 의미를 부여해도 괜찮겠다 싶다. 법인 역사상 오로지 평생직장으로 삼은 이는 내가 처음인 것 같다. 사람살이에 어찌 천신만고가 없었겠냐만, 결혼하여 가족을 이루고 자식들 가르쳐 사회적 역할을 하도록 키웠으니 뭐 그리 섭섭할 일도 아니라는 친구들의 격려에 힘을 얻는다.

그래도 아쉬움이 없을 수 있겠는가. 좀 더 열과 성을 다했으면 제자들 한 명이라도 더 잘 키웠을 테고, 가족들이 화평했을 것이고, 내 문학도 더욱 풍성했을 거란 후회도 크다. 다 공부가 부족해서 그런 것이다. 앞으로도 책을 놓지 않아야 할 구실이 생겼다.

이렇게 한 사람의 교육적, 문학적 삶이 그런대로 마무리될 수 있도록 도와준 사람이 많다. 아내와 아들, 딸, 형제들, 진해남중과 진해중앙고 선생님들, 문우들, 친구들, 선후배들 모두 참 고맙다. 앞으로 그들에게 진 빚을 갚는 마음으로 살아야겠다.

진해남중 운동장에서 바라본 장복산은 언제나 말이 없었다. 그러나 오래 그래왔던 것처럼 나는 그의 말씀을 듣는다. '모산, 수고했네. 건강하시게.'

우리나라 사천삼백오십사 년 여름
이월춘 절

[차 례]

1부

2부

3부

4부

1부

진해 문화의 등대 흑백다방

4월에 / 4월에 / 진해로 오시오 // 작은 새 마냥 / 훨훨 / 마진고개
를 넘어 // 당신의 / 지순한 사랑 / 흐드러지게 피어 있는 / 내 고장
진해로 오시오   (황선하의 시 '4월에' 중에서)

모산 선생

이 시를 기억하겠지요. 생전에 황선하 시인과 흑백다방에서 커
피를 마신 후, 분분히 떨어지는 벚꽃잎 아래 앉아 막걸리를 마시
면서 나직하게 읊조리시던 시인의 단아한 모습까지도요. 어제는
유택렬 선생님께서 돌아가신 후 자주 가지 않았던 흑백다방엘 갔
었지요. 오랜만에 아내와 흑백의 커피를 마시겠다는 마음이었습니
다. 아무도 없는 초저녁의 공간을 따님이신 경아 씨가 지키고 있
었습니다. 반가웠지요. 나는 흑백과 인연이 많은 이들 중 하나에
불과하지만 경아 씨는 그런 인연들을 다시 끌어안으려 애쓰고 있
었습니다.

요즘은 여러 곳에서 수많은 벚꽃을 볼 수 있지만, 사람들은 그래도 벚꽃 하면 진해를 먼저 떠올릴 것입니다. 올해로 40년이 되는 군항제의 명성 또한 그러하지만 말이오. 예년보다 따뜻한 날씨 탓에 올해는 군항제를 열기도 전에 서둘러 꽃이 피고 있지만, 확실히 진해의 사월은 벚꽃을 빼고는 무엇 하나 제대로 이루어지질 않는가 봅니다. 그래서 황선하 시인은 진해의 벚꽃을 '당신의 지순한 사랑'이라 명명했는지도 모르지요. 연분홍 꽃잎들에서 아름다움과 아련한 추억들을 읽어내신 것은 아닐까요.

　그러나 모산 선생, 진해는 벚꽃 말고도 특별한, 아주 특별한 고유명사가 하나 있지요. 아시다시피 〈흑백다방〉입니다. 어떤 형태로든 진해와 문화예술적 고리를 하나라도 가진 이라면 그들의 하드웨어 디렉토리에 흑백다방이라는 추억과 열정을 보관하고 있을 것입니다. 또한 해군 사관 생도 시절을 보낸 이라면, 대학이 없는 진해에서 흑백다방의 커피와 음악을 추억하지 않을 이가 없을 것입니다.

　1955년 '칼멘'으로 시작된 흑백의 역사는 올해로 47년이 되었고, 내일은(2002. 3. 23) 진해극단 '고도'에서 기념으로 '정혼'을 공연한다는군요. 생각나지요? 조용한 눈길로 커피 시중을 하시던 사모님의 모습과, 피아노 선율에 취해서 지그시 눈을 감고 앉아 계시던 유택렬 선생님의 모습, 누구는 이런 흑백을 진해 문화의 등대라고 표현했지만 어떤 형용사로도 다 담아서 그려낼 수는 없을 것입니다.

예술적 공간이라곤 없었던 시절, 미술 전시회, 연주회, 시낭송회, 연극 공연 등등 진해의 문화사랑방 역할을 해온 곳 흑백다방, 더 이상 흑백은 고유명사가 아니라 진해의 특별한 보통명사가 되었습니다. 서른다섯 평의 그리 넓지도 않은 공간, 진해 유일의 클래식 다방, 오래된 목조 가옥에 흑과 백의 심플한 채색 거기다가 2층엔 선생님의 화실이 있었지요. 지금도 경아 씨가 사용하면서 아버지의 체취를 그대로 두고 있다고 하더군요. 인근 도시의 예술인들은 누구나 진해에 들르면 커피 한 잔과 클래식 음악을 즐기면서 흑백만의 고즈넉한 분위기와 사람들을 만나곤 했지요. 확실히 흑백은 음악과 미술과 시가 하나가 되었던 공간이었습니다.

한 달에 한 번씩 약 서른 번쯤 진행되었던 '진해와 진해사람들의 시' 행사 때의 모습도 잊혀지지 않을 겁니다. 창원, 마산을 비롯한 인근 지역의 문인들을 초청하고, 황선하, 방창갑, 배기현, 강종칠, 정일근, 정이경, 김승강 시인들의 낭송 모습과 진해예총 식구들, 시민들, 그때 우리는 행복했습니다. 모든 게 열악했던 진해의 문화 지킴이였던 흑백다방에서 우리는 삶의 힘과 문화적 자양분을 얻었던 게지요.

모산 선생

유택렬 선생님이 누구십니까. 3년 전에 타계하신 진해의 대표적 서양화가, 한국전쟁 때 월남하여 많은 예술인들과 흑백다방에서 예술 담론을 펼치기도 하셨고, 진해중고를 비롯한 여러 학교에서 후학들을 키우신 한국적 서양화가. 고인돌, 부적, 단청, 떡살, 민화에서 우리 고유의 멋을 재발견해내는 작업을 일관되게 추구해 오셨던 분. 서양식 비구상으로 표현하였지만, 내용은 한국의 영혼과 사상이라는 화단畵壇의 평가를 받아오셨던 분. 그분이 아니었다면 흑백의 의미가 어떠했을까요.

이제는 그분이 쥐고 계셨던 흑백다방의 큰 줄 하나를 따님이신 경아 씨가 받아쥐고 흑백의 이름과 가치를 이어가고 있었습니다. 사실 선생님 내외분이 모두 돌아가셨을 때 사람들은 피아니스트인 경아 씨가 진해에 남아 있을 것이라고 생각하지 않았습니다. 그러나 그 부모에 그 딸이랄까요. 그는 진해에 남았습니다. 그것도 그냥 남은 게 아니라 부모님의 그 정신을 그대로 이어받아 다시금 흑백다방의 부활을 진두지휘하고 있었습니다. 그는 알고 있었습니다. 진해에서 흑백의 존재가 어떤 의미를 갖는 지. 그래서 자신이 해야 할 일이 무엇인지. 어떻게 해야 하는지를 모두 알고 있었습니다. 흑백을 지켜야 한다는 사명감을 껴안고, 떠나간 문인과 화가 등 예술가들을 다시 불러들이는 것을 자신의 몫으로 생각하는 그는 여전히 당당하고 밝아 보였습니다.

　이제는 진해도 많이 변했습니다. 1993년 시민회관이 생기고 시내 곳곳에 문화예술 행사를 열 수 있는 공간이 생기면서 우리들의 흑백은 문화예술인들의 전시 행사 공간의 역할과 문화사랑방 역할을 충분히 해오지 못했답니다. 물론 그해에 사모님께서 돌아가시기도 했지만 그만큼 진해의 예술인들이 흑백을 자주 들락거리지 않았다는 말도 되지요. 그러나 저는 보았습니다. 그리고 느꼈습니다. 바야흐로 흑백다방 제 2세대가 시작되고 있는 것을요. 경아 씨는 벌써 10년째 개인 연주회를 열고 있었고, 진해 극단 '고도'의 진용 소극장 역할, 한밤의 피아노 연주회, 매월 첫째 토요일 저녁 8시마다 해설이 있는 음악 감상회 등을 열어 과거와 현재를 거쳐 미래의 흑백다방을 힘차게 열어가고 있었습니다. 또 인터넷으로도 흑백을 열어놓고 있었습니다. 흑백을 추억하거나 흑백을 사랑하는 사람들의 모임 〈SINCE1955 흑백〉(가입 방법 : korea.com에 회원 가입 후 커뮤니티-메일클럽-흑백)이지요. 오늘 아침에 바로 저도 가입했습니다. 들어가 보니 낯익은 분들도 많았고, 벌써 회원이 100명이 넘었더군요.

　모산 선생
　모든 것이 급변하고 있는 시대입니다. 사람도 그렇고 과학기술이며 사람살이의 문화까지도 그렇습니다. 빠르게 변하는 것이 미덕으로 칭송받는 시대지요. 그러나 모두가 그래서는 안 되는 게 아닐까요. 빠름이 있다면 느림도 있는 게 자연스럽지요. 나는 느림의 미학을 느끼고 싶습니다. 조화의 삶을 꿈꾸고 싶습니다. 흑과 백의 단순한 조화가 아름다운 곳, 흑백다방의 커피맛은 빠르게 변하지 않았으면 좋겠습니다. 아직까지 흑백다방의 커피맛은 분명 고전적이었습니다.

*2021년 현재 '문화공간 흑백'은 창원시의 근대문화유산으로 지정되었고, 리모델링을 거쳐 1층은 흑백다방으로 운영되다가 다시 공연과 전시 공간으로, 2층은 유택렬미술관으로 운영되고 있다. 이제 진해에 흑백다방은 없다. 그리고 작년에 '피아노가 아니면 아무것도 아닌 여자' 유경아가 세상을 떠났다. 54세의 젊은 피아니스트, 안타깝고 또 안타깝다.

마지막 잠수

- 고 한주호 준위를 기리며

　8년밖에 안 됐는데 벌써 다 잊은 건 아닌가 싶다. 2002년 6월 29일, 한국이 세계 4강에 진출한 한일 월드컵의 열기가 하늘을 찌르고 있을 때였다.

　우리 해군 6명(윤영하, 한상국, 조천형, 황도현, 서후원, 박동혁)이 전사하고 18명이 부상했으며, 참수리357호가 침몰한 제2연평해전이 일어났다. 온 나라가 월드컵 바람에 휩싸여 있었다지만, 국군의 수반인 김대중 대통령은 북한을 자극하지 않는다는 미명 아래 전사한 병사들의 장례식조차 참석하지 않고 일본으로 월드컵 행사에 가버렸고, 군의 책임 있는 상급자들 또한 아무도 참석하지 않았다. 물론 그 뒤를 이은 노무현 대통령도 이들에 대한 대접이 별반 다르지 않았다. 대북 햇볕정책 때문에 두 대통령이 어쩔 수 없었다는 상황은 이해하지만 이건 아니다 싶은 마음 어쩔 수 없었다.

　국가의 대접이 이렇다면 누가 나라와 민족을 위해 목숨 바쳐 싸우고 싶겠나. 육십 년 전, 육이오 한국전쟁 때 전사한 병사들의 유해를, 막대한 예산을 들여가며 찾아내 본국으로 데려가는 미국을 보라. 국가는 국민에게 믿음을 주는 존재가 되어야 한다. 그것은 사소해 보이는 일 하나라도 국민을 감동케 하는 데서 시작된다.

다만 이명박 대통령은 앞의 두 대통령과는 정책과 노선이 다르기 때문인지 정반대의 길을 걷고 있다. 여섯 명 전사자들의 이름을 딴 해군 함정을 진수해 우리의 바다에 배치하고 그 애국정신을 기리고 있어 김대중, 노무현 대통령과는 대조된다 하겠다.

나라의 힘은 아무렇게나 나오는 건 아니다. 국가와 민족 앞에선 너와 내가 따로 없어야 한다. 분열과 갈등이 무슨 말인가. 나와 내 편만 무조건 옳고 좋은 사람이며, 너와 네 편은 무조건 그르고 나쁜 놈이라는 이분법적 편 가르기의 끝은 어디일까. 역사에게 물어볼 필요도 없다. 공멸일 뿐이니까.

지역을 가르고, 이념을 가르고, 세대를 가르는 일은 이제 접어야 한다. 이제 경제적으로 어느 정도 잘살게 되었으니 정신적 생활 수준을 향상시켜 보다 참된 삶을 살아보아야 하지 않겠는가. 신발과 옷을 만드는 공장의 사장과 주주들은 나쁜 사람이고, 노동자와 가족들은 착한 사람이니 사장과 주주보다 노동자늘이 살사는 사회를 만들어 보자고 어린 학생들을 선동하지는 말자. 공장이 없는데 노동자가 어디 있나. 자본주의 사회에서 자본가가 투자하지 않으면 비자본가인 민중들의 삶에 어려움이 가중될 뿐이다.

장황하게 어쭙잖은 이야기를 늘어놓은 것을 독자들이여 해량하시라. 이 글은 한 사람의 참된 군인정신과 희생정신을 담으려고 시작된 어느 촌부의 작은 마음이다.

천안함 침몰 사건이 일어난 지 벌써 여덟 달이 지났다. 마흔여섯의 우리 해군 장병들이 수장되었고, 그 사람들과 배를 구하기 위해 애쓰던 금양호 선원 아홉 분과 해군 잠수사 한주호 준위의 고귀한 희생을 다시 생각하고자 한다.

고 한주호 준위. 우리 진해의 덕산동에 있는 해군아파트에 살았던, 유달리 해군과 나라 사랑의 정신이 투철했던 군인. 보통 잠수부들은(우리 진해에도 많다) 나이가 쉰이 넘으면 그 직업을 그만둔다고 한다. 내가 아는 분도 지금 조개 캐는 잠수부로 마흔 중반인데 곧 그만둘 거라고 했다. 물에 들어갔다가 나오면 그만큼 회복이 어렵기 때문이라고 한다.

한 준위는 우리 나이로 쉰셋이었다. 그 나이면 은퇴해도 벌써 해야 하는 나이다. 또 그는 곧 전역해서 다른 일을 할 계획을 세워 놓았다고 했던 사람이다. 그런 그가 왜 거기까지 갔을까. 갔더라도 아랫사람에게 시켜도 될 일을 왜 스스로 했을까. 그것도 하루에 몇 번씩 잠수했을까. 전문 직업 잠수사도 하루 두 번 이상은 어렵다는데 말이다. 고통받는 후배들을 한시라도 빨리 구하고자 하는 마음, 그 이상도 이하도 아니었을 것이다. 안타까움 때문에 자신의 나이와 처지도 잊었을 것이다. 그런데 그 갸륵한 잠수가 마지막 잠수가 되다니.

여러 가지 자료와 주위 동료들의 이야기를 종합해 보면 한주호 준위는 참군인임에 틀림없다. 1958년생으로 1975년 해군 유디티(해군특수전여단, Underwater

Demolition Team. 정식 명칭은 UDT/SEAL/EOD다. UDT는 수중 파괴, SEAL은 육해공 전천후 특수타격, EOD는 폭발물 처리를 뜻한다. 히말라야 16봉을 정복한 산악인 엄홍길도 해군 유디티 출신이다)에 자원해 2000년에 준위에 임관되었고, 18년간의 교관 경력과 특공대 팀장, 특임대대 지원반장 등을 거쳤고, 심지어 2009년 3월에는 청해부대 1진 소속으로 소말리아 해적 소탕 작전에 파병되기도 했다.

군인으로서 나서야 할 때면 항상 먼저 실천하는 사람이었던 것이다. 파병 당시 청해부대원들 중 최고령이었다고 한다. 당시 한 준위는 "군인은 국민의 생명과 재산을 보호하는 것이 기본 임무며, 나라가 어려운데 이번 파병이 국민 모두에게 희망을 줄 수 있으면 좋겠다."고 밝힌 참군인이었다. 곧 전역하여 제 이의 인생을 설계 중이었던 사람 한주호.

유디티 훈련이 어떤지 무슨 일을 주로 하는지 진해에 사는 사람들은 잘 알리라. 진해역 앞에는 복개된 도랑이 있고, 그것이 옛 육군대학 앞까지 이어져 있었는데, 유디티 훈련 때는 반드시 이 도랑을 관통하는 과정이 있었다. 그야말로 수채 구멍을 몇 백 미터 기어 나왔으니 그 냄새며, 어둠, 공포 등을 극복하는 훈련이 어떠했는지 새삼 말할 필요도 없으리라.(그런데 요즘은 이 훈련을 하지 않는다. 시민들에게 혐오감을 주고 군에 대한 부정적 인식을 심어 줄 우려가 있기 때문이란다.) 일주일 동안 잠을 안 자는 지옥 주 훈련, 일주일 동안 식량 배급이 끊기는 생식주 훈련, 똥통 잠복 훈련 등등. 이런 모든 훈련 과정을 통과해야 비로소 유디티 대원으로 임관된다. 임관율은 30% 정도밖에 안 될 만큼 훈련이 어렵다고 한다.

모든 교육훈련과 부대 행사에 솔선수범 참여하여 진두에서 후배들을 이끌던 군인 한주호. 2010년 3월 26일 천안함 사고 직후 부대에 소집돼 27일 새벽 백령도로 급파됐다. 그는 30일 함수 부분에서 구조 작업을 펼치다 실신해 미군 함정 감압실에서 치료를 받던 중 오후 다섯 시쯤 순직했다. 그는 천안함 함장실에 실내 진입을 위한 인도용 밧줄을 설치하는 팀에 속해 있었다.

군이 가지 않아도 될 자리였다. 35년간 편히 군 생활을 하지 않은 그의 정신이 그를 백령도로 이끌었던 것이다. 1993년 10월 서해 페리호 사건 때도 그는 어김없이 구조 현장에 있었다. 292명이 사망했던 사건으로 그는 동료들과 시신 184구를 물 밖으로 꺼내는 데 앞장섰다.

부인과 1남 1녀가 있는 대한민국의 보통 가장이었던 한주호 준위. 그의 아들(한상기)도 육군 중위로 복무하다가 전역했다고 한다. 요즘 국회의원이나 정치가들처럼 군 미필은 한 준위에겐 먼 나라 이야기였다. 한식과 일식 조리사 자격까지 딴, 항상 노력하는 군인 한주호. 그를 잊지 말았으면 좋겠다. 고 한주호 준위의 마지막 잠수는 진정 아름다웠다.

문화 단체장을 원한다

　본격적인 지방자치 시대, 문화의 시대를 맞았다. 그러나 작금의 분위기나 출마자들의 공약을 살펴보면 자발적인 참여에 의한 생활 정치의 특징을 갖는다는 지방자치의 본령이 자칫 희미해질 염려가 있어 안타깝다. 여러 말 할 것도 없이 지방자치는 바로 주민들의 '삶의 질' 향상을 최우선적인 목표로 삼아야 한다.

　여기에서 말하는 '삶의 질'을 구성하는 요소는 이루 말할 수 없을 만큼 많다. 우선 인간으로서의 존엄을 유지할 수 있는 최소의 요건들이 충족되어야 한다. 의식주 생활에 불편이 없도록 하는 기반 시설의 확충이라든지, 인간적인 교류를 북돋아줄 사회 활동의 보장이라든지, 자아 실현을 위한 기회의 확대라든지, 자연과의 교감을 늘릴 수 있게 하는 환경의 조성이라든지 그 어느 것 하나 소홀히 해서는 안 된다.

　그러자면 무엇보다 '돈'이 많아야 한다. 그러나 '돈'이 만사형통의 첫째라고 생각해서는 안 된다. 돈은 어디까지나 '삶의 질' 향상을 위한 수단일 뿐, 결코 목적이 될 수는 없기 때문이다. 따라서 지방 정부가 재정 확보를 위한다는 구실로 자연녹지를 훼손하거나 공해를 대량으로 배출하는 기업이나 공장의 유치에 급급한다면 훗날 이를 복구하는데 더 많은 비용을 들이는 우를 범하게 될 것이다. 돈을 만들고 돈을 쓰기 전에 그를 위한 마음의 자세와 분위기를 갖춰야 한다.

그러기 위해서는 시민들로 하여금 사람이 사람답게 산다는 것이 무엇을 뜻하는 것인지 관심을 갖게 해야 한다. 그것이 곧 문화다. 문화의 사전적 의미는 인류가 모든 시대를 통하여, 학습에 의해서 이루어 놓은 정신적, 물질적인 일체의 성과이며, 衣食住를 비롯하여 학문과 예술, 도덕, 종교 등 물질적 문명에 대한 인간의 내적 정신 활동의 소산이다. 아직까지 우리는 문화를 겉치레로 치부하는 경향이 있고, 따라서 그것의 우선 순위를 언제나 낮게 자리매김하는 잘못을 저지르고 있는 실정이다. 이는 문화와 문명을 혼동하는 데서 비롯된다. culture와 civilization을 간단히 구별하면 전자가 인간의 내적 정신 활동의 소산이라면 후자는 생활과 물질면에서 개선, 발전하여 미개를 탈피한 상태를 말한다.

예술과 문화는 삶의 부분이 아니다. 그것은 삶의 질을 이야기할 수 있게 하는 바탕을 만든다. 문화와 예술 다음에 사람다움이 있다. 뛰어난 예술에서 보듯이 문화는 삶에 깊숙하게 뿌리를 내리면서 다른 어떤 인간 활동이 흉내낼 수 없는 독특한 방식으로 우리로 하여금 현실을 제대로 인식케 하고 또한 초월케 하여 좀더 바람직한 방향으로 몸을 움직여 나가도록 근원적으로 충동질하기 때문에 가치를 지닌다. 만일 이와 같은 문화를 소홀히 한다면 그 지방 자치단체는 한마디로 개성과 생기를 잃게 되고 말 것이다.

또한 민족사, 향토사를 존중하는 시행정(市行政)이 필요하다. 어떤 인물들처럼 문화재가 밥 먹여 주느냐는 식의 의식으로는 안 된다. 건물은 번듯하게 지어 놓았으나 그것을 관리하는 전문 인력이 절대 부족하다 보니 진정한 문화 예술 행사가 열리지 못하는 것이 현실이다. 우리 시의 인력을 연수시키든지 아니면 전문인을 특채해서라도 시민회관이 열린 날보다 닫힌 날이 많도록 해서는 안 될 것이다. 문화를 아는 단체장과 예술경영, 예술행정직 등 전문 인력을 양성하고 그를 운용해야 한다.

그리고 향토의 전통문화를 보호 육성하여 그것을 향토 축제인 군항제에 연계하여 향토 풍속을 계승 발전시키고, 향토 축제에 우리 고장만의 개성을 창출해야 한다.

문화생활은 물론 단순히 수동적인 것이어서는 안 된다. 넓은 의미의 교육활동을 통해 습득된 삶을 활용하여 스스로의 정서와 의식을 가다듬어 남과 공유하고 또한 남의 세계 역시 아량을 가지고 살필 수 있게 하는 능동적인 것이어야 한다. 그러기에 대규모의 전시장이나 공연장만큼이나 21세기가 요청하는 평생에 걸친 학습 사회에 걸맞은 근린 문화 시설이 필요하다. 당장의 급부나 환원적

이익만을 생각해서는 안 될 것이다. 문화란 우리의 삶과 따로 떨어진 것이 아니라는 근본적인 생각을 버리지만 않으면 어려울 것도 없다. 지방 자치단체의 장이나 의원들은 바로 이와 같은 의미에서의 문화 의식을 지닌 사람이어야 한다. 아니 지금까지는 지니지 않았어도 괜찮다. 지금부터 그런 단체장들은 문화 의식을 가져야 한다. 다음번 선거가 문제가 아니다. 영원히 남는 문화, 사람을 사람답게 하는 문화, 삶의 질을 향상시킬 수 있게 하는 문화에 중점을 두지 않고서는 안 되기 때문이다.

단체장, 의원, 공무원 그리고 시민 모두가 시급히 문화 의식을 가져야 할 시점이라 생각된다.

문화게릴라 서태지

　한동안 서태지 소동이 계속되었다. 「난 알아요」의 경쾌하고 리듬 있는 한국식 랩으로 우리나라 십대들에게 선풍적 인기를 끌었던 신세대 가요계의 혜성 「서태지와 아이들」. 그들의 출현으로 분명 국내 대중음악은 모든 면에서 획기적인 탈바꿈을 가져왔다.

　그런 서태지와 아이들이 활동을 중단하고 미국으로 가버렸다. 그들은 가 버렸지만　우리 사회에 일파만파의 파장을 남겨 놓았다. 그들이 남긴 것 중에서 나쁜 점이라면 의상이나 랩을 통해 미국의 저질 문화를 단순 모방해 유입하고 그리하여 청소년들의 가치관을 혼란스럽게 하였다거나 광란에 가까운 「오빠 부대」들을 양산해내는 상업적 문화 확산 현상의 선두 그룹 역할을 했다는 점일 것이나, 반대로 좋은 점이라면 랩과 브레이크 댄스 등을 통한 강렬한 실험 정신과 다양한 음악의 창조 작업을 통해 그들만의 독특한 음악 세계를 구축하였고 우리의 전통 국악기를 등장시키거나 통일 문제, 제도권 교육의 모순을 비판하는 사회적 의식의 문제들까지 음악으로 접맥했다는 점, 그리고 가볍고 발랄한 춤과 음악으로 청소년들의 희망과 정서를 노래하여, 갈 곳 없고 쉴 곳 없는 그들을 위로했다는 점에서 가히 「서태지 신드롬」현상을 만연시키고도 남음이 있다 하겠다.

서태지 그룹이 은퇴의 변으로 한 말들을 살펴보면 순수한 음악적 창작 의욕과 현실이 요구하는 상업적 욕망의 딜레마 사이에서 고민하는 현대인의 모습을 보는 것 같아 안타까웠다.

무릇 인간의 삶에 고통 없는 성숙은 없는 법, 그들의 존재 가치는 분명 크고 의의 있는 것이라 할지라도 일견 무책임하고 한편으론 순수하지 못한 해체 소동을 일으킨 그들은 세기말의 정립되지 못한 현재의 우리 사회를 대변하고 있다. 「최고 인기의 정상에서 가장 아름다운 모습으로 남고 싶어」 해체한 그들은 분명 세기말의 문화 게릴라였다.

문학에 위기는 없다

「신문학 1백년」「문학의 해」「문학의 즐거움을 국민과 함께」 등 갑자기 문학이 대접을 받고 있다. 비록 영화 국악 미술에 이은 범국가적 행사로 관제 냄새가 나는 것이지만 문학을 사랑하는 사람으로서 참 반가운 일이다. 그러면서도 한편으론 걱정이 앞서기도 한다. 다른 국가 주도 행사처럼 소리만 요란하고 알맹이는 없는 보여주기 행사에 그쳐 버리지나 않을까 해서다.

문학은 전통적으로 인간의 교양과 감수성을 키워주는 매체로서 중요성을 인정받아 왔다. 인간 정신의 가장 근본적인 면을 다룬다는 점 때문이다. 그러나 오늘날 문학의 존재 의미는 나름의 가치를 지니고 있는가. 영상 문화와 컴퓨터가 문화의 주류를 차지하면서 문자 문학의 쇠퇴는 기정사실화되었다. 일찍이 문화의 중심적 위치에 있던 문학이 영화를 비롯한 다른 예술 장르에 주도권을 넘겨주어 문학의 권위 상실이 우려되는 시점에 우리는 서있다. 거기다가 오락적이고 감각적인 문화와 함께 자란 신세대에게 문학이 과거의 영향력을 가질 수 없는 것도 사실이고, 학교 공부보다 문학 작품을 읽는 것이 삶을 풍요롭게 하는 지름길이라고 가르치는 스승 또한 드물어 가히 문학의 위기를 논하고도 남을 만하다.

그래도 문학을 사랑하는 이는 결코 악할 수가 없으므로 문학을 통해 삶의 감춰진 의미를 깨우치고 살아가는 방법을 터득하는 사람들이 아직은 많을 것이다. 그리고 문학은 시대 정신을 표출하고 작가는 인가의 사표가 된다는 믿음을 끝까지 버리지 않는 이가 많을 것이라는 희망이 있다. 이런 믿음을 바탕으로 문학은 훌륭한 것이라는 명제 아래 자연이나 인간의 운명 등 예술의 영원한 주제를 폭넓은 상상력으로 견지하여 문학의 내적 범위를 심화 확대할 필요가 있다. 문학은 삶이나 세계에 대한 이해력과 현실을 비판할 수 있는 안목을 논리적이면서 정서적으로 키워주는 기능을 가지고 있으므로, 좋은 문학 작품을 읽으면 감동을 받고, 그리하여 인생에 대한 긍정적 생각을 하게 되며 세상과 인간을 바라보는 시야 또한 넓어진다.

끝까지 문학은 훌륭한 것이다. 시대와 사람들이 문학의 위기를 아무리 심각하게 얘기하더라도 나는 대중문화가 범람할수록 순수 문학에 대한 요구와 가치가 더욱 확고해질 것이라는 낙관적 전망에 동의하고자 한다. 폭력이 난무하고 비디오와 만화를 비롯한 저질 추리? 공상? 연애 소설의 홍수 속에서 우리의 청소년들을 지킬 수 있는 유일한 길은 영혼을 울리는 좋은 문학 작품을 읽도록 하는 길밖에 없다. 작가들은 끝없는 자기 연찬과 공부를 통하여 좋은 문학 작품 창작에 힘을 쏟아야 하겠고, 우리들은 그것을 많이 읽어 아름다운 정서를 키우고 그리하여 삶의 질을 끌어올려야 하겠다. 문학에 위기는 없다.

삼십 년의 시간을 읽는다

중고생 때 백일장이나 글짓기 대회에 나다닌 것 말고, 제대로 문학 공부를 할 스승이나 선배도 없던 터에 무작정 문학판에 들어선 것은 대학 때 동인 활동(경남대 갯물동인회)을 하면서다. 그 후 마음 맞는 사람들이 모여 '살어리' 동인 활동을 하면서 시를 제대로 공부해 보자며 술잔깨나 비웠다. 이 모든 것이 다 내 문학의 토양이 되었던 것이리라. 지금까지 왕성하게 활동하고 있는 시인들만 해도 정일근, 이달균, 성선경, 성기각, 성윤석, 정이경, 김형욱, 정완희, 진서윤 등이 있지 않은가.

참 어수선하던 시절이었다. 사월, 오월, 자유, 사랑, 혁명 이런 낱말들을 들으면 어깨에 힘이 들어가던 시기였다. 세월의 풍상과 함께 점점 희미해져 버린, 바쁜 일상에 핑계를 대며 애써 잊었거나 잃어버린 그 마음이여. 어느 구석에서 무슨 귀신이 잡아갈 지도 모르는 나날이었다. 1980년대 초반, 진해에서 선생 노릇하던 나는 같이 근무하던 정일근 시인을 만나 진해의 시문학을 살려보자고 의기투합

하고 있었다.

당시의 진해 문학이란 그야말로 유명무실해서 진해 문단에 큰 족적을 남기신 황선하 시인은 창원에 살고 계셨고, 해군정비창에 군무원으로 근무 중이셨던 유일한 시인 방창갑 시인을 모시고 진해시문학회를 꾸릴 수 있었다.(이제 이분들 아무도 안 계신다) 정이경, 김승강 시인도 합류하여 매주 장소를 옮겨가며 시낭송회를 열었다. 마라톤 타자기로 정일근이 어설픈 프린트 작품집을 만들고, 흑백다방, 목신의 오후, 오비깡통 같은 곳에서 참 줄기차게 시를 갖고 놀았다. 그래도 좋았다. 그 풋풋한 시적 정서라니.

그러다가 1985년 정일근이 실천문학과 한국일보 신춘문예로 등단하면서 진해의 문학은 전기를 맞게 된다. 나는 정일근의 소개로 당시 '지평'으로 활발하게 활동하고 있던 이상개, 임수생, 최영철, 류명선, 허철주, 최규장 시인 등 부산의 시인들을 만나게 되었고, 지평 5집에 신작시를 발표하였으며, 그동안 써 두었던 시들로 류명선 시인이 하고 있던 '도서출판 시로'에서 첫 시집 '칠판지우개를 들고'를 발간하게 되었다. 시집의 삼 분의 일 정도는 학교 현장의 시여서 교육 문제에 관심이 증폭되던 시기라 약간은 주목을 받았던 것 같다.

아무튼 이 일로 인해 진해에서는 '부산경남젊은시인회의'를 결성하여 창립 행사를 1박 2일 동안 진행하였고, 내 시집 출판기념회를 지금은 없어진 우일예식장에서 열어 부산 경남의 많은 문인들이 한

자리를 하게 되었다. 아마 진해에서는 처음이었던 출판기념회였을 것이다. 참 많은 시인들이 진해에 왔고, 속천에서 육대 앞까지 온 시내를 누비며 시와 문학과 시대를 나눠 마셨다. 그리하여 경남문인대회를 열었고, 작은 도시 진해에서 겁 없이 많은 행사를 열었다. 아마 이 이야기를 듣는다면 돌아가신 방창갑 시인도 흐뭇해하실 것이다. 할 이야기는 많지만 다음에 기회가 있을 거라 보고 진해문단 이야기를 이어가자.

오래 전에 진해문인협회가 있었지만 그 맥이 끊어져 있었던 현실에서, 정일근은 문예지와 신춘문예의 당선으로 진해 문학의 부활을 알리는 불씨를 제공했던 것이다. 그런 열의가 매월 열었던 시낭송회인 '진해와 진해사람들의 시'로 연결되었고, 많은 시인들이 진해를 찾아 시낭송회에 참여했고, 뒤풀이까지, 그야말로 문학의 향기가 진해를 채우고 있었다.

이전까지만 해도 진해 문학은 진해 예총 행사의 한 부분에 불과했지만 당당하게 진해문협만의 독자적 행사를 치러내게 되었다. 군항제 백일장 때는 인근의 문인들이 대거 찾아와 그 위상을 높였으며, 시낭송회나 문학의 밤 행사에는 명망 있는 문인들을 초대해 수준 높은 문학강연으로 시민들의 호응을 이끌어냈다.

그런 만큼 진해 문학도 외양을 넓혀나갔다. 윤용화 시인이 시집 '파랑새를 위한 노래'를 펴냈고, 정일근도 첫 시집 '바다가 보이는 교실'을 발간하였으며, 군항제 백일장, 가을 문학의 밤 등 각종 행사도 활발하게 진행하여 지금에 이르고 있다. 이제 진해 문학을 이끌었던 선배 문인들은 다 돌아가시고(이민형, 김정환 두 분도 가셨다) 후배들이 뒤를 잇고 있지만, 진해문학을 24호까지 발간하는 등 더욱 단단해진 진해 문단이 되고 있어 흐뭇하기도 하다.

지금도 나는 부산에 가면 그때의 인연으로 류명선 시인이나 후배인 김성배 시인 등을 만나, 그 시절 어깨동무를 하고 술집 순례를 했던 대청동, 중앙동, 자갈치 골목으로 간다. '양산박'의 그 분위기에, 누가 술값을 냈는지도 모르고 어울리는 친근감, 전두환 군부독재 시절의 그 어둠을 향해 바락바락 악을 썼던 기억이 새롭다.

울산으로 가서 노동 문학의 바다에 빠지기도 하고, 삼천포로 가서 와룡산의 전설에 젖기도 하면서, 농촌의 현실과 아픔을 밤새워 다독이던 그 마음으로 다시 살고 싶다.

민주와 반민주의 구도는 끝났지만, 선거가 닥치거나 정치적으로 첨예하게 부딪치는 국면이 되면 반드시 되살아나는 오늘의 현실, 경직된 선악 이원론이 얼마나 위험한 사고인지 모르는 것 같아 안타깝다. 이렇게 되면 뭔가 굉장히 어색해지고 현실과 안 맞는 이야기를 반복하게 된다. 시대의 흐름에 그만큼 뒤떨어져 있다는 걸 이제는 인정해야 할 것이다. 단순 논리를 벗어난 스케일이 큰 상상력은 도대체 어디에 있는 걸까. 하루키의 '해변의 카프카'를 다시 읽고, 신작 '색채가 없는 다사키 쓰쿠루와 그의 순례의 해'를 기다려야겠다.

그러나 나는 지금 행복하다. 적어도 문학적으로는. 아직도 그때의 친구들이 가까이 있으니 말이다. 리얼리즘이라든지 노동해방문학 이론 등을 접하면서, 나름대로의 현실에 대한 해석을 스스로 내리고, 현실에 대한 부정과 타인에 대한 부정의 바다로 헤엄쳐 가던 시기. 교육 문제도 파울로 프레이리의 '페다고지'에 빠져 한 곳만 무작정 바라보았지만 괜찮다. '난쏘공', '전환 시대의 논리', '팔억 인과의 대화' 같은 책, 아니지 개중에는 프라이의 '비평의 해부'라든지 웰렉과 워렌의 '비평의 원리', 현상학, 김현 평론집, 김수영, 신경림, 김명인, 고은, 이선관 시인의 시집 등 닥치는 대로 읽었던 책들과 그 마음들을 지금도 사랑하니까.

최영철 형 말마따나 이젠 '늙은시인회의'라도 해야 옳겠다 싶다. 하늘 모르던 열정과 끼가 아까워서 하는 말이지만.

삼양다방과 흑백다방

전주의 옛 도심인 경원동에 삼양다방이 있었다. 필자도 1986년에 한 번 들러본 곳이다. 1952년 문을 열었으니, 1955년인 진해의 흑백다방보다 먼저다.

우리나라 다방 중에서 가장 오래된 다방이라는 기록을 갖고 있었다. 삼양다방도 흑백다방처럼 오랜 세월 동안 지역 문인과 예술인들의 사랑방이었다. 미술전, 시낭송회 등 각종 행사가 열렸고, 젊었거나 늙었거나 만남의 장소 또한 자연스럽게 정해지던 곳이었다.

30여 년 전에 갔을 때, 역사나 분위기나 역할 같은 것은 흑백다방과 비슷하다 여겼는데, 흑백다방과 다른 점은 많은 예술인들의 작품이 다방의 벽면을 장식하고 있었다는 것이다. 또 흑백다방은 클래식 다방이라는 점에서 최백호의 노래 '낭만에 대하여'에 나오는 옛날식 다방이었던 삼양다방과 달랐다.

주인이 서양화가였기에 주인의 작품이 주로 걸려 있었던 흑백다방과는 달랐던 것이다.

그 삼양다방이 지난 2013년 6월에 문을 닫았다고 한다. 올해 예순여섯인 이춘자 씨가 물려받아 이십여 년 동안 운영해 왔다는 삼양다방은 문 닫기 직전까지 커피 한 잔에 이천 원, 단골은 천오백원으로 이십 년 전 가격이었다고 한다. 건물주가 바뀌어 건물 전체를 리모델링했기 때문이라는데 말도 안 된다는 생각이다. 전주시는 무얼 했다는 말인가. 지방자치제도가 정착되어 가는 지금, 사람들이 너무 정치논리에 매몰되어 성과 위주의 정책만 따르는 것은 아닌지 돌아보아야 할 것이다.

진해 흑백다방도 운영상의 어려움 때문에 문을 닫은 지 몇 년이 흘렀다. 우리 진해의 유일한 문화의 아이콘인 흑백다방, 아니 창원 지역 전체를 돌아보아도 이만한 가치를 가진 곳은 없다. 그런 곳을 아무런 대책 없이 문을 닫게 만들다니. 나는 흑백다방이 문을 닫던 날 정말 슬펐다. 주인이자 운영자인 피아니스트 유경아를 정말 미워했다. 아버지의 유지를 받들어서라도 흑백다방은 유지되어야 마땅한 일인데, 문을 닫아버린 것은 어떤 이유로도 설명될 수 없다.

진해의 흑백다방도 그렇지만, 삼양다방 얘기를 듣고 보니 안타깝기 그지없다. 왜 우리는 돈이라는 거대 논리 앞에서 무조건 좌절하고 마는지, 지방자치단체는 무얼 하고 있는지, 그 지역의 문화적 자산을 이렇게 허무하게 묻어버려도 되는지, 이렇게 역사 앞에

죄를 짓고 살아도 되는 것인지 되묻지 않을 수가 없다.

진해의 흑백다방도, 전주의 삼양다방도 부활했으면 좋겠다.

*이 글을 쓴 후에 들은 소식이다. 전주의 삼양다방은 지역민들의 도움으로 건물을 리모델링하여 다시 문을 열었다고 한다. 문화와 교육의 도시 전주답다. 흑백다방도 창원시의 근대문화 사업의 일환으로 2018년 리모델링해 2층은 유택렬미술관, 1층은 전시공간으로 운영하고 있으나 흑백다방은 없다.

성악가 조수미 예찬

소프라노 조수미, 나는 그를 모른다. 또 음악에도 별로 아는 것이 없다. 외국에서 오랫동안 활동해온 한국인 성악가라는 것 말고는.

며칠 전 〈꽃. 사랑. 새. 고향〉을 주제로 내걸고 서울 '예술의 전당'에서 독창회를 가졌는데, 서울은 너무 멀었고 그를 알지도 못했으므로, 서울에서 행해지는 여느 예술행사들처럼 그냥 지나갔다.

그런데 엠비씨에서 독창회 실황을 녹화 방영 했다. 음악에 대해 아는 것은 없어도, 우리 가곡 듣는 것은 즐기는 편이라, 가뭄에 콩 나듯 우리 고장에서 열리는 음악회에는 거의 안 빠지고 가서 들었는데 그때마다 음반 감상보다는 썩 괜찮다고 생각했고, 텔레비전 감상이지만 괜찮을 것으로 생각되어 보기로 했다.

소매통이 넓은 흰색 꽃무늬 블라우스에 청록, 연두, 남색의 삼단 치마, 좀은 짙은 화장의 조수미는 금난새 지휘의 코리안 심포니 오케스트라와의 멋진 호흡을 바탕으로 그 풍부한 예술적 감정을 유감없이 발휘했다. 능숙한 외국어 실력이 자랑이라는 그가 오랜 외국

생활에도 불구하고 가고파, 고향, 진달래꽃 등 고향과 사랑의 냄새가 물씬 풍기는 우리 가곡을 열창할 때는 무덤덤한 마음조차 자연스럽게 열리는 것을 어쩌지 못하였다. 그는 아름다웠다.

　우리의 정서, 그 뿌리를 바탕으로 한 저런 예술가가 진정한 예술가가 아니겠는가. 이런 나를 편협하고 이기적인 민족주의적 태도라고 나무라더라도 내 어찌 감수하지 않으리. 성악가 조수미는 위대하다. 그리고 나는 서울에서 살고 싶다.

성性의 상품화

여성의 성性 상품화 시대를 지나 오늘날은 남성의 성 상품화도 다 반사인 시대다. 성은 숭고하고 자연스러운 것이며, 아름다운 것이라는 의미를 넘어 물질 문화 숭배 시대에 맞게 성도 돈의 기준과 가치로 판단하고 이해한다. 사람들은 성을 통해 자신의 정체성을 확인하려는 노력보다는 돈만 내면 누구나 편안하게 가질 수 있는 상품화된 성에 길들여져 있다. 즉 성이 포장되고, 돈으로 사고 팔며, 인간의 정체성과는 거리를 둔 우리의 사회 현상을 아무런 인식의 검증 없이 받아들여 살아가고 있다는 말이다.

청소년들이 학교에서 예사로 누드 사진이나 에로물을 보고 있고, 집을 나서면 어디에서나 쉽게 개방된 성을 만날 수 있으며, 잡지나 비디오테이프, 컴퓨터를 통해 다양하고 보편화된 성을 별다른 제약 없이 접할 수 있다면 아직은 전통적인 성 윤리가 사회를 감싸고 있는 우리 현실에서 일어날 여러 가지 문제들은 말할 필요도 없이 심각한 수준이라 할 만하다.

신문 사회면을 채우는 우리 이웃의 심각한 문제들도 대부분 성의 문제로 인한 추하고 병적인 내용들이다. 그 바탕에 깔려 있는 갖가지 현상들은 성문화가 개방되고 자기 주장이 확실한 신세대가 등장하면서 가치관이 달라졌다는 문화적 차이를 나타낸다. 은근하고 숨기는 것이 전통적으로 아름답다고 생각하는 성문화에서 좀더 직설적이고 대담한 성문화로의 전환을 의미한다. 그 구체적인 예로 아직 일부이긴 하지만 요즘 각 비뇨기과 의원에서 남성의 품질 보증서인 「성 기능 진단서」를 떼러 오는 남성들이 늘어나고 있다는 것을 들 수 있다.

성병이나 수태 능력 등 종합검진 클리닉에서 세태에 걸맞은 역할을 해내고 있는 것이다. 성 기능에 문제가 있으면 이전에는 여성들이 들어내 놓고 그것을 문제시하지 않았으나 지금은 그것을 구실로 떳떳하게 이혼을 청구할 정도가 되었고, 부부간의 문제를 침실에서도 당당하게 제기할 수 있는 시대가 되었다.

이런 현상들은 무엇으로부터 비롯되는 것일까? 사회구조, 시대 풍조, 탈이데올로기 시대의 개성 추구 주의, 동구의 몰락으로 인한 중심 이탈 현상……

모두 일리는 있는 이야기다. 그러나 그런 이유들 이전에 그 모두를 만들어내는 자기 자신에 대한 정체성의 상실이 가장 큰 문제가 아닐까? 자기 자신을 잃어버린 인간에게 더 이상 기대할 수 있는 것은 없다. 역사적 문화적 전통을 가진 민족이라면 민족다움을 영원히

갖기 위한 주체적 정신을 배양하는 제도적 장치가 마땅히 있어야 한
다. 그것은 교육이다.

옷 벗기는 연극

사람에게 가장 재미있는 것은 무엇일까? 그것은 싸움 구경이다. 싸움은 인간의 본능을 가장 단정적으로 드러내 주는 행위인데 이 것을 즐기는 것 또한 본능의 다른 한 모습이다. 이 싸움 구경의 재미를 위해 인간이 만든 것은 너무도 많다. 복싱 등의 각종 스포츠, 오락, 예술 등등. 연극 또한 그 싸움 구경의 재미를 위한 하나의 문화양식인 것이다.

한때 연극을 보거나 만드는 사람들이 유식한 사람으로 대접받았던 시절이 있었다. 말도 안 되는 이야기지만 그래서 배우가 되기도 하고, 연출자가 되기도 했다. 이것은 바로 앞서 말한 연극의 본질을 모르는 까닭이다. 한 편의 연극을 본다는 것은 고상한 취미가 아니라 영화 한 편, 월드컵 축구 한 경기를 보는 재미와 넓은 범위에서 같다는 것을 알아야 한다.

요즘 연극이 옷을 벗긴다고 야단이다. 물론 어제오늘의 이야기는 아니지만, 이런 문제 또한 연극의 근본적인 본질을 다시 생각하게 한다. 등장 배우들의 속옷을 벗겨 세인들의 촉각적인 관심과 더불어 외설적 욕구의 공개적 충족을 꾀한다는 비난을 받고 있다. 몇몇 평자들이 여러 매체를 통해 찬반대립적인 논쟁을 하고 있으나 아직 반대쪽이 우세한 것 같다. 이러한 논쟁은 결론이 없는 법이다. 옷을 벗기는 것이 바로 재미를 주는 것이기 때문이다.

연극은 옷을 벗겨야 한다. 배우의 옷이 아니라 세상의 권위, 권력의 타락과 부정 등을 끊임없이 벗겨내야 한다. 우리의 삶과 현실 그리고 우리들 자신의 의식이 걸치고 있는 경직되고 고정화된 정체성의 옷을 벗기는 것은 보다 발전적이고 변화된 다른 옷을 입히겠다는 미래지향적인 의미까지 포함된 참연극의 길이요 역사가 아닌가. 이런 옷 벗김은 연극뿐 아니라 모든 예술이 나아가야 할 길이다.

젊은 시인의 시집

　지난 오월 초순 한 젊은 시인의 시집을 받았다. 최영철의 두 번째 시집 〈가족사진〉.

　무기력증에 빠지기 쉬운 계절에 건강하고 단단한 시를 읽는 일은 즐겁다. 증정시집을 받으면 특별한 일이 없는 한 그날로 다 읽는 버릇이 있는 나는 〈가족사진〉을 읽으며 현실에 근거한 싱싱한 상상력과 시 정신에 찬사를 보냈다.

　독자를 위해 좋은 시 한 편 남기는 즐거움이 어떠한 지, 시를 써 본 사람은 다 알겠지만 그 즐거움을 위한 시인의 현실 인식과 그에 따른 고뇌를 읽어내지 못한다면 도리가 아닐 것이다.

　시인 최영철, 그의 말대로 우리는 '무광'의 시대를 살고 있다. '유광'의 세상은 갔지만 여전히 거친 삶을 엮어가고 있다. 그렇다 하더라도 우리의 정신만큼은 '무광'을 닮아서는 안 된다는 시인의 말, 바라보는 시선과 그 속의 의식은 윤택하고 빛나야 한다는 시인의 노래를 들었다. 즐거웠다.

많지 않은 세월을 살아오면서 여러 선후배 동료 문인들로부터 작품집을 증정 받아왔다. 작품집을 보내는 사람은 수신인의 이름, 주소도 써야 하고, 우표를 붙여 우체국에 가야 하는 수고를 한다. 그 성의에 조금이라도 감사한다는 마음을 가진다면 며칠 내로 편지를 써 보내는 것이 도리일 것이다. 그러나 살다 보면 차일피일 미루기 일쑤고 그러다 보면 잊어버리게 되는 경우가 많다. 수많은 번민과 고뇌의 결과인 작품집을 받고 아무런 인사가 없다면 얼마나 답답하고 무심하다 할 것인가.

젊은 시인의 〈가족사진〉을 받아 읽고서 다시 한번 다짐해 본다. 그에게 편지를 쓰면서 그의 의식을 닮으려 해 본다. 그는 얼마나 아픈 가슴으로 이 시를 썼을까, 그의 마음으로 그의 시를 읽는 자세 갖기를 배운다.

*이 글을 쓴 지 오래 되었다. 최영철 시인은 10여 권이 넘는 시집과 저서를 발간하고 예순 중반의 나이에 들어선 우리 문단의 중진重鎭 시인이다.

행복한 아웃사이더를 위하여

- 박배덕의 그림 이야기

'하늘호수'를 아시는가. 티벳 고원 해발 오천 미터가 넘는 곳에 있다는 하늘호수. 한여름에 눈이 내리기도 하고, 백여 명 남짓의 마을 사람들이 양 떼와 야크 떼를 키우며 사는 곳. 목동들은 휘파 람 하나로 그들을 지휘하고, 말린 야크 배설물을 땔감으로 버터차 와 보릿가루죽으로도 행복하게 사는 곳. 갈색머리갈매기와 야생기 러기들이 알을 낳고 새끼를 키우다가 가을이 되면 히말라야를 넘 어 인도까지 날아가는 곳. 햇빛이 조금만 있어도 광합성이 가능해 서 물속에 산소를 공급한다는 풀 차축조가 호수 속에 뿌리를 내려 살고, 피부를 통해 부족한 산소를 흡수한다는 비늘 없는 잉어과 물고기 '성스러운 사자들'이 헤엄치는 곳. 나는 그곳에서의 '진광 불휘(眞光不輝, 참된 빛은 번쩍거리지 않는다)'의 삶을 그리워한다.

또 벚꽃이 피었다. 온 시내를 도배하듯이 환장하게 피었다. 겨울 이 가고 봄이 와서 꽃이 핀다는 것은 물이 흐르듯 자연스런 섭리 일 터이지만 마음이 자연스럽지 못함을 어쩌지 못하는 이 현상을 어찌 읽어야 하나. 해마다 피는 꽃 앞에서 이렇게 쓸쓸해지기도 쉽지 않다. 이럴 땐 '하늘호수'로 가고 싶은 마음 더욱 간절해지지만 그도 어렵다면 그저 괜찮은 사람과 향이 좋은 차 한 잔 나누는 게 제일이지 싶다. 그 사람이 '眞光不輝'의 박배덕이라면 더 좋지 아니한가.

송나라의 구양수가 梅聖俞詩集序(매성유시집서)에서 "명시名詩는 대개 궁했던 사람들에게서 나오는 것이라며 시가 사람을 궁하게 만드는 것이 아니라, 궁해진 뒤에야 좋은 작품이 나온다."고 한 것은 무언가 갈구하는 사람이 좋은 작품을 쓸 수 있다는 뜻이다. 그림도 이와 다르지 않을 것이다.

늘 넉넉하고 느긋하며 어떤 충격이나 힘에도 꺾이거나 부러지지 않고 휘어지거나 구부러지는 유연성과 여유로 끈질기게 버텨나가는 사람을 우리는 외유내강外柔內剛의 표본 같은 사람이라고 말한다. 내가 아는 사람 중 몇 분이나 해당될까 하다가 서양화가 박배덕을 떠올리는 데는 오랜 시간이 필요치 않았다. 올해 예순 줄에 들었으니 그림에만 매달린 지 그 얼마인가. 거기다가 외손주까지 보았으니 그야말로 할아버지 화가다. 처음부터 끝까지 그림만 그리는 이 사람이야말로 진짜배기 환쟁이(그의 표현을 빌렸다)다.

웅천에 있는 구 진해동중 자리에 위치한 진해예술촌 2층에 가면 그의 작업실이 있다. 간 김에 옆방도 볼 일이다. 한국화를 그리는 허주 장영준 화백의 방이니까. 허주 선생님은 얼마 전에 타계하셨다. 명복을 빈다. 우리 진해에는 제법 많은 화가들이 있지만, 박배덕 만한 분은 그리 흔치 않다. 나는 글을 쓰지 않는 문인을 경멸한다. 일 년에 글 한 편 쓰지 않으면서 문인입네 해싸면서 문학 행사장에 얼굴 내밀기나 하는 사람들 말이다. 화가도 마찬가지다. 모름지기 그림 그리는 사람은 그림으로 말하고, 그림으로 살아야 한다. 프로페셔널의 사전적 의미는 돈을 위해 자신의 능력을 파는 사람이지만 나는 자신이 옳다고 믿는 한 가지 일에 조건 없이, 일견 무모하리만치 도전하고 또 도전하는 사람으로 이야기하고 싶다. 이런 전제가 가능하다면 박배덕은 진정한 프로페셔널이다. 돈이 되고 안 되고는 그 다음의 일이기 때문이다.

　1980년 옛날 육군대학 앞에 있었던 청림화랑 전시회부터 최근의 진해예술촌 전시회까지 정기적으로든 비정기적으로든 개인전을 꾸준히 열고 있고, 단체전이든 초대전이든 빠지지 않고 자신의 세계를 열어 보이는 작가 박배덕. 전시회 때마다 느끼는 것이지만 작품의 재료부터 달라지고, 담아내는 세계가 자꾸 변하는 것이 고무적이었다. 변화는 그의 사색과 공부의 결과요, 내·외적 발전의 징표가 아니겠는가. 평생을 매달리는 일이다 보니 그 내공 또한 상당한 경지에 이르렀음은 더 말할 필요도 없으리라.

　여간해서는 목소리를 높이지 않고 일상성을 견지하는 그이기에, 몇 년 전에는 본의 아니게 맡았던 진해예총 회장직을 스스로 던지면서, "돈도 없고, 시간도 없고, 무엇보다 그림 그릴 시간이 없어 못하겠다."던 말이 그의 그림에 대한 성정을 잘 보여준다. "화가는 그림을 그리는 그 행위만으로도 만족을 해야 한다."며 현실적 어려움은 일부러 저만치 밀쳐두고, "잡히지 않는 그 무엇들을 찾고 또 나타내기 위해 흩어진 점들을 한 점 한 점 모으는" 그가 명예나 물질의 유혹을 견뎌내는 싸움에서 번번이 이길 수 있었던 바탕에는 누구도 부인하기 어려운 그만의 '끼'가 있기 때문이다.

하지만 우리는 그의 그림 작업에 부인의 그림자 내조가 필수였다는 것을 기억하지 않으면 안 된다. 마음이 서로 통하는 친한 벗을 예부터 지음知音이라 불러왔다. 유백아俞伯牙와 종자기鍾子期에 얽힌 고사에서 비롯된 이 말이 나는 그와 부인의 사이에도 그대로 적용된다고 본다. 그렇다면 박배덕은 행복한 화가이다. 종자기는 춘추시대 진나라에서 유명한 음악가였던 유백아의 친구였다. 그는 벗의 거문고 소리만 듣고도 속마음을 짐작할 수 있을 정도였다고 한다. 종자기가 죽자 유백아는 진정으로 자신의 음(音, 마음)을 알아줄 벗이 없음을 한탄한 다음 거문고줄을 끊어버리고 다시는 연주를 하지 않았다고 하는 이야기. 지음이란 자신의 속마음을 알아주는 벗을 이르는 말이 되었다. 최치원이 쓴 '추야우중秋夜雨中'에도 나오는 지음이 곁에서 지켜주는 진해의 화가 박배덕,

나는 그의 아내 말고 또 다른 지음이 그의 그림 여정에 함께 했으면 좋겠다. 그를 진정으로 알아주고, 그의 그림 세계를 말없이 인정해 주는 그림자 같은 사람이 한두 명쯤 있었으면 참 좋겠다.

과욕일까. 과욕이라도 용서하시라. 그래서 그가 참으로 행복한 우리 시대의 아웃사이더로 남아준다면 기꺼이 감수하리라. 그의 그림 속으로 가 보자.

첫 개인전에서 보여준 색조나 선의 강렬함은, 구축적이고 인위적이면서 거듭 칠하기의 속성을 지닌 유화의 서구적 체질을 잘 드러낸다. 그러다가 그의 작업은 감성적으로 변하기 시작한다. 1994년 네 번째 개인전에서는 섬세한 선의 미학보다는 율동적인 그림의 구도가 눈에 띈다. 대금을 부는 남자와 살풀이춤을 추는 여인을 통해 소리와 율동을 의미 연결시키면 꽃들도 정물이 되지 못하고 율동의 대상으로 표현된다는 것을 알 수 있다. 예술은 관념에서 시작하는 것이 아니라 모름지기 대상에 대한 사랑과 갈등에서 비롯되는 그의 소재에 대한 집착과 그것을 개성으로 표출해내는 감성의 언어가 담겨 있었다. 그가 소년기에 바라본 아버지와 어머니의 신산한 삶이 바탕이 된 그의 작품 세계는 이상과 현실의 공존을 꿈꾸는 교감의 장이 되고 있었다.

이제 그의 지속적인 관심은 정신적 깊이를 더해 가면서 재료의 자연성과 함께 직관적이며 무위성에 가까운 표현의 담백함을 담아내는 데까지 왔다. 유화를 주로 그리던 그는 이제 물감 자체를 자연에서 구해온다. 황토와 돌가루 같은 재료를 이용해 자연과의 교감을 드러내거나, 화석을 그려내 역사와 존재에 대한 근원적 물음을 던지는 것이 그것이다. 황토를 이용한 정물이나 풍경화도 율동의 이미지는 드러나지 않고 관조나 달관의 의미가 먼저 읽히는 이런 일련의 작업은 서양적 추상회화가 갖는 한계를 우리의 문화 전통과 정신적 교류를 통해 주체적으로 극복, 자신만의 세계를 구축해나가는 것으로 보인다. 아울러 그의 정신적 지향점이 어디인가를 나타내주기도 한다. 그가 그런 작업을 통해 찾고자 하는 궁극적인 가치도 제 본성의 가장 내밀한 원천으로 돌아가 일체를 포용하는 큰 조화의 세계가 아니겠는가. 안으로부터 은은하게 퍼져 올라오는 빛의 질감과 그늘의 어울림, 자연 재료의 약간은 투박한 색과 질감을 통해 화면에 잔잔한 파문을 만들어 유현한 느낌을 재현, 내면에 고요한 울림을 만들어낸다. 이것은 외적 세계의 번잡한 일상으로부터 내면적인 성숙과 성찰의 공간으로의 이동을 말하며, 정신적 집중과 관조가 가져오는 고요와 평화를 실감케 해주는 역할을 한다.

아하, 이제 박배덕 그림의 의미를 간략히 집어낼 수가 있을 것 같다. 한마디로 정신은 상승하고 물질은 하강하는 것이 아닐까. 내면으로부터 솟구쳐 오르는 생명력의 원초적 힘과 어우러지는 정신의 승화는 그가 나아가고자 했던 바가 무엇인가를 알게 해 준다. 정신의 신선함을 회복하고자 하는 것, 지금까지 그가 화해하지 못하고 갈등할 수밖에 없었던 현실적 고뇌와 슬픔들을 상징적으로 이미지화한 것이다. 바야흐로 그는 내적으로나 외적으로나 모두의 얽힘으로부터 벗어나 자유로운, 포용과 용서와 이해 그 초월의 경지에 들어선 것이다. 그리하여 마음은 모든 문을 활짝 열어 의식을 창조성의 발현으로 모아낼 수 있게 되었다.

행정 명칭으로는 남문동이지만, 우리에게 웅천으로 잘 알려진 동네에 주소를 둔 그는 걸어서 5분 거리의 작업실로 날마다 오르내린다. 지금은 도시개발로 사용치 못하는 양지마을 작업장에는 아직도 그의 많은 작품이 남아 있지만, 옮겨 놓을 곳이 없어 그대로 방치(?)해 두고 있다. 평생을 한 곳만 쳐다보며 달려온 예술가에게 변변한 작업 공간 하나 없다는 것이 마음 짠하다. 적막하기만 한 예술촌 분위기가 마음에 들지 않지만 적잖은 그의 작품들을 만날 수 있어 자주 찾는다. 아무쪼록 그의 작품들을 모두 정리할 수 있는 여건이 만들어졌으면 좋겠다. 그리하여 더욱더 새로운 차원의 작품 세계를 날마다 볼 수 있는 행복을 함께 했으면 좋겠다.

중국 칭다오産 4B 흑연 연필심으로
스으슥 그려 놓은 듯한 옷차림에
약간은 어둡게 빛나는 눈빛,
착 가라앉은 바리톤 음색으로
사람들과 술잔을 기울이는 그는
어느새 내 마음에 꾸욱 방점을 찍어 놓고 간다
침묵으로 구원을 얻는 사람
고통은 언제나 수행자의 반려

세상살이의 길찾기는 절망의 너비만큼

목숨의 무게가 만만찮다는 말씀

삶의 때처럼 말을 버린 사람

산노을에 숨은 꽃잎의 숨결까지 읽어내는 사람

자잘하거나 하찮은 기억이 오래 간다지만

몸보다 마음의 기억이 영혼을 채운다는 말 믿는

(졸시 '박배덕을 추억하며'에서)

*이후 박배덕 화백은 소사동 김달진문학관 앞에 '갤러리 마당'을 몇 년간 운
영하다가 그 위쪽 웅동 수원지 아래로 옮겨 꽃과 설치미술 작품 전시, 체험
관 등을 운영하고 있다.

영화 〈명량鳴梁〉 감상기

갓 지은 산청 흑미 쌀밥에 깻잎 김치로 밥 한 공기 거뜬히 비우고 저녁 나들이길이다. 해안도로를 산책하고 오랜만의 롯데시네마. '진해에 영화관이 생기면 일주일에 영화 한 편은 꼭 봐야지' 했던 다짐이 까마득하다. 괜찮은 영화관이 이리 가까이 있는데도 그 좋아하는 영화 보기가 왜 잘 안 되는지, 이젠 변명도 하기 싫다.

나는 영화관에 가면 팝콘을 먹지 않는다. 그렇다고 먹는 즐거움을 포기하지는 않는다. 다만 아메리카노 큰 컵에 한 잔이면 족하다. 겨울에는 따뜻한 것, 여름에는 아이스 아메리카노. 그런데 영화관에서는 한 잔에 사천 원이나 하니, 아내는 영화관 1층의 편의점에서 천오백 원짜리를 사서 함께 들고 영화관으로 올라간다. 교직원 카드로 영화관람료를 일 인당 이천 원 할인받았으니 커피는 공짜나 다름없다. 한여름이면 금요일에, 그것도 밤 11시 35분에 시작하는 심야 영화를 즐겨보는데 새벽 두 시에 끝나지만 느긋하고 붐비지 않아서 좋다.

1592년 임진년에 왜란이 발생하여 1598년까지, 무려 칠 년 동안 두 번에 걸쳐 나라를 도륙낸 만행을 이순신이 홀로 막아냈다. 23전 23승. 역사는 그런 그를 영웅이라 칭하지만, 어찌 말 한 마디로 그를 평가할 수 있겠는가.

왜 우리는 이순신에 열광하는가. 뻔히 아는 내용이지만, 1598년 이순신이 순국했을 때 영구를 아산까지 운구하였는데, 백성과 선비들이 울부짖으며 제사를 올렸다고 한다. 왜 그랬을까. 선조의 몽진에 분노해 경복궁에 불을 질렀던 백성들이 아니었는가. 그것은 이순신이 국가재난과 정치 부재 속에서도 멸사봉공의 흔들리지 않는 리더십과 책임감으로 백척간두의 나라를 구했기 때문이다.

명량대첩이란 임진왜란 이후 왜군에 의한 재침인 정유재란을 말한다. 명량대첩 이전 조선은 파면당한 이순신 장군 대신 삼도 수군통제사로 임명된 원균의 패배로 해상권을 상실한 상태였다. 그러나 누명을 벗고 복귀한 이순신 장군은 남아있는 12척의 배로 지형적 환경과 치밀한 전술을 이용해 왜군을 크게 무찌르고 조선의 해상권을 회복했다. 명량대첩은 이순신 장군의 대표적 전투 중 거북선 없이 출전해 큰 승리를 거둔 전쟁이다. 당시 거북선은 불타버려 1척도 남지 않았다. 일본의 한양 함락과 조선 성복의 계획은 수포로 돌아갔다. 명량에서 패배했다면 일제 식민지가 300여 년 앞당겨졌을 수 있다는 의견이 존재했을 정도로 명량대첩은 조선 역사를 바꾼 위대한 전쟁으로 기록됐다.

명량해전, 기원전 5세기 아테네와 페르시아 간의 살라미스해전과 쌍벽을 이루는, 세계 해전사에 남은 전투다. 여기서 이순신을 거론하지 않으면 의미가 반감된다. 중국에 손문이 있고, 일본에 사카모토 료마가 있다면 우리에겐 이순신이 있다.

명량鳴梁 울 명, 대들보(물결) 량이다. 좁은 해협에 빠른 물살이 흘러 물이 울고, 얼마나 좁기에 대들보를 걸쳐도 된다고 했을까. 그러나 진도 울돌목에 가보면 안다. 그러고도 남을 정도니까. 조력발전소를 세워도 될 정도다.

며칠 전에 '군도'를 보고 약간은 실망하였기에 '명량'에 기대를 한 건 사실이었지만, 역시 영화는 배우가 중요하다는 걸 다시 한 번 느끼게 해주었다. 최민식, 이제부터 가히 한국의 대표 배우라 칭해야겠다.

'명량'은 이순신 장군을 새롭게 탄생시킨 배우 최민식의 압도적 연기력, 드라마틱한 스토리와 해상 전투신으로, 오랜만에 묵직한 감동과 쾌감을 선사하였다.

1597년 임진왜란 6년(정유재란), 단 12척의 배로 330척에 달하는 왜군의 공격에 맞서 싸운 역사상 가장 위대한 전쟁 '명량대첩'을 그린 전쟁 액션 대작 '명량'. 김한민 감독과 최민식, 류승룡, 조진웅, 이정현 등등 배우들의 연기력과 조화도 괜찮은 평가를 받을 만했다.

박진감 넘치는 해상 전투씬, 연출, 연기, 비주얼, 스케일 등 여러

면에서 합격점을 주고도 남음이 있었다. 또한 이 영화를 보면서 성웅 이순신이 아니라, 인간 이순신을 배우게 되었다. 이래서 관점이 중요한 것이구나.

'명량'은 전세계 역사에서 회자될 만큼 위대한 전쟁으로 손꼽히는 '명량대첩'을 소재로 한 최초의 영화로, 전라도 광양에 초대형 해전 세트를 제작하고 실제 바다 위에서의 촬영을 했다고 한다. 새로운 시도를 통해 기존 한국 영화에서 볼 수 없었던 전쟁의 볼거리와 액션을 스크린에 고스란히 담아냈다.

'명량'은 단순한 오락영화가 아니다. 그렇다고 단순한 전쟁 액션영화도 아니다. 장군의 드라마틱한 이야기와 스펙터클한 볼거리가 결합해 다시없을 역사 대작으로 완성됐다. 조선 역사를 바탕으로 한 이 드라마틱한 이야기에 한 번쯤 울컥하지 않는다면 대한민국 국민이 아니라고 말해도 될 정도로 울컥하는 장면, 눈물을 참아야 하는 장면이 자주 등장한다.

일본 장수 와키자카 야스하루는 "내가 제일로 두려워하는 사람은 이순신이며 가장 미운 사람도 이순신이며 가장 좋아하는 사람도 이순신이며 가장 흠숭하는 사람도 이순신이며 가장 죽이고 싶은 사람 역시 이순신이며 가장 차를 함께하고 싶은 이도 바로 이순신이다"고 극찬했다.

전쟁을 모르고, 바다는 더 모르는 조정朝廷에 시달리며 일체의 지원이 끊어진 조건에서, 온갖 모함과 투옥과 통증痛症을 견디면서,

무서운 준비 정신과 모진 적개심으로 세계 최강의 군대와 홀로 맞서 나라를 구하고 산화散華한 위대한 인격人格의 표상에 대한 존경심으로 이 영화를 만들었을 것이라 여겨졌다. 붓의 시대를 칼로 버려낸 조선 무인武人 이순신, 그의 절대고독이 명량대첩을 대승으로 이끌었고, 그 비장한 인생 스토리를 최민식이 풀어냈다면 어불성설語不成說일까.

"신에게는 아직 12척의 배가 남아있습니다"로 유명하지만, 임금을 향한 '충'을 그리지 않고, 삶을 위한 싸움으로 그려내 감동을 이끌어냈다. 거북선은 없었지만 눈물과 감동은 있었다. 열두 척으로 330척을 물리친 이순신 장군. 막강 무기였던 거북선 없이 싸웠던 명량대첩을 영화화했기에 더욱 드라마틱하고 감동적이었다. 영화란 무릇 감동이 있어야 한다. 이순신 장군을 극화한 숱한 작품 중 하나인 '명량'이라서, 그래서 뻔할 것 같다고 지레짐작하지 마시라. '감동'에 '메시지'까지 제대로 갖춘 상업영화라 관람 후 감동의 여운이 더욱 오래 가니까.

확실히 사회가 어둡고, 삶에 큰 활력을 얻지 못할 때 영화는 힘을 발휘하는 것 같다. 그래서 영화는 삶을 구성하는 한 부분이며, 사회적 산물이라 하는 것이다. 몇 년 전에는 〈완득이〉나 〈도가니〉 같은 영화가 많은 인기를 누렸는데, 소외된 약자의 마음과 삶의 현실을 소재로 다루면서 관객과 공감을 이끌어내는 데 성공했기 때문일 것이다. 필사즉생 필생즉사必死則生 必生則死! 오늘의 우리에게 더 절실한 표현이라고 하면 과장일까. 여름이 가기 전에 '난중일기'와 서애의 '징비록'을 다시 읽어야겠다. 어쨌거나 〈명량〉을 보며 보낸 올 여름은 삶의 스트레스도 풀고, 영화적 감동도 맛보았으니 나름 행복했다고 자평해도 되겠다. 오늘 심야의 아이스 아메리카노는 유난히 맛났다.

상놈니제이션

　얼마 전 신문에서 '상놈니제이션'이란 단어를 처음 보았다. 무슨 소린가 했더니, 조선시대 신분이 낮은 이를 낮춰 부르는 '상놈'이란 말과 '근대화'를 뜻하는 영어 '모더니제이션(modernization)'을 더한 조어造語란다. 한국의 근대화는 한마디로 '상놈화' 과정이라는 말이었다. 물론 사전에는 없는 말이다.

　모든 가치를 돈으로만 따지는 우리 사회 일부의 모습은 정신이나 문화 측면에서 '상놈니제이션'이란 표현이 적절하다는 생각이 들었다. 안전에 관계없이 컨테이너 한 개라도 더 싣는 게 이익이라는 세월호의 인식, 수많은 생명을 희생시키고도 책임을 회피하는 행태, 그 주변의 여러 조직들의 무책임하고 방만한 실태는 우리 정신의 상놈니제이션이 아니고 무엇이겠는가.

　악다구니하며 떼를 쓰면 안 되는 일이 없다는 떼법 만능주의, 교통신호등을 지키지 않더라도 나만 지나가면 그뿐이라는 의식 수준, 쓰레기 투기, 음주운전 등은 사소하지만 상놈니제이션의 전

형을 보여준다. 체면이 밥 먹여주지 않고, 예의와 염치가 돈이 되지 않는다는 단편적 사고는 습관성 체념에서 비롯된 도덕성 결여의 한 양상이라고 볼 수 있다. 이러니 우리 사회는 노블레스 오블리주 정신은 감히 기대할 수조차 없는 것인가.

그럼, 상대어인 '양반니제이션'도 가능하겠다. 양반이라는 단어만 들먹여도 케케묵은 조선의 문화라며 고리타분하다는 반응이 다수겠지만, 분명 양반문화의 좋은 점도 많다. 예의나 염치가 있고, 격식을 차려 문화를 즐기던 태도 등은 서구의 그것(프런티어 정신)에 비할 만하다. 19세기 말에서 20세기 초의 우리 사회는 근대화의 시기였다. 한 마디로 양반사회의 대부분의 문화는 거부되거나 내팽겨쳐졌다. 좋은 의미의 양반 문화마저 전면 부정하고 폄훼했다는 말이다.

서구의 근대화는 귀족 문화가 확산되면서 교양을 갖춘 시민이 탄생하는 과정이었다면, 우리는 기나긴 일제강점기와 육이오 전쟁을 겪으면서 편법과 요령이 세상을 살아가는 최선의 방법이었다는 슬픈 과정이었다. 시민 계층은 근대화를 통해 귀족만 즐기던 슈베르트나 베토벤 음악 같은 고급문화를 향유할 수 있게 되었고, 이 과정에서 타인에 대한 배려 같은 시민 정신이 싹텄다면, 우리는 먹고 사는 일이 제일의 가치가 되어 방법이나 과정은 무시되기 일쑤였으며, 무조건 남을 밟고 일어서야 잘하는 것이라 여겼으니, 남을 배려한다거나 프런티어 정신 같은 덕목은 발붙일 여건이 못

되었다. 그렇다고 우리의 이런 문화적 저급함을 들먹이는 것을 패배주의적 사고로 몰아붙이지 말길 바란다. 지금이라도 그 방향을 모색해 보자는 것이 이 글의 목적이니까.

아무튼 양반이 중요하게 여기던 체면이나 예의·염치는 냉소의 대상이 됐는데. 이는 식민지와 전쟁 같은 험한 역사를 거치면서 어쩔 수 없는 측면이 있었다지만, 그 후에 재건하려는 노력이 전혀 없었다는데 문제가 있다.

세계가 부러워하는 우리의 놀라운 경제성장은 만방에 자랑하고도 남는다. 다만 의식衣食이 족하면 예절禮節을 안다고 했다. 이제 정신의 '양반니제이션'이 필요한 때 아니겠는가.

그것이 선비문화의 전승이라고 나는 생각한다.

선비란 누구인가. 선비는 학식과 인품을 갖춘 사람에 대한 호칭으로 , 특히 유교이념을 구현하는 인격체 또는 신분계층을 지칭한다. 선비는 '유교적 교양을 지닌 일정한 인격의 지성인'이며, '선비정신은 선비들이 지닌 유교적 의미'다.

브리태니커 사전에 보면, 역사적으로 선비가 지향하는 핵심적 가치는 세속적 이익을 억제하고 인간의 성품에 뿌리한 '의리'(義)이다. 따라서 선비정신은 곧 의리정신으로 나타난다. 공자가 "군자는 의리에 밝고 소인은 이익에 밝다"고 한 언급에서도 의리와 이익의 대립적 분별의식(義利之辨)과 군자와 소인의 대립적 분별의식(君子小人之辨)을 확인할 수 있다. 고려 말에서 조선 초로 전환하는 왕조 교체기의 선비들 사이에는 고려 왕조를 위해 '절의'를 지킨다는 정몽주 등과 '혁명'의 당위성에 따라 새 왕조를 세워야 한다는 정도전鄭道傳 등의 상반된 입장이 충돌했다. 그러나 혁명기를 지나 세종 때에 들어오면 선비의 의리는 충절로 확인되었으며, 세조의 왕위찬탈에 절의를 지켰던 사육신이나 생육신 등은 선비의 의리정신을 실천한 모범으로 추존되었다.

절의보다 한층 더 큰 의리로서 '춘추대의'春秋大義는 '존화양이'(尊華攘夷 : 중화를 존숭하고 오랑캐를 물리칠 것)를 제기한다. 도학적 의리의 가장 큰 과제는 정통과 이단을 구별하여 이단을 배척하고, 중화와 오랑캐를 가려서 중화문화를 수호하도록 요구한다. 이러한 중화문화의 존숭은 사대주의라는 문제점을 지니고 있지만, '춘추대의'는 특히 외민족 침략자를 오랑캐로 항거하는 신념으로 나타났다. 임진왜란 때 선비들은 의병을 일으켜 항전했고, '의리'에 따라 죽는 순의殉義 정신을 발휘했다. 병자호란 때에도 마지막까지 오랑캐에 대한 화친과 항복을 거부하는 척화론斥和論이 의리정신으로 나타났다.

조선시대 선비들은 품격과 지조를 철저히 각성했다. 조광조趙光祖는, 선비란 "자신을 돌보지 않고 오직 나라를 위하여 도모하며, 일을 당해서는 과감히 실행하고 환난을 헤아리지 않는다"고 하고, 소인이란 "감히 저항하는 지조와 곧은 말로 원망과 노여움을 부르지 못하며, 머리를 숙여 아래 위를 살피고 이쪽저쪽을 주선하여 자신을 보존하는 자"라고 하여 선비(군자)와 소인을 엄격하게 분별했다. 이황李滉은 "선비는 천자와 벗하여도 참람하지 않고, 왕이나 공경公卿으로서 빈곤한 선비에게 몸을 굽히더라도 욕되지 않다"라고 하여, 절의 있고 당당한 선비의 고귀함을 강조했다. 또 이이李珥는 "사림士林이 조정에 있어서 사업을 베풀면 나라가 다스려지나, 사림이 조정에 못 있고 공허한 말을 하면 나라가 어지러워진다"고 하여, 선비가 국가를 바르게 다스리는 주체임을 강조했다.

어느 시대에서나 그 사회가 추구하는 이상과 가치질서를 제시하는 지성인이 있고, 앞장서서 그 시대이념의 가치질서를 실천하는 수호자가 있다. 예를 들면 조선 초기 집현전 학자들을 말할 수 있겠다.

조선사회에서는 유교이념에 기초한 '선비'가 등장하여 인륜에 근거하는 '강상'의 규범을 제시하고, '의리'의 실현에 헌신하였다. 이런 의미에서 근세의 일제강점기에는 민족의 독립을 위해 투쟁하던 '독립투사'들이 이 시대정신의 중추를 이루었다. 현대에 와서는 민주화와 민권 향상을 위해 투쟁하던 인물들(극단적 좌우 대립을 주도하는 이들은 좀 그렇지만)이 오늘의 시대정신을 이끌어가는 선비의 역할을 담당했다고 할 수 있다.

선비정신이란 단순히 유교적 교양을 갖춘 사대부의 정신을 뜻하는 것이 아니라, 인격 완성을 위해 끊임없이 학문과 덕성을 키우며, 대의를 위해 목숨까지 버릴 수 있는 불굴의 정신을 말한다.

선비정신의 발원은 살신성인殺身成仁이다. 선비가 도道에 뜻을 두고서 나쁜 옷과 나쁜 음식을 부끄러워하는 사람은 더불어 道를 이야기 할 수 없다거나, 선비로서 편안하게 살기를 생각하면 선비라 할 수 없다는 말이 그것을 뒷받침한다.

대한민국 역사속의 선비정신의 기원은 절의節義다. 그것은 시대정신(時義)으로서의 영남의 선비정신에서 잘 나타난다. 남명 조식에서부터 곽제우, 정인홍 장군 등의 의병항쟁으로 이어져 오는 그 정신 말이다. 영원한 문화 유전자 '선비정신'에서 공자는 "군자란 천하에 대해서 무조건적 찬성도 없고 무조건적 반대도 없다. 올바름을 따를 뿐이다."며 영남 선비정신의 요체인 대의大義, 절의節義가 무엇인지를 말한다. 영남의 선비정신은 '시대정신'이었고 '시대양심'이었으며, 자신의 목숨도 던질 수 있는 희생정신이었다.

이제 우리 모두 상놈니제이션을 벗고 양반니제이션을 생각해야 하지 않을까.

끝으로 '선비정신 9가지 행동지침'을 다시 한 번 새겨 보면서 글을 마칠까 한다.

시사명視思明 : 볼 때에는 분명한가청사총(聽思聰) : 들을 때에는 확실한가색사온(色思溫) : 낯빛은 온화한가모사공(貌思恭) : 태도는 공손한가언사충(言思忠) : 말은 충실한가사사경(事思敬) : 일은 신중한가분사난(忿思難) : 분이 날 때는 재난을 생각하고 의사문疑思問 : 의심나면 물어볼 것이요견리사의(見利思義) : 이득을 보면 의로운 것인가를 생각한다.

삼형제, 야시로지마를 가다

- 부모님의 흔적을 찾아서

올해로 아버님 가신 지 서른 한 해, 어머님 가신 지 스물 한 해가 된다. 살아계셨다면 각각 103세, 92세가 되신다. 우리 형제들은 자식 된 도리로 아버님 탄생 100주년에는 두 분이 고생하셨던 일본 야마구치현 야시로지마에 꼭 한 번 다녀오자고 약속했건만 여유가 없어 미루다 이번에 실행하기로 했다. 2014년 2월 15일부터 17일까지.

경남 창녕 계성면 옥천, 산골짜기라 간짓대를 걸쳐도 될 정도라는 첩첩산골에서 조부모를 모시고 팔남매의 둘째로 나신 아버님은 열일곱에 홀로 마산으로 와 일본으로 가셨다. 학교라곤 문 앞에도 가보지 못하셨던 아버지가 어떻게 그런 생각을 하셨을까. 얼마 안 되는 농사로는 먹고 살기도 어려우니 뭔가 획기적인 생각을 하셨던 것 같고, 1928년이니 일제강점기도 한창인 때라 '그래, 일본으로 가자. 거기라면 방도가 있을 것이다'

아마 밀선密船 비슷한 걸 타고 시모노세키로 갔을 것이다. 그곳에서 얼마간 잡일을 하며 보내다가 세토내해를 따라 오사카쪽으로 들어가셨을 것이고, 당시에는 다리도 없어 오지 중에 오지였던 야시로지마[屋代島] 염전에 정착하셨을 것이다. 지금도 그렇지만 염전일이란 생짜배기 육체노동이라 언제나 일자리는 있었을 것이고, 열심히만 하면 살 수는 있으리라 여겼음 직하다.

염전에서 성실성을 인정받았던 아버지는 사장의 다른 사업장인 사케 양조장으로 자리를 옮겼고, 거기서 좀더 안정된 생활을 하게 되어, 고향에 계신 형님(백부)과 동생(숙부와 고모)들을 한 분씩 일본으로 불러들이고, 나중에는 조부모까지 모셔와 전 가족이 일본 생활을 하게 된다.

그분들이 다 돌아가시고 지금은 막내 숙부님(85세)만 살아계신다. 이분은 일본에서 태어나 열 살까지 사셨으니, 당시 상황을 좀 아실 듯도 하다만, 오래전의 일인데다 어릴 적 기억이고, 지금은 고령이시라 그 기억도 충분하지 않아 생전 처음 찾아가는 우리에게 별 도움이 되지는 않았다. 몇 년 전에 사촌 동생들이 숙부님 내외를 모시고 후쿠오카까지 갔다가, 여러 가지 정황상 다시 한국으로 돌아오고 말았던 적도 있어 안타까움이 컸었다.

서울 형님께서 후쿠오카 왕복 비행기표를 예약하셨고(자신은 인천에서, 진해 형제는 김해에서 출발), 교통편과 호텔 예약도 다 하셔서 우리는 참 편하게 여행에 임했다. 둘째 조카 근영이의 도움을 받았다. 근영이는 일본에서 유학을 했으니, 일본통이 아닌가.

야시로지마의 호텔은 단 하나뿐인데다 해외 예약은 불가능해, 일본의 지인을 통해 예약했다고 한다.

새벽 다섯 시 반에 일어났다. 아침잠 많기로 유명한 나는 새벽 기상이 무엇보다 싫다. 오죽하면 해외여행 때도 아침에 느지막하게 일어나 식사하고 9시쯤에 출발하는 일정을 내가 짤 정도다. 하지만 이날은 차원이 다른 기상이 아닌가. 9시 출발 비행기를 타려면 진해에서 그 정도에는 일어나 6시 20분에는 김해로 출발해야 하는 것이다. 더구나 우리는 인터넷 예약서를 다시 창구에서 티켓팅을 해야 했다.

후쿠시마 원전의 영향으로, 혐한 시위대의 위험으로, 일본 여행을 꺼리는 경향이 짙을 거라 여겼지만, 새벽임에도 공항은 일본 여행객들로 넘쳐나고 있었다. 어느 나라에나 있는 일인 일부 극우 세력들의 혐한 행위지 다수의 일본인들은 양식이 있을 것이라는 믿음이 있기 때문일 것이다.

공항은 북새통이었다. 김해국제공항은 너무 좁다. 우리나라 두 번째 국제공항의 규모치고는 작아도 너무 작다. 그래서 제2 공항을 만들려고 오래전부터 계획 중이지만 정치권의 싸움으로 차일피일하고 있으니 안타깝기 그지없다. 일본인 단체여행객들이 길게 줄을 서 있어서 티켓팅하는 데만 시간을 너무 많이 써 버렸다. 수속을 할 때 다른 나라처럼 짐을 부치지 않는 승객은 따로 수속을 하면 좋을 텐데. 돌아올 때 후쿠오카 공항에서는 그랬다.

이륙하고 나서 삼각김밥 한 개와 생수 한 잔으로 기내 요기를 하고 나니 바로 착륙 멘트가 나온다. 하긴 제주도와 시간이 비슷하게 걸리는 곳이니. 입국 수속 때 머물 호텔을 모른다고 실랑이를 좀 하였지만, 공항 대기실에서 좀 기다려 형님을 만나 택시로 후쿠오카 하카타역으로 갔다.

오랜만이다. 하카타역. 2007년까지 우레시노시와 자매결연 행사로 학생들을 인솔해 매년 왔다가, 학생들 홈스테이 후 관광을 하고 나서 하룻밤을 보낸 곳이 이곳 하카타역 옆의 그린호텔이었으니까.

열차표가 각각 두 장씩이다. 하나는 도쿠야마역까지 가는 신칸센 표, 하나는 도쿠야마에서 오바다케역까지 가는 일본 국철(JR) 표. 차비가 일 인당 12,000엔이다. 시간이 좀 남아 역 안의 상가에서 일본식 점심을 하고, 신칸센을 탔다. 약 두 시간 정도, 일본의 남부 화학 공장이 많은 도쿠야마(한국어로 德山)에 도착하여, 오바다케 행 국철로 갈아탔다. 열차의 모양, 우리나라 어디에도 없는 열차, 무궁화호는 아주 고급에 속한다. 덜커덩거리는 소리도 여간 아니었다. 쿠다마스, 히카리, 시바타, 이와타, 야나이역 같은 작은 역들을 10여개 지나는 동안 온 산과 마을 주변에 대나무가 많은 것이 유난하였다.

약 한 시간, 오바다케역에 도착했다. 어릴 적부터 나는 어머니로부터 오바다케라는 지명을 자주 들었던 터라 갑자기 친근감이

들기 시작했다. 그러나 역전에 내린 우리 삼형제는 마음이 착잡해졌다. 역사와 그 주변을 둘러보니 진해의 경화역은 아주 고급역일 정도로 정말 땡촌의 시골역 그것이었기 때문이다.

그렇다면 90년 전의 이곳은 과연 어땠을까. 아, 상상도 쉽지 않았다. '도대체 아버님은 어떻게 혈혈단신으로, 그 어린 나이에 이곳까지 오셨을까'

역 밖으로 나온 우리는 다시 한번 기가 찼다. 택시도 없고, 마땅한 교통편도, 사람도 별로 보이지 않아 헛기침만 나왔기 때문이다. 가까스로 예약해 둔 호텔에 전화를 하니, 직원이 태우러 오겠단다. 일본인들의 친절도는 인정해 주어야지. 잠시 후 미니 봉고 한 대가 역전에 도착하였고, 오바다케와 야시로지마를 연결하는 다리(오시마대교는 건설한 지 35년 정도 되었다는데, 남해대교와 자꾸 비교가 되었다. 일본인들의 건설 감각이 도저히 이해가 안 되는 수준이었다)를 건너 알로하 오시마 '大觀莊"에 도착했다.

알고 보니 '야시로지마' 는 세토내해에 있는 거제도와 크기가 비슷할 정도로 큰 섬이었다. 지금의 행정명은 야마구치현 오시마군 알로하오시마마치. 이러니 사람들은 '야시로지마' 하면 잘 모를 수밖에.

대관장 호텔은 시골이지만 온천도 있어서 세토내해의 경치를 보면서 꽤 즐거운 시간을 가질 수 있었다. 신기한 것은 다다미방에서 여장을 풀 때는 조류가 시모노세키 쪽으로 흐르고 있었는데,

저녁식사를 하고 방에 올라오니 오사카 쪽으로 흐르는 것이었다. 물살도 보통 센 것이 아니어서, 마치 전라남도 해남과 진도 사이의 울돌목 조류를 보는 것 같았다.

방에 짐을 올려놓고 택시를 불러 부모님의 흔적을 찾아 나섰다. 호텔 측이나 택시 기사 모두 옛날의 염전과 양조장에 대해 아는 사람이 없었다. 어찌어찌하다가 지금은 새우 양식장을 한다는 곳이 예전에 염전이었다는 정보를 접하고, 택시로 그곳에 갔다.

아, 지금은 염전이 아니었지만 누가 봐도 염전을 한 곳이라 생각되는 곳이었다. 소금기로 인해 90년 전의 염전이 떠오르고도 남았으니까. 꽤 넓은 공간이었지만 갈대만 자라고 있었고, 새우 양식장 두 곳에만 물이 차 있었다. 안내문을 보니 1월까지만 새우를 판매한다고 되어 있어 적막감만 가득했다. 우린 주위를 둘러보기로 하고, 택시기사에게 요금을 드릴 테니 인근의 마을과 골목을 돌아달라고 부탁했다. 마을 입구부터 바닷물이 수로를 따라 들어와 빙 돌아나가도록 설계되어 있었다. 수로 양 옆으로 100년은 족히 되었음직한 옛집들이 아직도 많았다. 저런 집에서 소금을 만들며 살았을 부모님과 가족들을 생각하니 짠한 마음을 어쩔 수 없었다.

돌아오며 우리는 반대편 도로를 따라 섬의 속살을 보기로 했다. 대나무숲이 많았지만, 감귤 농장과 판매시설, 자그마한 마을들이 있는 우리나라 섬처럼 군데군데 사람들이 엎드려 있었다. 끝까지

다 돌아볼 수도 없어 택시를 돌렸다.

다시 호텔로 돌아와 온천을 하고 준비된 저녁을 먹었다. 시골 호텔치고는 음식이 다양하고 깔끔해 마음에 들었다. 사케를 곁들여 여유롭게 식사를 하며, 우리는 이렇게 오늘 저녁을 보낼 수는 없다고 생각하여, 저녁 후에 다시 나가 보자며, 지배인에게 마을에 오래된 이자카야 술집을 소개해 달라고 하였는데, 택시기사가 데려다 준 곳은 오시마대교 옆의 식당이었다. 그곳에서는 아무 정보도 얻을 수 없었다. 우리는 마을 안쪽의 이자카야로 가기로 했다.

자그마한 술집엔 손님이 한 팀 방에 있었고 홀은 비어 있었다. 우리가 들어서자 주인은 오늘 영업은 끝났다며 스미마셍을 연발했다. 그래서 선 채로 우리의 용건을 말했는데, 글쎄 이 양반이 반색을 하며, 큰 사진을 내놓는 것이 아닌가. 예전에 이곳에 큰 염전이 있었고, 60여 년 전에 없어졌는데, 자기의 아버지가 그 사진을 기록 차원에서 찍어 둔 것이라 했다. 가로 50센티미터, 세로 30센티미터 사진이 대여섯 장인데 아, 우리는 울컥하고 말았다. 주인장은 염전에 대해 자신도 어릴 적 부모에게 들은 이야기라 잘 모르지만, 상당한 역사를 가진 염전이며, 우리 지역의 대표적인 역사라며, 오래전에 없어졌지만, 부모님이 물려준 것이라 자료로 간직하고 있다고 했다. 형님은 그래, 맞구나. 우리가 제대로 찾아왔다. 우리는 사진을 다시 찍어서 간직하며, 양조장에 대해 물었으나 그는 아는 바가 없다고 했다.

그래도 물러설 우리가 아니지 않은가. 그러면 이 지방에서 제일 유명한 사케가 무엇이냐? '다사이라는 사케가 대표적이다', 어디에서 만드는가? '야마구치에서 만든다' 그럼 있느냐? 냉장고에서 꺼내주는 술병을 받아 우리는 선 채로 한 잔씩 마셨다. 우리 아버지의 손맛이 들어있을 거라고 믿으면서 제법 큰 잔이었지만 원샷했다. 꽤 고급술의 느낌이었다. 우리는 결론을 내렸다. 90년 전에 있었던 양조장은 사회가 점차 현대화되면서 도시의 큰 회사 양조장에 잠식되어 지금은(아마 염전보다 더 전에) 다 사라져 아무도 모르는 거라고. 일본에 있는 동안 우리는, 사케는 다사이만 마시기로 했다.

문을 닫아야 한다니 어쩔 수 없이 나왔으나 깡촌이라 택시가 있을 리 없다. 난감해하는 우리를 주인장이 호텔가지 태워주겠다고 했다. 일본인의 친절에 다시 감탄하면서 호텔로 돌아와 괜찮다는 그에게 차비로 1000엔을 드렸다. 돈이 문제가 아니라 그에게 얻은 정보와 친절에 대한 보잘것없는 인사였다.

그날 저녁 우리는 참 뿌듯한 마음으로 잠자리에 들었다. 90년 전에 이곳에서 부모님은 얼마나 고생을 하셨을까. 지금도 이런 깡촌인데 그때는 오죽했으랴. 다다미방에 깔린 세 채의 하얀 요와 이불 속에서 부모님을 생각하며 하루를 마감했다.

이튿날 아침 우리는 느긋하게 온천을 즐겼다. 야외 온천에서 세토내해를 바라보는 기분이 쏠쏠했다. 바다에는 작고 하얀 배를 타고 빠른 물살을 맞받아가며 낚시가 한창이었다. 인터넷에 소개된 풍경의 하나였다. 어젯밤 물결과 아침 물결은 또 반대로 흐르고 있었다. 우리나라에선 본 적이 없으니 볼수록 신기했다. 늦게 방으로 올라오니 직원이 아침 식사하라고 방문 앞에 기다리고 있다. 늦었으니 미안하다고, 곧 내려가겠다고 이야기했다. 양식과 일본식 아침을 든든하게 먹고 체크아웃했다.

어제처럼 직원이 오바다케역까지 태워주었다. 우리는 다시 어제와 역순으로 후쿠오카로 간다. 오바다케에서 어제 탔던 그 후진 열차로 도쿠야마까지 가서 신칸센으로 갈아타고 하카타역까지 갔다. 택시로 예약해둔 호텔로 갔다.

자그마한 호텔인데 깔끔해서 괜찮았다. 우리는 걸어서 항구까지 가는 후쿠오카 관광을 시작했다. 힘들었다. 구두에 정장 차림에 코트까지 차려입고 걸었으니 오죽했으랴. 다행히 날씨가 따뜻해서 큰 무리는 없었지만, 아우는 감기몸살이 다 낫지 않아 힘들어했다. 우여곡절 끝에 하카타항에 가서 전망대에 올라가 항구 구경을 했다. 규모가 상당한 부두였다. 부산 부두와 크기는 비슷했으나 정리 정돈이 잘 되어 있었고, 지나치게 깨끗했고, 반듯한 외항과 내항의 구획정리가 돋보였다.

북해도산 게요리 전문점에 가서 늦은 점심과 저녁을 겸해 먹었다. 생맥주를 곁들인 게 코스 요리 맛은 괜찮았지만 가격이 만만치 않았다. 걸어서 호텔로 돌아와 잠시 쉬었다가 어두워지자 우리는 삼형제의 추억을 만들기로 하고 이자카야 순례를 시작했다. 참치요리에 다사이 사케, 생선구이에 이름 모를 사케(다사이는 약간 고급이라 없는 곳이 있었다) 등 형제들은 취했다. 형님도 모처럼 즐거워하시고, 아우도 컨디션이 좋지 않았지만 흥겨워하고, 나도 정말 기분 좋게 취했다. 하긴 이렇게 삼형제가 시간을 같이 한 적도 드물었으니까. 아마 우리가 그날 호텔로 돌아가며 지나갔던 후쿠오카 거리가 좀 시끄러웠을 것이다. 일본인들이여, 그러나 용서하시라. 우리는 그날 그럴 수밖에 없었으니까.

다음 날 아침, 어제 과음 탓인지 모두 늦게 일어났다. 9시가 넘어 서둘러 내려갔으나 식사는 끝나 우리는 하카타 역전까지 걸어가 건강식을 하는 식당에서 1인당 1400엔짜리 식사를 했다. 커피에 각종 음료까지 챙겨 먹었으니 비싼 것은 아니었다.

느긋하게 호텔로 돌아와 체크아웃을 하고, 프론트에 짐을 맡겨 놓고 택시로 온천을 하러 갔다. 택시 기사가 추천해 준 괜찮은 온천장에 가서 피곤한 몸을 풀고 大豪공원으로 가 도심 속의 자연을 구경했다. 인공호수가 꽤 컸다. 잉어들이 제법 보였고, 배를 뒤집은 놈도 보았다. 호수 둘레를 한 바퀴 돌면 5-6킬로미터는 돼 보였다. 조깅코스로 딱 좋겠다. 가운데 섬들을 다리로 연결해 놓아서 산책하기에도 그만이었다. 호수 주변엔 크거나 높은 건물이 없어 탁 트인 느낌을 주었다. 우리라면 아마 20층짜리 건물을 빙 둘러 지었을 것이라는 약간 우울한 생각을 하였다.

귀국은 저녁 비행기라 다이마루백화점에 가서 누님들과 형수님, 아내와 제수씨 선물을 샀다. 요즘 유행한다는 양산과 스카프를. 시간이 넉넉했으므로 지하 음식 코너 산책을 했다. 참으로 볼만했다. 후쿠오카에 오일장이나 야시장이 없으니, 일본의 식문화를 접하려면 백화점의 지하에 가야 했다. 꽤 넓은 공간을 돌아보며 나는 '팔녀차'를 일본 여행 기념으로 샀다. 5년 만의 일본이라 차라도 한 통 사 마셔야겠다 싶었다. 거기다가 모든 경비를 형님께서 다 처리해주셨기 때문에 여유가 있기도 했다.

나는 아버지와 추억이 많지 않다. 내가 다섯 살 때 아버지는 뇌출혈로 쓰러지셨고, 오른쪽 수족을 쓰지 못하시고, 거기다가 말씀까지 못 하시며 스물한 해를 사셨으니까. 어머니의 고생은 이루 말할 수 없었다. 간간이 어머니로부터 일본 이야기와 젊었을 때의 아버지 이야기며 가족사를 들을 수 있었지만, 그것도 조각 이야기일 뿐이었다.

지금까지 유난히 기억에 남는 일은 내가 세 살 때 아버지와 읍내 병원에 다녀온 일이다. 맨날 아파서 자리에 누워있던 나를, 부모님은 저놈 죽어서 원이라도 없게 병원에 한 번 데려 가보자며 읍내의 늙은 의원에게 데려갔던 일이다.

형의 여름 하복 바지를 잘라 만든 쑥색 반바지에 낡은 셔츠를 입고 빨간 완행버스를 타고 김해 진영읍내 병원에 갔더니, 의사는 별일 아니라며 버스정류장에서 파는 사과를 몇 줄 사먹이라고 하면서 주사를 한 대 놓아 주었다. 아, 비타민 결핍, 소위 영양 결핍이었던 것이다. 아버지는 몹시 기뻐하시며 사과를 석 줄(당시에는 실에 사과를 꿰어 팔았다)이나 사 주셨다. 돌아오는 길엔 버스 대신 아이노리(요즘의 택시)까지 타고 집에 오니 길 건너 큰집과 작은집의 사촌들까지 다 나와 기뻐해 주었던 기억이 아직도 생생하다.

 못 배운 한을 독학으로 푸셨던 아버지. 고된 노동의 연속인 나날에서도 글자를 익혀 무학의 설움을 달래셨던 아버지. 늦은 결혼이었지만 한국으로 나와 어머니와 결혼하셨던 아버지. 중풍으로 오른쪽 손을 쓰지 못하셨던 아버지는 내가 어릴 적에 왼손으로 한자를 써 의사소통을 하셨는데 무슨 글잔지 몰라도 명필(?)이었다. 그래서 아버지는 자식들의 교육을 철저히 챙기셨던 것 같다. 돌아가신 伯兄(백형)을 시골에서 부산까지 유학시켰고, 서울 형님은 미국 유학까지 가 오늘날 서울대학 교수, 국회의원, 장관, 청와대 수석까지 지내게 만드셨다. 나도 대학 입시에 실패해 진해에서 큰형님의 가게 일을 돕다가 서울로 공부하러 가겠다고 했을 때, 아버지는 흔쾌히 밭을 팔아 보낸 테니 서울 형께 가라고 하셨고, 지금의 내가 있게 된 것이다. 사리분별이 분명하셨고, 도리가 아니면 용서하지 않는 불같은 성격의 아버지셨지만 다정다감한 면도 있어 자식들로 하여금 이리 간절하게 하시는지도 모른다.

한없이 자상하셨던 어머니, 참고, 참고, 또 참으면서 이해와 사랑으로 보듬으셨던 분. 돌아가시면서도 형제들의 우애를 끝까지 강조하시던 어머니, 그래서 우리 형제들은 다투지 못한다. 아우들은 형님의 말을 거의 무조건 신뢰하고, 형님은 또 아우들의 의사를 존중해 주신다.

나는 아직도 개고기를 먹지 않는다. 어머니께서 너무 간곡하게 부탁하셨기 때문이다. 당신이 돌아가시면 먹어도 된다고 하셨지만, 먹을 것 천지인 지금 그것까지 먹어야 하나 싶어 먹지 않는다. 그만큼 어머니는 내게 먹먹한 아픔으로 계신다.

해방이 되자 그토록 친절했던 일본인들이 조선 사람들 다 나가라고 매몰차게 몰아붙여 전 가족의 재산을 정리해 귀국했다는 부모님, 그런 부모님의 자취를 따라 걸었던 이번 여행은 정말 값진 경험이었다.

이십세기를 바치다

일천구백십일 년생인 그에게는 나라가 없었다. 까막눈이었던 그가 그로부터 십오 년 뒤 마산에서 밀선을 타고 일본 야마구치현 세토 내해 야시로지마 염전으로 갔다. 창녕 옥천 골짜기에서 몇 뙈기 농사를 짓던 부모와 팔남매의 둘째였던 그는 열 식구가 먹고 살기 어렵다는 걸 알고 밤에 몰래 걸어서 마산으로 갔던 것이다.

일단 건너뛰자. 나중에 자리를 잡고 난 후 부모와 팔남매를 다 일본으로 데려와 온 가족이 일본에서 비교적 따신 생활을 하였다. 해방이 되자 그토록 친절하던 일본인들이 돌아가라고 구박을 하더란다. 그야말로 거창한 귀국길에 올랐겠다. 전 재산을 정리해 가져온 일본 돈은 휴지에 불과했고, 또 혼란 통에 거의 잃어버리고 다시 고향으로 내려와 인근의 창원 대산면에 자리를 잡았다. 전쟁이 나도, 박정희가 혁명, 독재를 해도 그는 성실하게 일하고, 억척같이 형제들이 의기투합해 적잖은 재산을 마련했고, 맏이는 부모님을 모시고 산다며 면에서 인정하는 부농으로, 성실했던 그도 머슴을 둘 정도는 되었다. 평생 못 배운 한을 가졌던 그는 육남매를 두었고, 모두 한글공부를 시켰다. 장관, 교장, 사업가 등으로 자식들을 키웠으니 이만하면 일흔 평생 가치 있는 삶이었겠다. 쉰둘에 뇌졸중을 얻어 스물한 해 동안 오른쪽 수족을 못 쓰고 말도 못하는 벙어리로 살다 일흔둘에 생을 접었지만. 이십 세기의 파란만장이 이십일 세기의 책받침이 되었으니, 그에게 감히 이십 세기를 바친다.(시집 『간절함의 가지 끝에 명자꽃이 핀다』 63페이지)

2부

트로트 만세

　운전경력 30년이 넘었다. 그럼에도 작년까지 내 차엔 트로트 관련 테이프, 시디, 유에스비가 하나도 없었다. 왜냐하면 아내가 트로트라면 기겁을 하였기 때문이다. '뽕짝'을 들으면 머리가 아프다며 한사코 싫어했다.

　그런데 작년에 인기가 많았던 '미스터트롯'을 보더니 완전히 달라졌다. 이제는 텔레비전 프로도 트로트 관련만 본다. 아마 코로나 사태 때문이리라. 나 역시 이렇게 트로트를 좋아하게 될 줄 몰랐다. 트로트가 가진 묘한 중독성 때문이 아닐까 생각한다. 우리 서민들이 쓰는 생생한 언어로 이루어진 가사는 인간의 오욕칠정을 그대로 담아낸다.

　또한 참가자들의 인생 험로가 공감을 얻기 때문일 것이다. 하나같이 무명 가수의 어려운 과정을 겪었고, 화려한 연예인의 모습은 커녕 굴곡진 인생의 뒷모습을 가졌으니 그 흔한 안티팬조차 있을 리 없다. 그들의 삶에 우리의 삶을 투영하기 때문에 열광하는 것이다.

트로트는 대개 매우 애절한 슬픔의 노래이며, 이루어지지 못한 사랑, 행복해질 수 없는 자신의 처지에 대한 비관, 고향을 떠나 정착하지 못하는 나그네의 슬픔 등을 내용으로 삼아 일견 비판적이기도 하다. 거기다 일본 대중가요의 강력한 영향 아래에서 형성된 양식이라는 점에서 '왜색', '일제 잔재'로 청산의 대상이 되기도 했고, 신파적 질감이 낡고 세련되지 못한 부정적인 것으로 받아들여져, 비판의 초점이 된 측면도 있었다. 지난날 많은 금지곡이 이를 증명한다.

생활고에 치여 온갖 아르바이트를 하면서도 오로지 노래의 길을 걸어온 그들의 삶에 공감하기 때문에 아내도 나도 이렇게 열광하는 것이다. 물론 가사에 신파조가 더러 있어 유치(?)하다고 핀잔을 들을 수도 있지만 '그대 슬퍼 마라. 사는 게 뭐 별거 있더냐'며 위로하는 트로트, '고마워요. 사랑해요. 감사합니다'로 우리와 너무 가까이 있는 트로트. 고통과 아픔 속에서도 꿈을 품을 수 있게 격려하는 트로트가 있어 행복하다.

며칠 전 나들이 갔다가 고속도로 휴게소에 들러 아메리카노 한 잔하면서 지나치지 못하고 또 하나 구입했다. 지금 내 차에는 트로트 관련 유에스비가 다섯 개나 있다.

그림과 사진과 시

기억하는 사람은 많지 않겠지만, 진해의 옛 육군대학 앞 청림화
랑에서 열었던 '박배덕 그림전'에서 나는 처음으로 접했던 붓의
활달함에 매료되고 말았다. 박배덕 선생은 첫 만남에서 느꼈던 그
장인 의식을 지금도 이어가고 있다.

처음 커피와 음악을 배웠던 흑백다방에서 점차 그림에 대한 눈
을 뜨기 시작했다. 그러나 얼뜨기였고, 그 후 어설프게나마 삼십
대 후반부터 조금씩 알게 되었다고 할까. 그런 의미에서 흑백다방
은 가히 진해 문화의 등대라 할 만하다.

흑백다방의 주인이자 진해의 대표적 화가였던 유택렬 선생의 작
품 '부적 시리즈' 등에 특히 애착이 갔다. 하지만 선생의 작품은
워낙 대작이 많아 나로서는 언감생심이었고, 선생께 자주 개인전
을 열어 주실 것을 말씀드렸다. 가능하면 소품도 많이 전시하면
좋겠다고. 진해 시민들이 선생님의 작품 한 점 정도는 소장하면서
감상할 수 있어야 '진해의 유택렬' 아니겠느냐고 몇 번이나 말씀

드렸지만, 선생님은 고집을 꺾지 않으셨다. 돌아가신 지 오랜 시간이 흘렀지만 누가 그를 기억할까 싶어 참 안타깝다. 구민회관이나 구청, 경찰서 등에 선생의 작품 하나 걸린 곳이 없다.

오래전 중국 여행을 함께 했던 부산의 안세홍 화백이 북경 호텔에서 그려준 아내의 연필 초상화는 지금 우리 부부의 침실에 걸려 있다. 선생의 전시회에도 초대받아 갔던 추억도 있지만 그림을 대하던 형형한 눈빛을 잊을 수가 없다.

장백폭포 앞에서 부산 최고의 사진작가 최민식 선생이 찍어준 흑백사진 또한 커다란 추억으로 자리 잡고 있다. 여행 기간 내내 작품에 몰두하시던 사진작가의 투철한 정신을 배울 수 있었다. 마산에는 사진작가 김관수 형이 계신다. 그 또한 나에게 장인정신을 몸소 보여준 분이다.

예술은 창작의 결과에 혼신을 다 바치는 작업이다. 마흔 해 가까이 시를 써 온 나는 어떤 시인일까 싶어 조바심이 난 적도 있지만, 사람들의 마음에 작은 위안이나 평온을 줄 수 있었다면 충분하다고 생각한다. 앞에서 든 화가와 사진작가들에게는 턱도 없겠지만 문학을 여기餘技로 여기지 않는 마음은 예전이나 지금이나 여전하니까.

기우杞憂 하나

　세상이 온통 연두에서 초록으로 물들어가는 오월이다. 나이 예순 줄에 거창 골짜기로 오미자 농사지으러 들어간 친구를 만나러 간다.

　남해고속도로를 타고 가다가 통영대전 고속도로를 따라 올라가면 만나는 산청휴게소에 들렀다. 평일인데도 고속도로가 매우 번잡하다. 휴게소엔 형형색색의 아웃도어를 입은 사람들로 북새통이다. 조선업을 비롯해 경기가 안 좋다고 매스컴마다 아우성인데 아무래도 거짓말 같다. 하긴 이 나이 되도록 경기 좋다는 말은 들어본 기억이 없으니 사람들은 언제나 호들갑인가 보다 싶지만.

　도시 근교의 맛집들은 언제나 손님들로 넘쳐나고, 텔레비전에서는 요리 관련 프로들로 가득하다. 일명 '먹방'이다. 국민들의 건강은 아예 관심조차 없고, 많이 먹고, 잘 먹고, 닥치는 대로 먹어야 살아남는다는 인상을 준다. '선찍후식'이라는 말도 있다. 먼저 사진을 찍고 그 다음에 음식을 먹는다는 이 말도 식욕 절제와는 거리가 멀다. 건강하게 먹는 즐거움과 소중함은 어디로 가고 없다. 뚱뚱한 개그맨들이 대세로 자리 잡은 지 오래고, 요리사 대신 셰 프라는 말이 표준어가 될 정도다. 중고생들의 미래 직업 일 순위 가 요리사가 된 지 오래다. 가히 막장 '먹방'이다.

생초 어탕 국수집에 들렀다. 내가 좋아하는 면요리이기도 하지 만 얼큰한 민물고기 국물에 푼 배추 시래기와 국수 가락의 맛은 타의 추종을 불허한다. 이 근처를 지날 때는 꼭 들러 먹었던 음식 이니 이날도 빠트릴 수 없다. 짐작은 했지만 집 밖에까지 길게 줄 을 섰다. 반 시간을 기다려 맛을 본다.

바야흐로 미식 열풍 시대다. 때마침 한류열풍이 불어 한식의 세 계화를 부르짖고 있어 창조경제의 한 축이 된 미식의 대중화는 우 리 시대의 아이콘이 되었다.

그런데 온 나라를 휩쓰는 미식 열풍이 불안한 건 무엇 때문일 까. 로마 시대도 미식 열풍으로 배불리 먹다가 망했고, 브렉시트로 전 세계의 이목이 집중된 영국도 1900년대 에드워드 7세 때 이런 미식과 온천 열풍이 불어 대영제국의 쇠퇴를 불러왔던 적이 있다.

맛집 찾아서 즐기기와 한 축을 이루는 것이 건강 산업 붐이다. 텔레비전 프로 중 '나는 자연인이다'와 '갈 데까지 가보자'에는 건강을 찾아 산속으로 들어가 그야말로 자연을 벗하며 사는 낙원 을 보여준다. 몸에 좋다는 자연식품이 하나 나오면 품귀현상을 일 으키는 정도란다. 나도 그런 자연식품에 관심이 많다. 건강에 관심이 많을 나이이고, 그만큼 나이가 들었다는 말일 게다.

사회학자들은 사람들이 정치와 사회의 공공문제에 관심이 식어
갈수록 식도락과 건강에 대한 이상 열기는 더 높아진다고 한다.
우리 지도자들도 이 점을 분명히 인식하고 국민들의 자신감을 되
살릴 수 있는 방향을 제시해야 한다.

신세대식 사고의 맹점

　신세대의 뜻을 사전에서 찾아 쓰려는 이는 분명 구세대다. 시간
이 가면 신세대도 구세대가 된다는 평범한 진리를 따라 세상을 보
려는 이가 있다면 그 또한 구세대다. 그만큼 신세대는 혁명적인
단어요 의미로 다가온다.

　그러나 신세대는 별종이 아니다. 지구상에 생존하는 모든 생명
체가 갖는 연속성의 실체가 곧 그들인데 시대와 인식의 변화에 따
라 다음 세대는 반드시 새로움을 수반하게 되므로 그들의 출현이
이상할 이유는 없다. 다만 그것이 기존의 문화적 토양 위에서 하
나씩 변화되어온 것이 아니라, 너무 혁신적이기 때문에 기성세대
의 가치관으로 판단할 때 쉬이 수긍이 되지 않는 데서 신세대니
엑스세대라는 말이 나온 것이라 보면 된다.

　일회용 소비문화를 가져 환경문제를 유발시키고, 기성세대가 이

해할 수 없는 성모럴, 지극한 개인주의와 함께 그들은 원하는 것만 한다하여 부정적으로 보고 있는 것이 사실이다. 그러나 무한경쟁의 영리 추구로 상업주의를 부추기고 있는 오늘의 사회와 기성세대는 무엇인가? 그들 또한 반사회적이다 못해 오히려 신세대를 예찬하고 있는 느낌이다.

새로움은 아름답고 좋은 것이다. 그러나 변화의 새로움이어야 하지 혁명의 그것이어서는 곤란하다. 모두를 부정하는 태도와 논리는 대화의 단절과 인간성의 상실을 가져와 세기말적 절망과 몰락을 부를 수 있기 때문이다. 인류 역사는 모든 것이 변화 속에 발전한다는 것을 우리에게 가르치고 있지만 끝까지 변하지 않는 것, 변해서는 안 되는 것이 있다. 오늘의 신세대도 이것은 잃지 말아야 한다. 그것만이 오늘의 우리를 구원해줄 수 있기 때문이다. 사랑이다.

한글날 오후에

 끈적임, 열기, 밤낮 구분이 없던 매미 울음소리의 계절이 가고 가을이다. 긴 팔 셔츠에 재킷까지 입고, 변해가는 장복산빛을 보며 교실에 들어선다.

 "차렷! 경례! 반갑습니다.""오늘이 며칠이죠? 10월 9일요. 무슨 날이죠? 한글날이요." 또박또박 대답하던 아이들이 다음 물음에선 그만 입을 다물고 만다. "몇 돌이죠?"

 올해는 한글이 반포된 지 556돌이 되는 해이다. 세종대왕과 집현전 학자들이 한글을 창제한 때가 1443년이요, 용비어천가 등으로 실험을 거친 뒤 반포한 때가 1446년이니, 올해의 서력 2002년에서 1446년을 빼면 556이 나온다.

 달력 속에서 빨간색을 잃고 검은색으로 변한 지 22년째이다. 국경일에서 기념일로 격하된 지 스물두 해나 되었다는 말이다. 언어는 생각과 문화를 담는 그릇이다. 언어는 그 민족의 모든 것이 살아 숨쉰다. 그러므로 우리 고유의 문화와 다른 민족의 문화를 구별하는 한국인의 정체성은 한글 속에 담겨 있다는 말이 성립한다. 우리말에 대한 관심이 사라져가는 것은 민족정신이 희박해지는 것임은 두 말 할 필요도 없다.

행정당국이나 정치인들이 한글의 가치와 한글날의 민족사적 의의를 어찌 모를 것인가. 어찌 모른다고 할 수 있으랴. 세상사 모든 일을 물질 우선으로 보는 의식이 지배하는 요즘의 세태가 이와 무관치는 않을 터이다. 가면 갈수록 한글이 경시되고 있다. 사이버상에는 국적 불명의 언어가 판을 치고, 한글을 뒤틀어 함부로 표현하며, 영어식인지 일본어식인지 애매한 표현을 하는 등 이대로 가다간 무슨 사단이 나도 분명 나고야 말 것이다.

한글의 진정한 의미를 모르고 어떻게 이 나라에 제대로 된 문화를 꽃 피울 수 있겠는가. 급속한 세계화의 흐름을 타고 영어의 중요성만 강조한 결과 유치원생들까지 영어를 배우는 이 현실을 어떻게 받아들여야 할까. 우리말을 제대로 익히지 못한 채 외국어를 배워서야 어느 것 하나인들 제대로 될 수 있겠는가.

우리말과 글을 정확하게 배운 연후에 외국어를 배워야 영어도 한글도 제대로 구사할 수 있다는 것이 한글과 영어를 가르치는 분들의 공통된 의견이다. 국어를 잘 하는 사람이 영어도 잘 할 수 있는 법이다. 무슨 일이나 그렇다. 바쁘다고 바늘 허리에 매어 쓸 수는 없지 않는가.

한글의 위기다. 지금 우리는 외래어, 비속어, 유행어의 남용으로 심각한 한글 오염사태를 겪고 있다. 특히 통신언어를 보면 한글 파괴 현상이 어느 정도인지 실감할 수 있다.

'방가(반갑습니다)' '추카(축하합니다)' '안냐세여(안녕하세요)' '무러바요(물어봐요)' 등등 언어 파괴에서 더 나아가 잘못된 통신언어 사용으로 세대 간 의사소통 저해라는 문제까지 이어지고 있다. 최근에는 친근감 표시나 글자 축약단계를 넘어서 영어와 한자 일본어는 물론 특수문자까지 조합한 기형 언어까지 등장하고 있다. 또 일부 학생들은 아예 표준 맞춤법을 무시하고 인터넷상에서 쓰는 용어를 시험지에 적어 내는 경우도 있다. 심하다고 생각되는 정도를 넘어 기가 차서 말이 안 나오는 지경이다. 글짓기나 백일장 대회에 나가보면 문제의 심각성은 더욱 커진다.(참가 학생들은 대부분 그 학교를 대표하기에 공부도 잘 하는 학생임)

그렇다고 울분만 토하고 있을 수는 없지 않은가. 막아야 한다. 하루라도 빨리 시작해야 한다. 더 늦기 전에 적절한 언어규범 체계를 만들어 지도해야 한다. 말로만 하지 말고, 한글을 존중하고 사랑하는 풍조를 조성해야 그것은 이룰 수 있다. 한글을 대충 대접하고서는 절대로 이룰 수 없는 것이다.

뒤늦은 감이 없지 않지만 문화부에서는 올해 한글날을 맞아 그 대책을 발표하고 있다. 방송. 통신에서의 언어파괴, 영어 공용어론 등으로 국어 사용 환경이 갈수록 악화되는 가운데 정부가 '우리말 지키기'에 팔을 걷어붙이는 것 같다.

"지식, 정보, 문화로 대표되는 21세기는 한 나라말과 글의 경쟁력이 국가경쟁력을 결정하는 자원이 되고 있다"며 "정보화. 세계화 시대의 변화하는 국어환경에 적극 대처해 국어 경쟁력 제고와 국민들의 올바른 국어 생활을 위해 '국어발전종합계획'을 수립, 추진하겠다."는 문화부 장관의 말은 희망을 갖게 한다.

그 구체적 방안을 살펴보면, 국립국어연구원 등과 함께 마련한 '국어발전종합계획 시안'에 따라 1. 국어정책 추진기반의 조성 2. 국어 사용 환경 개선 3. 국민의 국어 사용능력 정상화 4. 국어정보화 기반 구축 5. 한국어의 범세계적 보급 6. 한글의 우수성 선양 및 국어 문화유산의 보급 7. 남북한 언어교류의 활성화 8. 특수언어의 표준화 지원 강화를 8대 중점 사업으로 추진하기로 했다는 것이다.

그러면서 장관은 "국립국어연구원의 기능을 강화하고 국어기본법(가칭) 제정 및 한글날의 국경일 제정을 추진하겠다."면서 "이 사업을 추진하기 위해 2007년까지 국고 907억 원을 포함해 모두 1천648억 원의 예산을 투입할 계획"이라고 밝혔다. 제발 공염불에 그치지 않기를 바라고 또 바란다. 정권 바뀌었다고, 장관 바뀌었다고 흐지부지 말기를. 물론 관계부처 간의 의견 조율까지 거치면 어떤 모양새를 가지게 될지 현재로선 알 수 없지만, 나라와 민족의 정체성이 걸린 문제는 그 무엇보다 우선 순위로 다루어야 할 것이다.

계획만 세우고 끝이어서는 안 된다. 구체성을 갖고 실천을 해야만 한다. 실천의 첫걸음은 뭐니뭐니해도 한글날을 국경일로 다시 제정하는 일이다. 한글날은 우리 문화 유산 중 최대 자랑거리인 한글을 기리는 날이다. 예전에 국경일이었을 때는 각급 학교를 비롯, 사회단체, 문화단체, 심지어 방송사까지 나서서 각종 행사를 벌여 한글의 가치와 소중함을 되새겼다. 기념식만 간단히 하고 넘어가 버리는 요즘과는 달라도 많이 달랐다. "우리 스스로가 한글을 대접하지 않는데, 누가 그것의 가치를 인정해 주겠는가. 정말 우리는 한글의 진정한 가치를 알고 있기나 한 것인가." 라고 끊임없이 반문하며 살아야 한다.

지구상의 수많은 문자 중에서도 유일하게 만든 시기와 목적 그리고 원리와 작자가 명확하게 알려져 있는 한글. 유네스코가 세계 기록 문화유산으로 인정한 한글. 우리 정부가 세계에 자랑할 만한 10가지 문화유산 중 제1순위로 선정한 한글. 세계의 언어학자들이 경탄해마지 않는 한글을 왜 우리 스스로 대접하지 않는가. 한글을 기리자. 나는 얼마나 한글을 사랑하는가 하루에 한 번씩 생각하자. 요즘 전국의 지방자치단체에서 벌이는 그 수많은 축제 좀 줄여서 한글을 전 세계에 알리는 큰 행사를 기획하자. 그리하여 전 세계인이 한글을 알고 배우도록 하자. 한글은 영원하다.

한 아이가 있었네

한 아이가 있었네. 열여섯 살짜리 사내아이가 있었네. 아이는 공부가 싫었네. 초등학교 때부터 중학교 3학년이 된 지금까지 선생님과 부모님, 누구로부터도 인정 한번 받지 못했네. 학교가 싫었네. 교과서가 싫었네. 얼굴만 마주치면 공부 좀 하라는 부모님이 싫었네. 할 수만 있다면 모두로부터 벗어나고만 싶었네. 그러다가 탈출구 하나를 만났네. 가수들 뒤에서 춤추는 백댄서가 만만하게 보였네. 그래, 저거야. 내 길은 공부가 아니라 바로 저거라고 스스로에게 말했네.

한국 제일의 백댄서가 되겠다는 포부를 가지고 무조건 춤만 추었네. 시간만 나면 춤추고 시간만 나면 친구들과 놀러 다녔네. 그러다가 좀 불안하면 다시 백댄서가 되겠다고, 백댄서가 되겠다고 열심히(?) 춤만 추었네. 남여 친구들과 어울려 아마추어 백댄서 팀도 만들었네. 유니폼까지 맞춰입고 그들은 문화의 거리나 각종 문화행사에 불려다니며 춤을 추었네. 시내의 아이들로부터 열렬한 지지와 성원을 받기도 하고, 기성 연예인들처럼 공연 때 여학생들로부터 '까악-오빠!!' 같은 괴성도 들었네. 아이는 좋았네. 무조건 좋았네. 세상에 이런 일도 있구나. 골치 아프게 공부는 왜 한담. 부모님들은 정말 고리타분해. 세상이 얼마나 달라졌는데 아직도 구태의연하게 살아야 하나. 공부 잘 해서 잘 먹고 잘 살던 시대는 지나갔다고.

아이는 천지를 모르고 들까불었네. 가끔 가다 학교도 빠지고, 친구들과 어울려 귀가도 빼 먹다가 결국 학교를 그만 두고 서울로 가겠다고 고집을 부리기 시작했네. 나는 열 번도 더 되는 가정방문과 개별면담을 통해 끝없는 설득을 하였고, 부모님과 합동 설득도 몇 번이나 해봤지만 아이의 마음을 돌릴 수는 없었네.

자꾸 만나다 보니, 그 아이의 말을 듣다 보니, 어, 그래, 세상 사는 일이 어디 정해져 있나? 정말로 네가 하고 싶어서 하는 일이라면 만에 하나 실패하더라도 후회는 않겠지. 뭐 꼭 정해진 길로, 중학교 졸업하고 고등학교 진학하고 대학 마치고 취직하는 것이, 그것이 꼭 옳은 일이라고 누가 장담할 수 있나. 네 뜻을 한번 펼쳐보는 것도 좋겠다. 이렇게까지 설득했는데도 아이가 따르지 않으니, 에라, 그럴 바엔 한번 밀어주자. 이런 생각도 들었다. 부모님을 만나 내가 그렇게 말하니 그분들도 어쩔 수 없었던가 보았다.

결국 아이는 자퇴를 하고 서울로 갔지. 나는 그 아이가 성공하기를, 만에 하나 실패해도 후회하지 않기를 기도하면서 점점 잊어

갔네. 공부로는 10여 년이나 노력했지만 한 번도 인정받아보지 못했으니 공부가 아닌 다른 것으로 모두에게 인정을 받고 싶었겠지. 그래서 다른 길을 찾다가 매스컴을 통해 가수나 탤런트나 백댄서가 화려하고 인기 있고 좋았겠지. 가수나 탤런트는 나에게 좀 어렵고 춤에는 어느 정도 소질이 있으니 백댄서가 좋겠다 싶었겠지. 그래서 친구들과 이야기하다 보니 의외로 생각이 같은 친구들이 몇 있었고, 팀도 만들고, 시골 도시에서 어느 정도 인정도 받으니 자신감도 좀 생겼겠지. 충분히 그럴 수 있겠다. 그러다 보니 나는 춤에 미쳤어. 나는 춤을 추지 않으면 사는 재미가 없어. 춤 없이는 살지 않을 거야. 나에게 춤 없는 인생은 의미가 없어. 하면서 자기 최면을 걸어갔겠지. 왜 그때 춤이 공부를 피하기 위한 수단일 뿐이라는 생각을 못했느냐고 묻지 말자. 그 아이는 춤이라는 인생의 콩깍지가 씌었으니까. 무슨 일을 선택하든, 어떤 길을 걸어가든 그것이 너무 좋아서, 미칠 듯이 좋아서 하는 일이나 길이 아니면 결코 가서는 안 되며, 해서는 안 되는 일이라는 것을 어찌 알겠는가.

부모님이나 선생님이 원하는, 사회가 요구하는, 모두가 인정하는 유일한 잣대는 공부 잘 해서 잘 사는 것인데, 공부는 싫고, 재미도 없고, 잘 하지도 못하겠으니 다른 길을 찾았는데, 그조차 정말 좋아서 찾은 길이 아니라면, 성공하거나 발전할 가능성은커녕 적어도 몇 년간은 거기에 매달려 즐길 가능성도 적다. 백댄서와 관계되는 것이라면 무엇이나 흥미를 갖고 세계 각국의 유명 춤에 대해 공부하고 노력하는 진지한 태도를 한 번도 본 적 없는 그 아이에게서 나는 무슨 가능성을 보았단 말인가.

무엇을 정말 미치도록 좋아하게 되면 그 대상의 극히 지엽적이거나 아주 사소한 것들까지 알고 싶어하고, 정보를 얻으려 하며, 대상에 대해 알지 못했던 것을 알게 되었을 때, 마치 세상을 다 얻은 듯이 기뻐하는 모습을 우리는 다른 분야에서 보고 들었지 않은가. 그 아이는 과연 그런 열정과 노력으로 백댄서를 하겠다고 한 것일까. 공부를 피하기 위해서 별로 원하지 않은 그 길을 택했던 것은 아닐까.

아이가 자퇴한 지 10년이 지났네. 그 동안 풍문은 들었지만 아이를 만날 수는 없었네. 그러다가 며칠 전 나는 그 아이를 만났네. 차도 두고 시내에 나가 볼일을 보고 집에 돌아가는 길이었네. 버스를 탈까 하다가 운동 삼아 걸어서 가기로 하고 경화서점 앞에서 경찰서 쪽으로 느릿느릿 걸어가고 있는데 앞에서 걸어오는 청년이 안면이 많아 좀 빤히 쳐다보았더니, 이 청년이 갑자기 계면쩍은 표정을 짓더니 인사를 하였고, 누구냐고 물었고, 근처 찻집으로 갔고, 거기서 나는 커피맛을 잃어버리고 말았네.

서울 가서는 석 달을 채 버티지 못했다고 했네. 전국에서 몰려든 날고 기는 애들도 많았지만, 서울로 오라는 손짓을 했던 형(그는 전문대를 다니면서 제법 이름을 얻은 프로 백댄서였는데 창원 공연 때 만나게 되었고, 뜻이 있다면 오라고 명함을 주고 갔다고 했음)을 따라 다니면서 백댄서의 세계를 맛보게 되었는데 이게 장난이 아니다 싶었단다. (에라이 빌어먹을 놈, 결국 너는 한 세상 편하게 먹고 살겠다고 그 난리를 피웠던 것이로구나.) 세상에 만만한 일이라고는 하나도 없는 법인데 대충대충 하고 제 하고 싶은 대로 하고 살 수 있다고 생각했단다. 형들은 공연 30분을 위해 5시간을 연습하고, 새로운 안무를 하나 맡으면 열흘이고 보름이고 밤이나 낮이나 연습하는데 힘들기도 했지만 멤버들이 너무 즐겁게 일하더라는 것이었다. 자기는 과연 저렇게 할 수 있을까 싶기도 했지만 형들 팀의 리더에게 오디션 비슷한 걸 받아보았는데 점잖게 타이르면서 고향으로 내려가는 게 좋겠다고, 자기보다 10배는 더 잘하는 애들도 돌려보낸다고 하면서 다독이더란다.

그길로 형들로부터 나와 가만 생각해 보니 집으로 갈 수도 없고 이제 어떡한다 싶어 돌아다니다가 다른 방법이 없어 밤차로 진해에 내려와 집에 갔더니 그래도 부모님은 반갑게 저를 맞아주시더란다. 그래 사흘을 쉬고 창원에 가서 길거리 노점상을 했단다.

나이가 들어 신체 검사를 하는데 학력 미달로 군대도 면제 받고 더욱 장사에 매달렸는데 지금 나이가 스물여섯 살. 혼자 살기에는 좀 많은 돈도 모았는데 밤에 잠이 잘 오지 않는다는 것이었다. 공부를 더 못한 게 마음에 걸리고, 중학교와 고등학교를 마치지 못한 게 너무 억울한 것 같기도 하고, 이렇게 사는 것이 정말 괜찮은 것인가, 이렇게 나이가 들어가도 괜찮은 것인가 마누라를 얻고 자식을 낳아 기를 수 있을까 등등 오만 가지 생각이 자신을 짓눌러 잠이 오지 않는다는 것이었다.

내가 그에게 해줄 말이 뭐 있어야 말이지. 속으로 내 가슴만 두드릴 뿐이지. 그때 왜 좀더 강력하게 말리지 않았던가 하고 말이야. 그러나 후회에 지나지 않았네. 연락이나 자주 하자고 명함을 주고 헤어져 집에 돌아와서도 영 편치 않았네.

사람이 특히 성인이 되기 전인 학생이 무슨 일을 하려고 하면 그것이 진정으로 원하는 일인지, 목숨을 바쳐가면서까지 열정을 가지고 하려는 것인지 스스로에게 열 번도 백 번도 더 물어보고 행해야 할 것이다. 다른 사람에게 물어볼 필요는 그 다음이다. 自問에 自問을 거듭하여 정말 그렇다는 대답이 나오거든 실행에 옮겨라. 그래야 후회하지 않는다. 아이의 삶에 행운이 있기를 빈다. 공부는 늦어도 할 수 있다. 마음이 문제다. 몸도 마음도 건강하게 가꾸어 가면서 살아라. 몇 년 뒤에는 녀석이 장가간다는 청첩장을 받고 싶다.

학교 체육 활성화에 박수

올해부터 시행되고 있는 학교 체육 활성화 방안으로 학교 스포츠클럽과 각종 방과 후 학교, 그리고 토요스포츠데이 활동이 있다. 격주 휴무에서 토요일 전면 휴업이 실시된 것이다. 주5일 수업제에 따른 소외 계층 돌봄과 그 외 희망자 전원을 수용하기 위해 마련된 것으로, 일선 학교에서는 학년 초에 상당한 혼란을 가져오기도 했고(학교교육 과정 편성이 이미 끝난 상태였음), 선생님들은 토요일에도 출근해야(주5일이 아니라 사실 주6일이다) 하는 등 불만이 많았던 것도 사실이다. 그러나 어쩌겠는가. 정부의 시책이기도 하지만 아이들을 위한 일이라는데 교사가 제 주장만 할 수는 없는 일이니.

학교 체육 활성화에 대한 반응은 대체로 긍정적이지만 일부에선 운동 능력 부족이 자칫 경쟁에서의 낙오로 이어질까 봐 우려한다. 그러나 스포츠클럽 활동 권장의 본질은 딴 데 있다. 학교 스포츠클럽의 운영 목표는 스포츠를 매개로 한 융합형 교육에 있다. 예를 들어 몸이 불편하거나 장애가 있거나 운동을 못하는 학생은 스포츠클럽 선수들의 몸 상태를 점검하고 부상 정도를 챙기는 일종의 매니저 역할을 하면 된다. 또 홍보 업무를 맡아 동영상을 촬영한다든지, 운동 일지를 기록하고, 클럽 소식지를 만들어도 된다. 감독이나 응원단 등 할 수 있는 역할을 맡기면 되는 것이다. 모두가 함께 어우러지는 것이야말로 진정한 스포츠 정신이다.

그 효과를 몇 가지만 짚어보면, 주말 학교 스포츠클럽 활동을 통해 학업 스트레스를 해소하고 신체적 에너지도 발산할 수 있다. 특히 리더십과 스프츠맨십, 프렌드십을 기르는 데 많은 도움이 되므로 요즘 문제가 되고 있는 학교 폭력 예방 효과도 클 것이며, 우리 아이들에게 진정한 지덕체 교육을 실현하는 길이 될 것이다.

선수들의 활동 내역을 학생부에 기재하도록 해 상급학교 입시 자료로 활용하게 한 교과부의 조치는 바람직하다. 승리와 패배, 그리고 연습 과정에서 경험하고 느끼는 것은 어떤 스펙보다 감동적이기 때문이다. 따라서 앞으로는 각 고등학교와 대학에서 스포츠클럽 활동을 입시에 반영하는 것도 학교 체육 활성화의 한 방법이 된다고 본다.

경화, 도천초등학교 100년과
진해우체국 100년

2006년 진해웅천초등학교가 개교 100주년을 맞아 기념식과 함께 학교역사관을 개관하더니, 올해 경화초등학교와 도천초등학교가 개교 100주년을 맞았다. 그 중 경화초등학교는 10월 13일, 14일 이틀에 걸쳐 기념행사와 기념식을 거행하여 진해구에 100년을 넘긴 학교가 세 개로 늘어나게 된 것이다.

참으로 대단하다 하지 않을 수 없다. 1912년 9월 2일 사립 대정학교로 출발해 1920년 진해공립보통학교를 거쳐 1945년 경화국민학교, 1996년 경화초등학교로 이름을 바꿔 오늘에 이르렀다. 6·25 전쟁 때는 학교시설이 신병 훈련장, 군병원으로 징발되기도 했지만, 대규모 해군기지가 있는 진해에 위치해 있어 다수의 해군 지휘관들을 배출하기도 했다.

도천초등학교는 100주년을 맞아 따로 행사는 없지만(1912년 1월에 개교했으니 사실 경화초보다 더 빠르다), 그 역사적 발자취는 가치 있게 다뤄져야 한다. 이들 학교는 진해 교육의 산 증인으로서, 사회 여러 분야에 많은 인재를 배출하고, 지역사회의 발전과 그 궤를 함께 해 온 학교들이기 때문이다. 모든 시민과 함께 진심으로 축하한다.

또한 진해우체국(현 건물이 아닌 사적 제 291호인 문화재청사를 말함)의 100주년을 빼 놓을 수 없다. 경남 창원시 진해구 백구로 40(통신동)에 있는 사적 제291호인 문화재청사는 1912년 준공된 1층 목조건물로서, 우편환저금, 전기통신 업무를 취급하던 청사였다. 건물 양식은 러시아풍의 근대건축인데, 이는 이 지역에 일찍이 러시아 공사관이 자리 잡고 있었던 까닭이라고 한다. 정면 현관에는 배흘림기둥의 투스칸 오더(Tuscan order)의 원기둥을 세웠다. 내부는 사무를 보는 영업장과 객장 사이에 높은 카운터를 두어 공간 구축을 하고 있다. 본래 내부 바닥은 목조마루였으나 지금은 마루를 들어내고 시멘트로 개조하였으며, 지붕은 동판으로 마감한 건물이다. 지금은 보수공사가 한창이다.

웅천초등학교, 도천초등학교, 경화초등학교, 진해우체국 문화재청사의 100주년은 참으로 뜻깊은 일이다. 진해의 교육과 문화에 대한 수준을 보여준다는 점에서 더욱 가치 있다 하겠다.

독서와 입시 경쟁

　대학에 와서 2학년 때 조진기 교수님을 만나게 되었다. '현대소설론'과 '비교문학'(그때 선생님께서는 한일 비교문학을 연구하고 계셨지 싶다. 논문도 여러 편 쓰신 걸로 기억되니까)에 대해 강의를 들었는데 워낙 독서량이 미천한지라 잘 알아들을 수도 없었고, 물론 재미도 없었다. 그래도 비교적 생경한 분야라 딴에는 예복습을 좀 하고 책을 가까이하다 보니 점차 흥미가 생겼다. 아마 대학 2학년 때 열심히 공부한 과목이라면 최동호 선생님의 현대시론과 조진기 선생님의 현대소설론이었을 것이다. 강의 때마다 닥치는 대로 책을 읽어야한다던 선생님의 말씀이 아직 생생하다. 그래서인지 나는 책 욕심이 좀 많다. 돈이 생기면 일단 책부터 사고 보았다. 지금 생각해도 그것은 정말 잘한 일이었다.

　내 나이 올해 쉰 넷, 1957년 정유생 닭띠, 이른바 신세대들이 말하는 구세대에 들어가는 나이다. 베이비부머 세대 아닌가. 국민학교 시절에는 교과서도 제대로 갖추지 못했고, 강냉이죽과 급식

빵, 그리고 보생고무에서 만든 (주)보생고무 타이어표 검정통고무신의 추억을 갖고 있는 세대, 새 학기 때마다 온 동네 형이나 누나들의 집을 순례하면서 한 권씩 교과서를 모았고, 어쩌다가 참고서나 문제집을 손에 넣는 날은 또 얼마나 기뻤던가. 지금 생각하면 적어도 그때 책은 아직 사치스러운 것이었다. 그리고 중학교 입시도 있었던 시절, 그래서 국민학교 6학년 때부터 학교에 남아, 요즘은 일상화되어 버린 자습을 했던 세대, 그야말로 입시지옥의 시기에 자랐다.

요즘 아이들이 들으면 그때 무슨 입시지옥이 있었느냐고 반문하겠지만, 사실 그랬다. 다만 지금은 먹고 사는 데는 어려움이 없으니까 자식들 입시에 온갖 신경을 다 쓰지만 그때는 워낙 일차적 욕구의 해결을 위하던 시절이라 자식이 상급학교 입학시험에 떨어지면 두말없이 진학을 포기시켰던 것이다. 재수니 삼수 같은 이야기는 꿈도 꿀 수 없었으니까.

학교에 갔다 오면 집 안에 있을 겨를이 없었다. 부모님을 비롯해 집에 들였던 머슴과 온 가족이 들에 나가 일하는데 어렸지만 나 또한 예외가 될 수는 없었다. 밭을 맨다든가 소꼴을 벤다든지 했던 것이다. 학교에 갔다가 집에 오면 으레 집에는 아무도 없었고, 그러면 내 스스로 점심을 챙겨야 했다. 백퍼센트 순꽁보리밥이었지만 소쿠리에 담아 어머니는 우물에 넣어두었다. 냉장고가 없으니 아무 곳에나 밥을 둘 수 없었고, 시원했던 곳은 냉기가 오르는 우물 안 뿐이었으니까. 줄을 당겨 밥을 덜고 다시 우물 안에 넣고, 텃밭에 가서 풋고추 한 줌과 물외 하나를 따 와서는 된장과 냉국을 만들어 비록 식은 보리밥이었지만 달게 밥그릇을 비우고 설거지까지 마친 후에 들에 나갔던 것이다.

농사일 중에 제일 하기 싫었던 일은 도리깨로 하는 보리타작을 위해 보릿단을 한 곳으로 모으는 일과, 한 골의 길이가 백 미터도 넘는 밭매기였다. 지금은 기계로 하거나 제초제를 뿌려 쉽게 하고 있지만, 땀은 질질 흐르는데 보리 까끄레기는 온몸 여기저기에 붙어 찔러대고, 햇살은 사정없이 내려쬐는데 그 긴 밭골은 줄어들 줄 모르고, 아아, 나는 지금도 그 생각만 하면, '내가 어른이 된다면 다시는 농사 같은 것은 짓지 않겠다'고 혼자 낙동강둑에 앉아 마른 풀을 뜯으며 중얼거렸던 기억이 새록새록 떠오른다. ─ 그러나 그 누가 알았으랴. 세상살이 만만한 게 하나도 없다는 사실을.

그렇게 중학교부터 대학교까지 입학시험을 통해 진학이 이루어졌다. 더구나 대입 때는 예비고사라는 게 있어서 일단 그 시험에 합격해야 대학 시험 칠 자격을 주었다. 물론 모든 대학이 본고사를 치렀고.

이런 상황 아래서 교과서 외에 다른 교양 도서를 읽는다는 것은 일종의 사치라고나 할까. 물론 그 당시에는 참고서도 쉬이 사 볼 수 있는 형편이 아니었던 때라 좋은 책을 많이 읽는다는 것은 그리 쉬운 일이 아니었다. 기껏해야 낡은 학교 도서관 장서 중에 몇

권 얻어 읽는 정도였다. 이처럼 어려운 형편이었지만 가끔 돈이 생기면 형이나 누나에게 부탁해서(시골에선 책을 사보기가 무척 어려웠으므로) 너무너무 멋진 책 '학원'을 사 볼 수 있었는데, 한 달 동안만 읽은 것이 아니라 두 달, 어떤 때는 석 달씩 읽고 또 읽었다. 내가 다녔던 시골 고등학교는 대학 예비고사 합격자가 몇 명 나오지 않았지만 특별반을 모아서 진학지도를 했는데, 그 때는 선생님도 귀했던 시절이라 소위 국영수 선생님은 성함을 잘 기억하기 어려울 정도였다. 너무 자주 바뀌었고 또 오랫동안 새 선생님이 부임하지 않아서 한 시간 건너 거의 자습이었다. 이럴 때가 나는 오히려 좋았다. 책도 많이 읽을 수 있었고, 공부에 그렇게 쫓기지 않아도 되었기 때문이었다.

그러나 그 때는 독서가 인격적 성숙을 위한 것이며, 성적이나 진학, 출세 등 이른바 세속적 경쟁 논리와는 무관한, 목적성이 없는 순수한 행위라는 걸 염두에 두지는 않았지만, 요즘 아이들처럼 책읽기도 입시와 성적을 위해 하지는 더더욱 않았다. 그냥 좋았기에 했던 것이었다. 그만큼 맑은 책읽기를 했던 것이다.

그래서 나는 아직도 독서는 순수해야 하고, 약육강식의 경쟁 논리를 익혀 적자생존의 선상에서 살아갈 준비를 하는 것이어서는 안 된다고 말하고 싶다. 과학의 급속한 발달로 책보다 화면이 신세대에게 더 어울리게 될 것이라는 견해가 꽤 설득력을 갖는 모양이지만, 그래도 나는 순수한 마음으로 충분히 사고하면서 활자화

된 교양 도서를 읽는 것이, 인격적 성숙이라는 이상을 이끌어내 경쟁과 생존이라는 현실을 포용하고 나아가 보람차고 의미 있는 삶의 바탕을 만드는 첩경이라고 믿는다.

무상급식 유감

　오늘날 우리가 삶을 엮어가는 세계는 어떠한 시대인가. 많은 지식인들이 자유주의의 바탕 아래 시장과 법치, 소통과 참여가 더욱 중요해지는 시대라고 말한다. 지도자의 명철한 상황 인식과 자국 국민들에 대한 헌신과 국민들의 투철한 애국심이 요구되는 시대라고 말한다. 백 번 옳은 말이지만 우리의 경우는 그보다 더 나아가야 한다고 본다. 분단된 우리의 현실을 냉철한 판단과 노력으로 통일 조국을 건설해야 하며, 지역을 통합하고 이념에 따른 갈등을 해소하면서 발전에 발전을 거듭해야 경제적으로나 정신적으로 선진국이 될 수 있기 때문이다.

　그러나 우리의 오늘은 어떠한가. 자유보다 평등을 우선하고, 법치보다 떼법이 막무가내로 통하며, 국가나 국민의 이익보다 각종 포퓰리즘이 난무하고 있다. 대한민국을 부정하는 극좌적 역사관을 교육하지 않나, 시민단체가 유엔에서 대한민국을 공격하는 기가 막히는 일이 벌어지고 있다.

가난해도 본인만 열심히 공부하면 좋은 대학 가고 좋은 일자리 구해 중·상위층이 될 수 있는 '교육의 계층 상승 사다리'가 사라졌다고 한다. 즉 '개천에서 용 나던 시대'는 갔다는 말이다. 최상층과 최하층의 학력 차는 2,30년 전보다 더 벌어졌다는 것이다. 교육 양극화가 더 심화되었다는 말이다. 그 원인은 무엇일까. 모든 학교와 학생은 동일하다는 허망한 이상주의 때문이다. 현실적으로 학생들은 빈부격차도 심하고 학력 격차도 심한데, 공교육은 그저 '학생들은 똑같이 가르쳐야 한다'는 평준화 허상에 갇혀 있다. 유럽의 구사회주의권 국가들도 '평등'을 넘어 '경쟁'과 '효율'을 모색하고 있는 지금이다. 가난한 집 아이일수록 열악한 학교에 들어가 부실한 교육을 받고 그 결과 어른이 돼서 경쟁력이 떨어지는 악순환이 벌어지는 것이다. 모든 학생에게 똑같은 교육을 제공하고 학교 선택권을 제한하는 '기계적 평등'은 참된 '평준화'가 아니다. 교사가 학생들의 학업 성취를 개인별로 세세하게 파악해 개별 학생 수준에 따라 맞춤식 교육을 제공하는 수준별 학습이 진정한 '평준화 모델'이다. 교육 사다리에서 탈락한 아이들에겐 꿈과 목표가 있을 리 없다.

교육과정을 통해 어느 한 분야에서 자기의 가능성을 실현시켜 나갈 실력을 키우지 못한 사람은 평생 자기 목표 아래 좌절하고 인간다운 삶을 살아갈 길이 막히고 만다. 교육의 사명은 학생들이 사회에 나가 좌절하지 않고 떳떳하게 인정받으며 살아갈 수 있도록 실력을 붙여주는 일이다.

계층을 순환시켜 상위층엔 긴장감을, 하류층엔 희망을 주는 교육의 순기능이 재대로 작동하지 않는 지금의 현실은 사회 불안과 갈등 증폭으로 이어질 수 있다.(가톨릭대 성기선) 무엇보다 3불(본고사, 고교등급, 기여입학)이나 무상급식 등 경직된 정치논쟁에 빠져 정작 소외 계층에 필요한 실효성 있는 대책 논의가 부족했다.

나는 이런 현실에 대해 큰 우려를 표하면서, 최근 교육계에서 일어나고 있는 일 하나를 이야기하고자 한다. 얼마 전 끝난 지자체 선거에서 교육감과 교육위원 출마자들이 각종 시민단체와 손잡고 공약으로 내세운 '무상급식' 문제다.

무상급식이란 말 그대로 공짜로 밥을 먹이겠다는 것이다. 당연히 그 돈은 세금으로 충당된다. 예산을 식비에 쓰면 다른 교육활동에 들어갈 돈이 줄어들어 교육 전체가 어렵게 된다. 안 그래도 교육 분야 예산이 모자라 학급당 인원도 줄이지 못하고, 적체 현상이 심각한 교사 충원도 못하고 있는데 말이다. 절대 공짜가 아니다. 학교는 말 그대로 배우는 곳이지 밥 먹으러 가는 곳이 아니다. 학교는 우리의 미래를 이끌어갈 아이들에게 올바른 가치와 지식을 가르치고, 당당한 존재자로서 다른 이들과 더불어 살아가도록 교육하는 곳이다. 눈칫밥이라는데 그게 왜 눈칫밥인지 교육 현장에서 서른 해를 보내는 나는 이해할 수 없다. 가난은 죄가 아니라고, 다만 불편할 뿐이라고, 열심히 부지런히 살면 행복해진다고 가르쳐야 할 것 아닌가. 가난한 현실을 일시적으로 가린다고 무엇이 나아진단 말인가. 아무리 세상이 약삭빠르고 경쟁 제일의 풍토가 되었다고 하지만 학교는 그래서는 안 된다.

형편이 어려운 학생들은 지금도 각종 교육비며 납부금, 심지어 급식비까지 면제해 주고 있다. 국가나 지방자치단체에서 학교와 긴밀하게 협조하면서 최대한 수혜를 주고 있는 것이다. 학급의 아이들은 누가 무상급식을 하는지 알지도 못하지만 그리 관심도 없다. 내가 근무하는 학교는 대부분의 아이들이 형편이 어려운지라 자진해서 급식도우미를 하며 급식비를 아끼거나 용돈을 벌어 쓰는 아이도 많다. 눈칫밥 먹는다고 모든 아이들에게 무상급식을 한다는 것은 한마디로 난센스다.

현재 우리 학교에서는 한 끼 식대가 2,900원이지만 진해시에서 1인당 500원을 지원해 아이들은 2,400원씩 내고 있다. 한 달에 4만 원에서 5만 원 남짓의 식비를 내고 있는 셈이다. 한 반에 35명 정도의 아이들이 있지만 10명에서 15명 정도는 식비를 면제받고 있다. 나머지 학생들이 식비를 내는데 그 중에서도 어려운 아이들은 일 년 내내 식비를 내지 못하는 경우도 있다. 아마 학교마다 다 그럴 것이다. 그러면 어찌 되는가. 일 년 내내 식비를 내지 않으면 교육청에서 결손 처리한다고 들었다. 요즘은 회비를 안 내도, 각종 납부금을 안 내도 강제하는 방법이 없다보니 그렇다. 이러다 보니 이걸 악용하는 부모도 있다. 물론 학급 담임이나 행정실은 업무도 줄고 골치 아프지 않아서 좋겠지만, 대한민국이 그렇게 어려운 나라는 아니지 않은가. 지금의 낮은 복지를 증진시킬 생각은 않고, 사회적 정치적 지도자라는 사람들이 그저 표 얻는다는 생각에 무상급식이라는 공약을 내세우고, 거기에 편승해서 '아이구 그러면 밥값 공짜겠구나' 이런 생각을 하는 국민들이라면 대한민국의 희망은 없다고 본다.

대부분의 사람들이 자식들의 밥값 정도는 낼 수 있다. 그러면 그 돈으로 급식의 질을 높인다든지, 학교의 치안 유지, 장학금, 방과 후 수업비 지원 등으로 사용하면 우리 교육의 전체적 질 향상을 가져 오지 않겠는가. 지금도 나는 아이들과 급식을 함께 하면서(선생님들은 아이들과 똑같이 식사하면서 2,900원씩 낸다.) 왜 자라는 아이들에게 우유 하나씩 못 주는 걸까, 기껏 500원이면 되는데, 또 일주일에 두 번 정도는 과일을 좀 먹일 수 없는 걸까, 모자라는 영양도 보충하고 아이들에게 급식을 즐기도록(급식은 맛없는 것이라는 편견을 갖고 있는 아이들이 많다.) 할 수 있는데 하고 생각한다. 이게 다 급식비를 인상할 수 없어서 생기는 일이다. 집에서 먹이면 그 정도의 돈 들어가지 않는가. 무상급식하지 말자. 어려운 아이들에게는 급식비 받지 말고, 낼 수 있는 아이들에겐 좀 낮게 받아서 급식의 질을 높여 보자. 밥 공짜로 준다고 학부모들이 '얼씨구나' 하고 좋아할 줄 알았다면 그건 오해다. 학부모의 학교 불신은 그런 데 있지 않다. 학교폭력이나 선생님들의 무관심과 편애, 편향된 시각으로 아이들을 가르치는 잘못된 교육 때문이지 결코 돈 몇 푼에 있지 않다는 것을 알아야 한다.

그리고 우리 학부모나 아이들에게 공짜를 좋아하게 만들면 안 된다. 이번엔 무상급식이고 다음엔 뭘 줄 건가. 언제나 한 사람의 국민으로서, 사회의 한 구성원으로서 당당하고 떳떳한 존재가 될 때, 성숙한 인간으로서의 만족감과 보람을 갖게 된다는 미래지향적인 교육을 해야 한다.

국어사랑과 한자교육

필자가 중고교에 다닐 때는 나라 사랑이 곧 국어 사랑이라 하여 한자 교육을 제대로 받지 못했다. 물론 영어 교육은 국어보다 더 비중 있게 받았지만. 그 때문에 대학에 진학하여 고생깨나 했던 기억이 새롭다. 모든 교재가 한자투성이였던 것이다. 결국 독학으로 한자 공부를 해서 강의를 따라갔던 것이다. 그때부터 우리의 국어 생활에서 한자를 도외시하는 태도는 재고되어야 한다고 생각해 왔다.

과연 나라 사랑이 국어 사랑이었던가. 그것은 관점의 차이요, 근시안적 사고의 본보기였을 뿐이라는 것이 분명해지고 있는 요즘이다. 혹자는 명색이 국어 선생이라는 사람이 어찌 그런 말을 하는가 하고 책망할지 모르겠지만 내 생각은 좀 다르다.

우리나라는 일본, 중국과 함께 한자문화권에 속해 있다. 옛 문헌 자료와 역사들이 모두 한자로 기록되어 있어, 우리 조상들의 자취를 찾는 작업도 한자를 몰라서는 안 되게 되어 있다. 또한 예로부터 일본과 중국, 그리고 우리의 관계는 대단히 밀접했고, 지금은 국제화 시대라 하여 더욱더 그 중요성이 부각되고 있는 실정이다. 국제화 시대라 하여 영어나 기타 외국어만 중시할 수는 없지 않은가. 광복 이후 영어 중심의 편협한 외국어 교육 탓에 오늘날의 국적불명의 문화가 생겨나는 것이다. 한자 또한 외국어임에 분명하고 한자문화권 국가와의 교류 증진을 위해 꼭 필요하다면 영어 못지않게 중시해야 한다. 특히 우리 자신이 한자문화권에 속해 있어 한자와 밀접한 관계에 있고, 앞으로도 그러한 관계가 지속될 것이라고 볼 때, 한자 중시의 태도는 그 당위성을 갖는다.

　요즘 세대들은 한자를 멀리한다. 입시 비중이 낮고, 학교 교육에서도 중시하지 않기 때문이기도 하지만, 실제 생활에서 한자를 접할 기회가 줄어들어 한자 사용 능력이 향상되기는커녕 떨어지고 있기 때문이다. 자라나는 세대들을 한자문화권에서 유리시켜서는 안 된다. 따라서 한글전용이 불가피하지 않은 곳이라면 한자 사용을 생활화할 필요가 있다. 초등학교에서부터 영어 교육을 시키는 요즘이다. 한자는 일부러 교육시키지 않아도 한자문화권 국가답게, 생활 속에서 한자를 사용한다면 다른 어떤 외국어보다 쉽게 배우고 익힐 수 있는 것이다.

　한글 사랑과 한자 교육은 분명 따로 생각해야 한다. 우리말과 글을 아끼고 사랑하는 것과, 국제화 시대, 한자문화권의 비중 등에 대처한다는 차원에서 영어 못지않게 한자 교육이 필요하다는 것은 분명 다르다. 국한문 혼용이 한글전용에 지장을 가져온다 하여 소탐대실小貪大失하는 우를 범할 수는 없다.

일본과 중국 등 한자문화권 국가들의 세계적 위상이 점점 높아지고 있는 이 때, 국내 굴지의 회사들이, 직원들에게 영어처럼 한자 교육을 시키고 있고, 입사 시험에 한자를 포함시키는 것은 오늘날의 현실을 그대로 반영한 것이라 생각된다. 한글을 사랑하자. 그렇다고 한자를 멀리하지는 말자.

세계화와 국어교육

국제화, 세계화, 지구촌화 시대로 접어든 지 오래다. 우리 정부도 이러한 상황에 맞춰 초등학교 때부터 영어 교육을 실시 지도 오래다. 급변하는 세계에 대응하기 위한 영어능력 향상 방안으로서 추진되어 온 정책이다. 일본과의 영어능력 비교에서 토익점수가 100여점이나 낮다고 하여 얼마 전에 각 언론에서 야단법석을 떨었던 적도 있다. 현재까지의 영어 교육, 즉 중학교 때부터 6년간 행해지는 영어 교육이 부족하기 때문에, 언어교육은 빠르면 빠를수록 좋기 때문에 조기교육을 실시하고자 한다는데 이의가 있을 수는 없다.

그러나 본말전도本末顚倒의 어리석음을 저질러서야 되겠는가. 외국어가 아무리 좋다고 해도 제 것을 버리고 남의 것을 무조건 수용한다는 것은 자기 자신을 망각하는 것과 같다.

세계 문화 속에서 우리 문화의 자기 정체성과 자존심의 핵심은 국방도 경제도 아닌 바로 우리말이다. 언어교육은 어찌 보면 언어를 통한 그 나라의 사고체계와 문화를 이해하는 것이라고도 할 수 있다. 다시 말하면 국어를 통해서 우리 나라의 문화를 이해하고, 우리의 국민정신을 터득하는 것인 셈이다. 이런 원론적인 문제에도 합당하지 않는 정책을 어찌 수용할 수 있겠는가.

얼마 전 텔레비전의 보도에 의하면 서울 일부 학원가에선 유치원생을 상대로 한 영어 조기교육 프로그램으로 떼돈을 벌고 있는 현장을 보도했다. 외국인 강사에다 학원 내부를 미국의 가정으로 꾸며놓고, 심지어 아이들의 이름도 앨리스, 리처드 등의 외국 이름으로 바꾸어 학원 안에서는 국어 사용을 전혀 못하게 하고 있을 뿐만 아니라 한국인이라는 사실조차 망각하도록 하고 있었다. 한 달에 몇십만 원의 과외비는 논외로 하더라도 앞으로는 지방까지 그런 식으로 교육하지 않고는 학원도 살아남기 힘들다는 논리를 거침없이 토로하며 인터뷰하는 학원장이나 학생, 학부모들의 얼굴에서, 우리 백의 민족들은 비장함을 느꼈을까. 서글픔을 느꼈을까. 감수성이 예민한 여남은 살 이하의 어린이들에게, 내 나라 말과 글을 제대로 배워 사용할 수 있는 능력이 갖추어져 있지 못한 상태에서, 이러한 영어 조기 교육을 실시한다면, 우리 어린이들이 경험하게 될 인지적, 정서적 혼란을 어떻게 할 것인가?

걸핏하면 유구한 역사가 어떻고, 문화 민족이 어떻고 하면서 자라나는 우리 아이들에게 자기 나라에 대한 학습도 제대로 이루어지지 못하는 가운데 외국 사람들의 사고체계와 문화를 먼저 터득하게 한다는 것은 어불성설이다. 세계화는 다른 나라 사람들의 생각과 행동에 가까이 다가가기 이전에, 우선은 우리 자신의 생각과 행동을 먼저 주체적으로 세우는 데서 출발하는 것이다.

미국, 일본, 프랑스, 독일 어느 나라도 자기 나라 국어를 소홀히 하면서 외국어 교육을 하는 나라는 없다. 그 어느 나라도 학교에서 가르치는 자기 국어 시간이 영어 시간에 비해 떨어지지도 않고, 그 상대적 비율을 따지더라도 그렇다. 이들 나라에 비해 국어 시간의 비율이 현재에도 우리나라가 제일 낮은 수치를 보이고 있는데, 그런 식의 영어 교육 바람이 불면 앞으로 어떻게 될 것인지는 불을 보듯 뻔하다. 그렇다고 영어 교육을 소홀히 하자는 얘기는 아니다. 무엇보다도 국어가 우선이라는 인식이 바탕이 되어야 한다는 것을 강조하는 말이다.

언어 기능 분야의 능력 이전에 그 바탕이 되는 정신 기능 분야 즉 한국인으로서의 자기 정체성이 우선한다는 것은 마땅하고, 그렇다면 한국어에 대한 바르고 정확한 이해와 적용 그 다음에 외국어의 자리가 있어야 한다. 일본과의 토익 점수 비교 문제도 그렇다. 단일민족으로 우리 말과 글을 가진 민족의 외국어 실력이 그 정도면 됐지 어째서 일본을 앞지르지 못한다고 호들갑이란 말인가. 물론 일본보다 우리가 나으면 더할 나위 없이 좋겠지만 객관적인 잣대로 평가하고 비교할 때 진정한 경쟁과 비교가 되는 게 아니겠는가. 20년 이상 뒤떨어졌다는 경제력이나, 일본어의 세계화를 위해 세계 유수의 대학에 엄청난 액수의 기금을 지원하는 일본 정부의 모국어 정책을 본받

자는 말은 왜 못하는지. 반풍수 집안 망친다고 선진 외국을 본받는다는 것이 꼭 좋은 점은 제쳐두고 되먹지도 않은 것만 받아들이고 있으니 기가 찰 노릇이 아닌가.

어떤 명분으로도 영어 교육은 한국어 교육 다음이라야 한다. 요즘 각종 매스컴에 등장하는 이름난 학자들은 국내 유수 대학을 나온 사람들임에도 불구하고 외국 유학을 다녀와 국내에서 사용하는 우리말 수준은 한심하기 짝이 없을 정도이다. 어려운 한자어나 영어, 독어 같은 외국어를 섞어 쓰는 것이 무슨 학식이 높은 것으로 착각하는 것 등이 바로 그 예이다. 또한 입에 담지 못할 사건과 말도 안 되는 일이 횡행하는 오늘날의 우리 현실은 바로 우리말과 글에 대한 이러한 경시 풍조와 무관하지는 않을 것이다.

인간성 상실의 교육

해마다 그렇지만 올 여름 날씨는 유난하다. 곳곳에서 기상대 관측을 시작한 이래 최고의 무더위라는 소식이다. 오랜 가뭄으로 농작물의 피해가 극심하다고 한다.

이렇듯 우울하고 짜증나는 이때, 더욱 우리를 땀나게 하는 것이 있어 그렇잖아도 높디높은 불쾌지수를 드높인다. 온 국민이 가뭄 극복에 나서고 있는 판국에 일부 국회의원들은 휴가 성 외유를 떠나 추태를 부리고 있고, 경주를 비롯한 세 군데의 보선 지역에서는 시대가 바뀌었다는 지금도 여전히 남우세스러운 일들이 벌어지고 있는 것이 그것이다.

그러나 그보다 더한 것이 있어 우리를 더욱 우울하고 슬프게 한다. 중고생들의 방학 중 보충수업이 그것이다. 중진국을 넘어서 선진국에 올라서고 있다는 지금도 에어컨은커녕 선풍기 하나 없는 교실, 삼십 도를 웃도는 그곳에서 오직 입시만을 위하여 비지땀을 흘리는 학생과 교사를 생각하면 기가 찰 노릇이다. 도대체 말이 되질 않는다. 지식이, 점수가, 대학이 무엇이길래 이래야 하는가?

바람직한 행동의 변화로 인간에게 살아가는 방법을 가르치는 것이 교육이라는 근본적인 이야기는 접어두고라도 파행적 입시 위주의 교육이 인간적 진실을 외면하고 획일성을 조장하는 비극적 사회를 잉태한다는 위기감을 느껴야 할 때가 되었다. 대학에 몇 명을 합격시켰느냐로 그 학교의 교육 수준을 가늠하는 우리 모두의 의식을 전환해야 한다.

교육 문제가 어제오늘의 이야기는 아닐진대 진정 그 대책은 없는 것일까. 학교와 교사, 학부모, 그리하여 사회와 국가가 책임을 인식해야 한다. 합리성에 바탕을 둔 인간의, 인간다운 교육을 기다린다. 이런 날씨에 공부가 다 무어란 말인가.

희망을 심는 교육

가난은 부끄러운 것이 아니라 불편한 것이라고 누가 말했던가. 모든 것이 물질 위주의 사고로 진행되고 있기에 오늘의 사회는 극도의 개인주의를 불러, 남은 어찌 되든 자신만을 위하는 현실이 되고 말았다. 더불어 사는 세상은 이제 멀어졌는가.

얼마 전 매스컴을 떠들썩하게 했던 양순미 양의 경우는 여러 가지 착잡한 생각을 갖게 한다. 가난은 한 개인의 문제가 아니라 사회의 구조적 문제다. 기아에 허덕이는 다른 빈곤 국가를 돕는 이 마당에 제 집에서는 이런 충격적인 일이 일어났으니 역설도 이런 역설은 없을 성 싶다.

올림픽을 성공적으로 치르고 나날이 발전하고 있는 한편에 「결식 아동」과 「청소년 가장」의 현실을 우리는 외면하고 있었던 것이다. 「균형 발전」에 의한 고루 잘사는 사회의 건설은 결코 이상만은 아닐 것이다.

어찌 이런 일이 일어날 수 있는가 하는 비탄과 동정에 앞서 과연 우리 나라의 복지제도가 국민을 위한 것인가라는 한탄도 있게 하는 반면에, 정말 「절대적」으로 가난해서 생긴 비극인지 아니면 그 또래 아이들이 갖기 쉬운 「상대적 빈곤」에 의한 참기 어려운 고통의 결과였는지를 생각게 한다. 신문 보도에 의하면 결코 「절대적 가난」은 아닌 것 같다.

그러나 「상대적 가난」에 의해 고통을 받는 아이의 마음에는 「절대적 가난」이나 「상대적 가난」이나 피차일반이다. 못 먹어서 고생했던 「보릿고개」 얘기에 「세대 차이」로 아버지의 말문을 막는 아들의 입장에선 「왜 부자도 많은데 우리 집만 못 사는가」라는 생각이 뼈저릴 뿐이다.

가뭄이나 홍수에 의한 천재지변에는 수재의연금 등으로 일시적 온정을 나타낼 수 있다. 하지만 이런 「상대적 가난」에는 일시적 부분적 온정이 미담은 될 수 있을지라도 빈익빈부익부에 의한 체념 의식을 더욱 부채질하는 양상을 가져와 제도적 장치가 필요하다는 요구를 막을 수는 없는 것이다. 그러나 이런 구조적, 제도적 모순보다 더욱 안타까운 것은 요즘 아이들이 가난을 수치로 알고 있다는 사실이다.

가난하더라도 밝고 희망적인 삶을 살아가는 사람이 낳다는 것을 왜 알지 못하는가. 물질보다 정신이, 얼마나 여유 있게 사느냐보다 얼마나 인간답게 사는가가 더 보람있는 인생이라고 가르치기엔 학교와 사회가 너무 오염되었는가. 교육의 책임이 크다.

중학교 2학년

"북한이 남침을 하려 해도 남한의 중2 때문에 못한다."는 우스개가 있다. 우리가 무의식중에 내뱉는 '중2병'이다. 그러나 다시 생각해 보자. 말썽쟁이들은 별종이 아니다. 예나 지금이나 사춘기 아이들의 엉뚱함이나 돌출적인 행동은 있었다. 대부분의 아이들은 착실하게 자기에게 주어진 역할을 다하며, 미래를 향한 열정을 불태우면서 그 돌다리의 시기를 건너가고 있다. 몇몇의 문제를 전체로 침소봉대針小棒大하는 일은 정말 바람직하지 않다.

아이들을 지도한다거나 다룬다는 사고에서 이제는 벗어나야 한다. 교육은 사람을 키우는 것이며, 교수자와 학습자가 교학상장敎學相長하는 것이다. 사춘기 없이 어른이 될 수는 없다. 성장통이 없는 인생이 정답이어서도 안 된다. 사춘기를 병적인 현상으로 보지 말자. 아이들이 대체로 정서적으로 불안하고 예민한 것은 감성이 최고조에 달해 그만큼 순정하다는 의미다. 그래서 기성세대에 반항도 하고, 짜증도 자주 내며, 기존의 질서를 거부하기도 하는 것이다.

반면에 대부분의 아이들은 세상의 많은 음악도 즐겨 듣고, 영화나 예술에 관심을 가지며, 친구들과 관계 맺기를 통해 사회성을 키워가는 시기이기도 하다. 또한 삶과 죽음, 세상의 신비로움과 '나는 누구인가' 하는 자아 정체성 찾기 같은 민감한 문제에 대해 나름대로 고민하는 시기이다. 한 마디로 이때만큼 감수성이 뛰어난 시기는 없다는 것인데, 우리 어른들이 기존의 질서 안에 가두려고 하니까 이해를 못하는 것이라 나는 생각한다.

창의적인 생각이나 행동이, 나아가 그런 직업을 택하는 것들이 결코 그냥 다가오지는 않는다. 자신이 하고 싶은 일을 하면서 즐겁게, 그리고 여유 있게, 행복하게 살아가는 많은 사람들이 이 시기에 자신만의 예술성을 발견하거나, 자신의 미래를 고민하다가 세상에 눈을 떠 진로를 찾아내, 일로 매진하게 되어 사회 각 분야에서 자신만의 일가를 이룬 것만 보아도 사춘기를 부정적으로 볼 이유는 없다.

그렇다고 우리 사회가, 우리 어른들이 모두 책임을 져야 한다는 것은 좀 지나치다. 세상 어디에도 아이들 모두를 만족케 하는 제도나 규범은 없다. 다만 아이들의 일탈을 방관하지 않고, 함께 고민하고 문제를 풀어가는 어른들이, 우리 사회가 아이들을 좀더 행복하게 해주는 방법을 끊임없이 연구해야 하고, 또 그만큼 아이들을 사랑해야 할 것이다.

정말 대다수의 아이들은 지극히 아이답다. 눈에 뵈는 것도 없고, 무서운 것도 없는 아이가 아니다. 무서운 것도 많고, 힘든 것도 많고, 고민도 엄청 많지만 그걸 참고 견디며 세상의 규범을 따르려고 노력하고 있다. 중학교 2학년은 결코 병이 아니다. 아름다운 삶이다.

3부

진정한 효도란?

　지금은 여고에서 영어교사로 있는 아들이 세 살 때였다. 여좌동 연립주택에서 중앙시장에 가려면 걸어서 7~8분 정도 걸렸다. 그날은 토요일 해질 무렵이라 도로가 한산했다. 하긴 진해에서 신호등이 옛 육군대학 앞에만 있을 때였으니 뭐 복잡한 날도 없었겠지만. 차를 갓 샀을 때였으나 시장 구경도 할 겸 아내와 아이와 셋이서 육대 앞 철로를 건너서 중앙시장으로 가려고 현대의원(지금은 없어짐) 앞 횡단보도에서 신호를 기다리고 있었다.

　그런데 갑자기 아이가 그 큰 도로 가운데로 뛰어 들어가는 거였다. 나는 그때 잠시 먼눈을 파느라 자세히 보지 못하고 있었는데, 아내의 단말마 비명을 듣고 돌아보니 상황은 그렇게 되어 있었던 것이다. 문제는 그 다음이었다. 아이를 구하겠다는 아내의 행동은 그야말로 물불을 가리지 않는 막가파(?)였다. 차량 진행 신호를 받아 마구 내달리는 시내버스와 택시, 화물차들 앞으로 돌진해 들어가더니 마구 팔을 휘저으며 아이를 부르는 것이었다. 진해에서 사람이 제일 많이 모이는 곳인지라 순식간에 많은 사람들은 이 광경을 목격하게 되었는데, 정작 아버지인 나도 그런 모양새였으니 지금 생각해도 계면쩍기 그지없는 상황이었다.

아이는 신호의 개념을 모르는 나이였고, 엄마와 시장에 갈 때는 이 길을 건너서 가니, 그냥 횡단보도 선을 따라 뛰었던 것이다. 아이가 중간 쯤 갔을 때(왕복 8차선이었다) 신호가 바뀌었으나 아내 때문에 여기저기에서 차들은 급정거를 하게 되었고, 그래서 무사히 아이를 건너편 길까지 데려가게 되었다. 아내와 아이를 둘러선 사람들은 '아이고, 큰일 날 뻔했다' 느니 해싸면서 무사한 걸 두고 다행스러워 하고 있었다. 나는 두 사람과 같이 시장 안으로 들어가면서 아내에게 물었다. '당신, 좀 전에 한 행동을 아는가' 고. 아내의 표정은 이랬다. '아니, 이양반이, 내가 뭘 어쨌다고 그래' 전후 상황을 다 듣고 난 아내가 그 순간 자기는 아무것도 생각하지 않았단다. 다만 아이만 무사하길, 아이만 생각하고, 보고, 뛰어들었다고 했다. 더구나 그때 아내는 둘째아이를 가져 만삭이었다. 부모의 마음이란 자식 앞에 물불 가리지 않는 것이리라.

조선시대 패관문학책인 '대동야승大東野乘'에 보면, 어떤 사람이 조롱鳥籠에 어미꾀꼬리 한 마리와 그 새끼를 넣어 길렀는데, 어느날 새끼를 원하는 손님이 있어 선물로 줘 버렸겠다. 어미 꾀꼬리는 그날부터 먹이를 먹지 않고 구슬피 울기만 하더니 며칠 후 죽어버렸다. 주인이 배를 갈라보니 창자가 다 끊어져 있었다고 한다.

이 이야기는 자식을 잃은 어미의 애끓는 심정을 말하는 것이다. '애끊다'와 '애끓다'라는 어휘는 아마 여기서 나온 것이지 싶다. 자식이 부모를 고생시키거나 걱정시킬 때 쓰는 이 말은, '애'가 창자를 뜻하니 '부모의 창자를 끓는 것'이란 의미다. 모름지기 부모를 편하게 해드릴 일이다.

자식 기르는 어미의 애간장이야 하루에도 몇 번씩 녹고 끊어지고 다치련만 그 중에서도 가장 애절하기란 자식을 먼저 떠나보낼 때일 터다. 부모님이 원하시는 대로 들어 드리고, 드시고 싶은 것을 조건 없이 드시게 하고, 가시고 싶은 곳은 편하게 다녀오시도록 해드리는 것이 진정한 효도가 아닐까. 아, 수욕정이풍부지樹欲靜而風不止하고 자욕양이친부대子欲養而親不待한다더니 부모님 다 가시고 난 후 자책하는 이 마음이 더욱더 부끄럽다.

영화 〈괴물〉 관람기

병술년 여름 무척 덥다. 연일 계속되는 무더위와 열대야로 낮에는 아예 움직일 생각을 못하고 밤이면 집을 떠나 바닷가나 조금이라도 시원한 곳을 찾아가는 나날이 계속되고 있다. 집에서 샤워를 하고 옷을 훌훌 벗고 선풍기에 의지하여 편안한 자세로 책을 보거나 컴퓨터나 텔레비전을 보는 게 최고의 피서라고 여기고 있는데 딸아이와 아내의 성화에 못 이겨 중앙극장 심야 영화를 보기로 했다.

진해 중앙극장은 해양극장과 더불어 진해의 영화산업을 이끌어 나가는 대표적인 극장이다. 역사도 오래되었지만 진해 사람들의 뇌리에 영화하면 깊이 새겨져 있는 장소다. 지금은 없어져버린 진해극장과 경화극장도 있었고, 극장 간판 그리던 사람들의 추억도 생각나지만, 첨단 디지털 시대에 그런 것을 들추는 것 자체가 유치하게 느껴진다. 나 또한 오랜만에 들른 곳이라 좀 서먹서먹했는데, 1관과 2관으로 나뉘어 있었다. 1관에서는 〈괴물〉을, 2관에서는 '플라이 대디'를 상영하고 있었는데, '플라이 대디'도 내용은 좀 다르지만, 가정을 지키려는(정확하게 말한다면 딸을 폭행한 가해자를 아버지가 스스로 응징하기 위해) 아버지가 벌이는 사투를 기본 줄거리로 하고 있는 영화라는 점에서 〈괴물〉과 공통분모를 갖는다고 할 수 있겠다. 그런데도 2관의 관객은 아무도 없었고 1관은 자리가 없는 상황, 극장 측에선 임시변통으로 2관도 〈괴물〉을 상영키로 하였고, 우리는 비교적 냉방이 잘 된 2관에서 좀 여유로운 관람을 할 수 있었다. 단 한 가지 음향시설이 정말 마음에 들지 않았다는 것만 빼고.

곧 천만 관객 돌파와 함께 '왕의 남자'가 세운 최고 흥행 기록도 넘어설 것이라는 보도가 나오고 있는 봉준호 감독의 〈괴물〉. 봉준호 감독이라면 먼저 떠오르는 영화 '살인의 추억'이 있다. 뛰어난 완성도를 보여주었다는 평단의 평가와 함께 대중들의 관심을 사로잡았던 영화였다. 분명 봉준호 감독은 '친구'와 '실미도' 등등에서 비롯된 한국영화의 질적 양적 스펙트럼을 크게 넓힌 감독 중 한 사람이다.

영화 〈괴물〉은 미군의 독극물 한강 방류 사건을 모티프로 사건을 전개하는 약간은 특이한 영화다. 한강에 출몰하는 돌연변이 괴물과 한강 변에서 매점을 운영하는 평범한 가족이 사투를 벌이는 과정을 유머러스하고 풍자적으로 다룬 이야기다. 괴물에게 납치된 딸을 구하기 위해 죽기 살기로 싸우는 송강호와 가족들. 그 중에서도 아버지역의 송강호의 연기는 정말 처절했다. 가족과 가정을 지키기 위해 고군분투하는 아버지의 모습을 보면서 나는 시원함이나 후련함 그것도 아니라면 장엄함이나 뿌듯함 정도는 느껴야 했음에도 오히려 처연함이나 숙연함을 느낀 것은 왜일까? 아버지란 가족과 가정에 대해 무한책임을 가져야 한다는 절대적 사명 때문이었으리라. 가족의 안위 때문이라면 목숨까지도 가볍게 걸어야 하는 존재라는 슬픈 책임감 때문이었으리라. 변화의 물결을 타고 이 시대 아버지들의 권위는 벌써 무너져 버리고 없는데, 그럼에도 불구하고 가장으로서의 책임은 오롯이 떠안고 가야 하는 이 비극을 도대체 어쩌란 말인가.

영화 속의 아버지 송강호는 허름한 츄리닝 하의에 티셔츠를 입고 캔맥주와 구운 오징어를 배달하고 컵라면을 파는 매점 주인이다. 변희봉을 아버지로 모시고 여동생과 남동생을 건사하며(아내는 없다. 사별은 아닐 테고 이혼했거나 집을 나갔거나… 에이 이런 추측도 필요 없다) 하나뿐인 딸아이의 새 휴대폰을 사 주기 위해 컵라면 용기에 동전을 모으는 지극히 무기력한 사람이다. 현실 속의 한강변 매점 주인은 결코 가난하지 않겠지만 적어도 이 영화 속의 송강호 같은 아버지는 우리나라에 많다. 바로 나일 수도 있고 내 이웃의 김씨나 박씨일 수도 있다. 父性의 추락. 이 시대의 일반적 현상이라 하더라도 최근 너무 심하게 가속화되어왔다.

과거를 부정하고 아버지를 부정하고 역사를 뒤집어엎는다고 새 시대가 도래할까. 조금이라도 정당하다면 어른과 스승과 아버지를 비판하고 부정하고 매도해야만 하는 걸까. 이 시대의 아버지는 분명 슬프다. 이 영화가 사람들에게 공감을 불러일으키는 큰 이유 중의 하나도 여기에 있을 것이다. 말 없는 공감대 형성. 사실 이 영화의 괴물은 헐리우드 영화의 그것처럼 웅장하지 않았다. 스토리도 평범하였고 결말의 처리 부분도 약간은 인위적인 냄새도 났다.(부모 없는 아이를 받아들이는 대목) 그래도 많은 사람들이 재미도 있었지만 생각하게 하는 영화라면서 감동을 전하는 이유일 것이다. 父性의 추락과는 반대로 더욱더 여권은 신장되어 가정에서나 직장에서나 사회에서나 아버지의 활동 범위는 심하게 제약받고 있다. 그런데도 아버지로서의 책임은 오롯이 떠안고 가야한다는 점이 나를 더 슬프게 한다.

미확인 생물체인 '괴물'의 위협을 국가가 아닌 가족이 해결한다는 이 슬픈 주제의식. 미군의 독극물 방류 사건을 모티프로 하였다는 점 때문에 반미 영화로 회자되기도 하지만 내가 보기엔 정말 말도 안 되는 논리일 뿐이었다. 한 마디로 영화 〈괴물〉은 딸의 납치에서 시작해 그 가족들의 처절한 노력으로 딸이 구출되는 것으로 끝나는 작품이다. 영화 속의 '괴물'은 딸을 납치한 괴한일 뿐 그것이 사람들을 어떻게 해치고 어떻게 국가를 위기와 혼란에 몰아넣는가는 중요하게 묘사되지 않는다. '괴물'은 가족의 안정과 평화를 깬 원흉일 뿐이다. 여기서 우리가 읽어야 할 영화적 의미는 무능력하다 못해 폭력적으로 그려진 국가의 모습이다. 시민과 가족을 보호해야 할 국가는 오히려 시민을 더 큰 위험 속으로 몰아넣는다. 결국 우리 자신이 가족을 지키기 위한 싸움에 직접 뛰어들 수밖에 없다는, 아무도 우리를 지켜주지 않는다는 메시지를 이 영화는 전달하고자 하는 것이다. 이 메시지가 관객들에게 어필되었고 소위 흥행대박을 터뜨린 것이다.

정상적 사회 속에서는 무능한 주변인이었던 강두의 일가족은 가족을 구하겠다는 일념만으로 국가라는 법망을 뚫고 가족 윤리의 타당성을 실현한다. 그들의 사투는 국가의 법보다 가족의 윤리가 우위에 있다는 가치관의 표현이라고 할 수 있다. 따라서 영화 〈괴물〉은 사실성의 측면에서는 불가능하지만 가족의 위험을 국가가 아니라 가족 스스로가 해결해야 하는 것에 관객이 공감하고 있다. 이것이 영화 〈괴물〉이 흥행에서 성공한 이유일 것이다.

늦은 밤이라 다이어트에 지장이 있다며 팝콘이나 아이스크림도 먹지 않겠다는 아내와 딸아이와의 다소 건조한 한여름 밤의 영화 감상은 이렇게 막을 내렸다. 젊은(?) 시절에는 마산의 개봉관인 시민극장이나 강남극장 등에서 개봉작을 거의 빼놓지 않고 봐왔는데 점차 게을러지고 문화적 환경이 변하다 보니 영화관을 찾는 일이 드물게 되었다. 비디오나 텔레비전으로 영화를 보는 것과는 분명 큰 차이가 있다는 것을 잘 알면서도 그 편리함에 끌려다니는 내가 밉다.

*지금은 중앙극장과 해양극장 둘 다 없어지고 롯데시네마 진해점이 석동에 있다.

웅어를 아시는지 여쭙습니다

계절 따라 별미를 즐기는 사람들이 늘어가고 있다. 봄 도다리요 가을 전어라 했듯이 세상 모든 먹거리에는 또 계절이 연관되는 것이리라. 삶의 결이 그만큼 윤택해졌다는 말도 되겠고, 사람살이가 결국 가치를 늘여가는 것이라는 말도 되겠다.

나는 낙동강 유역에서 어린 시절을 보낸 사람이라 붕어를 비롯한 민물고기를 자주 접했다. 주변의 어른들이 디스토마로 고생하시던 생각도 낯설지 않았다. 얼굴이 시꺼멓게 변하다가 배에 복수가 차서 유명을 달리하셨던 어른들. 그래도 초고추장에 찍어 먹던 민물고기맛을 잊지 못하던 사람들. 유난히 입이 짧았던 나는 어렸을 때부터 민물고기를 좋아하지 않았다. 날것은 물론이요, 찌개나 매운탕 같이 익힌 것도 별로 좋아하지 않았다. 그러나 추억이란 것은 어쩔 수 없는 모양인지 아직도 잉어나 붕어 같은 고기를 보면 정감이 간다. 특히 징거미라는 새우 비슷한 것은 낚시로 많이 잡았는데, 강물의 오염이 심각한 요즘도 잡히는지는 알 수가 없다.

그런 추억 중에 웅어회가 있다. 연어나 황어, 송어나 은어처럼 회귀성 물고기로 이맘때 즉 오뉴월에 바다에서 강으로 올라와 갈대 같은 물 숲에 알을 낳는 물고기다. 웅어는 민물고기가 아니라서 디스토마 걱정도 없고, 옛날에는 임금님께 진상되던 음식이라 해서 특히 인기가 있었다. 육질이 부드럽고 고소한 맛이 일품인 웅어는 멸칫과의 바닷물고기로 몸 빛깔이 은백색에 몸길이가 20-30센티미터 정도로 가늘고 긴 칼 모양을 하고 있으며 머리가 작다. 성질이 워낙 급해 멸치나 갈치처럼 그물에 걸려 올라오는 즉시 죽는다. 따라서 수입산이 있을 수 없고 양식도 물론 안 된다. 아직까지는 순수 자연산인 셈이다, 웅어는 여러 가지 다른 이름을 가지고 있다. 지역에 따라, 또는 전설에 따라 그 이름이 많은 편인데 우어, 우여, 웅애, 위어, 위여, 유여 등으로 불린다.

웅어에 얽힌 전설도 두 가지 있다. 그 하나는 옛날 행주나루에 병든 아버지를 돌보며 주로 웅어를 잡아 생계를 유지하던 가난한 소년 어부가 있었다. 어느 날 이름난 대감의 외동딸이 웅어로 병을 치료하려고 이곳에 왔다. 주로 음력 3, 4월에만 잡히는 웅어를 보관하기 위하여 석빙고까지 만드는 소년의 정성은 결국 처녀의 병을 낫게 하였다. 시간이 흘러 사랑하게 된 이들은 집안의 반대로 사랑을 이룰 수 없자 석빙고 안에 들어가 웅어와 함께 얼음이 되었다 한다. 웅어와 사랑 이야기라 좀 어울리지 않지만 우리의 전설이란 또 그런 맛이 있는 것. 사랑을 잃고 사느니 차라리 부둥

켜안고 얼음이 되어 버린 슬픈 연인의 이야기는 언제 들어도 가슴 짠하다.

다른 하나는 백제 패망 당시 적장 소정방이 의자왕의 궁중 최고 보양식품이 '우여'였다는 것을 듣고 어부들에게 우여를 잡아오도록 했으나, 백마강에 그렇게 많던 우여가 백제를 패망시킨 적장의 식탁에 오를 수 없다 하여 모두 물 밑으로 숨어버려 단 한 마리도 잡을 수 없었다. 그런 뒤 금강을 따라 당으로 압송되는 백제의 포로 선단의 뱃전에 수없이 많은 우여들이 스스로 몸을 부딪쳐 죽었다하여 임금에게 의리를 지킨 물고기란 뜻에서 의어義漁라고도 부른다. 그야말로 애국적 물고기가 아닌가.

인터넷에 웅어를 검색해 보니, 웅어는 조선시대 임금님 밥상에 올랐던 '계절의 별미'였다고 한다. 궁궐과 가까운 동시에 웅어가 많이 잡혔던 행주나루(現경기도 고양시) 근처엔 웅어잡이만 전담하는 관청인 위어소葦魚所가 있었을 정도라니 말이다. 관리들은 제철만 되면 당시의 고양군(고양시)과 양천군(서울시 양천구) 어민들에게 웅어 진상進上을 재촉했다고 한다. 조선 후기 명화가 겸재 정선도 '행호관어(杏湖觀漁, 행호에서 고기 잡는 것을 살펴보다)'란 작품을 통해 아름다운 행주 호수에서 펼쳐지는 이 같은 웅어잡이 풍경을 그려냈다고 한다.

이렇게 역사적 의미와 맛을 가진 웅어를 작년에 이어 올해도 먹게 되었다는 이야기를 하려다가 너무 길어져 버렸다. 그날이 마침 학교 생일이라 평일인데도 불구하고 쉬는 날이었다. 고향 친구에게 전화를 했더니 기다리고 있겠단다. 이 친구는 유일하게 고향을 지키며 농사를 짓고 산다. 수박과 총각무 하우스 농사로 몇 년째 재미를 보았다고 했다. 그렇게 재미 보기도 잠시, 몇 년 전 아내가 중풍으로 쓰러져 혼자서 고생깨나 하는 중이지만 다행히 요즘은 큰아들이 제대를 하여 학교 다니면서 집안일을 많이 도와주고 있단다.

해마다 이맘때 웅어가 나오니 웅어 덕분에 아내와 오랜만에 시외로 드라이브를 하게 됐다. 아침부터 비가 왔지만 서둘러서 창원시 대산면 모산으로 갔다. 친구 내외와 넷이 어울렸다. 몇 번 가봤던 횟집에서 벌건 대낮이지만 큰 접시에 가득 담겨 나온 웅어회에 소주를 좀 과하게 마셨다. 입이 유난히 짧은 친구는 몇 점 먹지 않았고, 아내와 친구의 부인은 뭐 웅어회보다 곁다리 음식에 더 자주 젓가락이 갔으니 오만 원짜리 그 많은 회접시를 거의 내가 비웠다고 해도 과언이 아닐 정도로 포식을 했다. 웅어는 다른 횟감들처럼 그냥 초고추장에 찍어 먹어도 좋고, 생겨자를 풀어서 간장에 찍어 먹어도 된다. 그러나 진짜 맛은 조선 된장에 찍어 먹을 때가 제일이다. 아니면 된장에 초고추장을 약간 섞어 상추쌈이나 들깻잎쌈을 싸 먹어도 좋다. 점심밥이 필요 없을 정도로 먹고, 기분이 난 넷은 다시 농주를 직접 담가 파는 곳에 가서 두 되나 마셨고, 오랜만의 죽마고우와의 회포는 고주망태가 되어 끝났다.

아직은 오월 중순, 웅어철이 끝나지 않았으니 생각이 있으신 분들은 연락하시기 바란다. 사람 사는 맛이 무언가. 이런 즐거움도 누리면서 고단한 사람살이의 페이지를 넘기면 좋지 않겠는가. 가까운 분들, 특히 〈계간진해〉 편집팀들과 한번 시간을 내보고 싶다. 다시 묻는다. 웅어회를 아시는가.

설봉산의 사흘

사실 좀 긴장했다. 일본과 미국을 비롯한 해외여행도, 제주도와 설악산을 비롯한 국내 여행도 제법 해 보았던 내가 막상 금강산에 간다는 생각을 했을 때는.

금강산 여행 초창기에 다녀온 분들에게 들은 바로는 외국 나갈 때처럼 여권으로 드나들고, 절차도 거의 같다는 것이었다. 그런데 이번에는 출입증을 만들어 간다는 것이었고 그 과정도 예전에 비해 훨씬 간편해졌다는 이야기를 들었다. 그래서 별 생각 없이 가방을 쌌다. 세면도구와 속옷, 양말 등등. 가방이 헐렁했고, 좀 추울 것으로 생각해서 모자와 장갑, 외투를 입고 가겠다고 마음먹었고, 새벽 4시에 일어날 자신이 없어(창원에서 5시에 출발하므로 진해에 사는 나는 4시에는 일어나야 했다), 마침 밤늦게 있은 청소년 축구 결승전을 보고 밤을 새워 출발했다.

하루에 두 번 밖에 열리지 않는 비무장지대를 통과하기 위한 절차를 다 밟고 남측 비무장지대를 지나 군사분계선(시멘트 말뚝 하나

뿐이었다)을 넘어 북측으로 들어가는데 걸린 시간은 불과 1-2분 정도. 마치 미국에서 캐나다로 가는 것과 같았다. 아니다. 비유를 잘못했다. 진해에서 창원 가는 것과 같았다. 일행들도 기분이 묘한 분위기였다. 하긴 50년을 기다린 북한행인데 아무렇지도 않다면 오히려 이상한 일이지.

황량한 시골 분위기. 낯설지 않았다. 눈에 덮힌 금강산을 바라보며 온정리로 들어가는 내가 전혀 어색하지 않았다. 온정각 앞의 광장, 한마디로 금강산 안에 건설해 놓은 현대아산市였다. 나다니는 차량이나 각종 시설물이 모두 현대의 것이었으니 북한 안에 현대를 건설한 것이나 다름없지 않은가.

봄에는 금강이요 여름에는 봉래요 가을에는 풍악이요 겨울에는 개골산(설봉산)이라 배웠건만 과연 민족의 명산다웠다. 구룡과 비봉을 비롯한 폭포들, 만물상, 삼일포, 해금강 등등 볼거리도 많았지만 생각할 점도 많았다.

사람이 없는 겨울 관광지는 쓸쓸함이 더하였다. 군것질거리도 없었고, 사람 사는 냄새도 나질 않았다. 적막하고 표정이 없는 산하, 이곳이 정녕 우리의 조국이 맞는가. 그러나 그러나 다 이해하기로 한다. 50년이 넘도록 만나지 못하고 서로 다른 이념과 사상으로 살아온 우리가 이제사 만났는데, 우리가 마을을 속속들이 보지 못하도록 마을 주변에 담장을 두른 것이나, 금강산까지 가는 도로 양 옆에 철사 담장을 두른 것이나, 온정리 관광지 안에는 북한 사람들이 들어오지 못하도록 한 것이나, 출입제한 지역이 많거나, 사진 촬영 금지 구역이 무척 많은 것을 어찌 이해하지 못할 것인가.

좀 더 시간이 흐르고 서로가 서로를 더 알게 되면 출입 절차도 지금보다 더 간편해질 것이고, 민족 간의 동화도 더 빨리 진행될 것이라는 믿음이 생겼다. 우리는 단일민족이 아닌가. 실제로 고성항 횟집에서 만난 봉사원 아가씨에게 '남남북녀라서 그런지 참 곱다' 고 했더니 '곱다가 아니라 짱이지요' 라고 해서 그 변화를 바로 느끼기도 했다. 남쪽의 10대들이 사용하는 말들을 벌써 이 사람들이 쓰고 있구나. 북한의 변화도 그리 멀지는 않았다.

금강산 관광이 시작된 지 7년, 그동안 다녀간 사람이 작년에 백만 명이 넘었다니 얼마 안 가 천만이 될 테고 이천만이 될 것이니 통일은 이렇게 이루면 되는 것이리라.

옥류관 냉면도 맛있었고, 온천도 좋았지만 좋은 추억을 한 가지 갖고 왔다. 저녁에 아는 분들과 술을 한잔 나누려고 고성항 횟집에 들렀는데 자연산 광어(북한엔 양식이 없다)를 주문했더니 서비스 안주로 나온 것이 모시멍게였다. 생기기도 남쪽의 여느 멍게와는 좀 달랐지만 맛 또한 완전히 달라 본음식인 광어보다 훨씬 좋았다. 봉사원에게 부탁해 한 접시 더 시켜 먹었는데 들쭉술 한 잔에 모시멍게 한 점이라. 다시 생각해도 참 좋았던 느낌이다.

내가 지인들에게 금강산에 가게 되었다고 했을 때 몇 분은 '왜 그런 곳에 일부러 가느냐, 북쪽에 퍼주기 하는 행사에 이 선생 같은 사람이 생각도 없이 말이야' 하며 나무라기도 했다. 그래서 교육부에서 한 학교당 한두 분의 선생님만 추천해서 가는 것이고, 거기다가 나는 교직 생활 24년 만에 처음 얻은 기회이기도 하고, 일부러 가기는 쉽지 않지만 이번 기회에 한 번 다녀오고 싶다며 갔다 왔지만 잘 갔다 왔다는 생각이다.

기회가 되면 아내와 조용히 다시 가고 싶다. 금강비치호텔에서 고성항을 바라보며 북한산 머루주나 들쭉술 한잔에 사람 사는 이야기를 나누고 싶다. 남쪽이나 북쪽이나 다 사람 사는 곳이 아니던가. 가능하면 북한 사람들과 함께 하면 더 좋겠지.

노령화 사회에 대한 소고

　예로부터 무병장수, 무병영생은 모든 인간의 염원이었고 지금도 마찬가지다. 아무리 그렇다 하더라도 인간이 넘볼 수 없는 데까지 욕심을 부려서는 안 되리라.

　그러나 그러나 어쩌랴. 세월이 흐르고 과학이 발달하면서 영생까지는 아닐지라도 이러한 염원은 인간의 역사상 유례를 찾아볼 수 없는 평균수명의 연장으로 현실화되고 있다. 반가워해야 할 일이지만 호사다마라는 말처럼, 이러한 현실과 수명연장이 가속화될 미래가 드리울 어두운 그림자가 인류에게 또 하나의 시련과 도전을 던져주리라는 불안 또한 어쩔 수가 없다.

　건강하게 오래 살면 좋은 것이지 나쁜 일이란 도대체 무어란 말인가. 오래 살면 노령화가 급진적으로 이루어진다는 말이고, 사회석 혹은 경제적 생산성, 또는 생산력의 저하에 수반되는 여러 문제가 발생하게 된다는 것이다. 수명연장 자체는 곧 노인의 증가를 말하고 그것이 인간의 신체적·정신적 활동력의 연장으로 직결되는 것이 아니기 때문이다. 그것은 피부양 인구의 증가로 귀결되고, 각종 사회적·경제적·의료적 문제를 수반한다. 이런 까닭으로 개개인의 무병장수가 사회적 차원에서 보면 마냥 반가울 수만은 없다는 것이 솔직한 생각이다.

이런 인류의 고민을 담고 있는 개념이 '노령화 사회'와 '노령 사회'이다. 한 사회의 인구 중 노인이 차지하는 비중이 7%가 넘는 경우를 노령화 사회(aging society)라 하고, 15%를 넘을 경우 노령 사회(aged society)라고 한다. 우리나라는 2000년부터 노령화 사회에 접어들었고, 2019년 혹은 2022년에 노령 사회에 진입할 것으로 예견되고 있다. 서양 선진국의 경우 대부분 노령화 혹은 노령 사회의 단계에 진입해 있고, 우리나라를 포함해서 여타의 나라들도 오래지 않아 이 대열에 동참할 것으로 보인다.

인구의 노령화 현상은 현대 문명의 산물이고 인류가 이제껏 경험해보지 않았던 새로운 현상이며 개개 국가 차원을 넘어선 전 인류의 문제이지만, 우선 당장 우리의 관심을 끄는 것은 우리 사회에 어떤 영향을 미칠 것이고 어떻게 대처해야 할 것인가 하는 점이다.

인구의 노령화는 여러 가지 사회복지 문제를 야기할 것이 분명하다. 수명은 길어졌지만 경제적 생산력이 떨어지거나 없어지기 때문에 노령 인구의 소비를 사회적으로 어떻게 감당하느냐가 커다란 문제로 등장할 수밖에 없다. 단순 생존에 필요한 의식주는 물론이고, 신체의 노화에 따라 증가되는 의료 서비스와 삶의 의미를 찾을 수 있는 공간 제공 등 노인들의 삶의 질을 확보하는 것들이 주요 문제일 것이다.

현재까지 우리 사회는 부모에 대한 효나 어른에 대한 공경의 전통이 강하게 남아 있어서 노령 사회의 문제점이나 그 사회적 의미에 대해서는 안이하게 생각하고 대처하는 경향이 많았다. 그런 문제들이 지금까지는 개인적 차원으로 취급되는 경우도 많았다. 그러나 앞으로는 지금까지와는 비교가 안 될 정도로 노인 혹은 노령 인구와 관련된 사회적 문제가 발생할 것으로 예상된다. 바꿔 말하면 지금까지는 개인적 차원에서 무마되었던 것들이 더이상 그 차원에 머무르지 않고 사회적 압력으로 등장할 것이라는 점이다.

가까운 지인들에게서 벌써 그런 문제들을 보고 있다. 나이 드신 분들이 중병에 걸리거나, 치매나 알츠하이머 같은 병에 걸려 기동이 어렵거나 가정에서 지내기가 곤란한 분들이 많이 생기기도 한다. 이럴 경우 사회보장제도가 확실하다면 별 문제가 없겠지만 아직 우리 사회는 사회 복지 제도가 걸음마 단계에 불과한 실정이므로 한 가정이 풍비박산이 되는 경우도 보았다.

고령화 사회가 도달하고 있는데 우리라고 이를 피할 수는 없을 것이다. 세계 10대 교역국이니, 이제는 좀 살만해졌다느니 하는 경제적 성장 다음에 따라야 하는 사회 복지가 충분히 뒷받침될 때 비로소 선진국이라는 말을 입에 올릴 수 있다는 점을 명심해야 한다. 국민적 합의를 바탕으로 입법 과정을 거쳐 복지 정책을 하나하나 실천해 나가야 할 것이다. 사회복지를 위한 예산의 원활한 확보와 집행을 위한 정책을 입안하고, 거기에 따른 사회 구성원들의 적극적 참여와, 개인적 희생을 바탕으로 한 자원봉사 등 성숙한 시민 의식이 지금 요구되고 있다.

복伏날 이야기

사람 인人 변에 개 견犬을 쓰는 한자 복伏. 무슨 의미를 담고 있는 걸까? 더우면 반드시 개고기를 먹도록 하라는 명령일까, 너무 더워 사람이 개처럼 헐떡이게 된다는 것일까? 하긴 요즘은 사람이 사람 노릇을 제대로 하지 않으니 개 같은 ○○이 되기 싫으면 조심하라는 뜻인지, 7월 15일은 초복初伏이고, 25일은 중복中伏, 8월 14일은 말복末伏이다. 그러니까 한 달에 걸쳐 삼복三伏이 있는 셈인데 다시 말해 여름 중에서도 한 달은 매우 덥다는 뜻이다.

중국 진秦나라 때부터 시작되었다는 삼복三伏은 무더움을 상징하는 날이다. 오행五行 상 여름은 화火에 속하고 가을은 금金에 속하는데, '여름 불기운에 가을의 쇠기운이 세 번 굴복한다'는 뜻으로 복종할 복伏을 써서 삼복이라 했다고 한다.

복날이 되면 으레 삼계탕이나 보신탕 같이 몸을 보保하는 음식을 먹는다. 한의학 고전에서도 여름을 일 년 중 몸을 다스리는 데 제일 힘든 시기로 꼽고 있듯, 체력소모가 가장 많은 계절이기 때문이다,

요즘은 삼복과는 무관하게 일 년 내내 몸에 좋다는 음식은 가리지 않고 찾아 먹는 사람들이 워낙 많다 보니, 새삼스럽게 보신 이야기를 할 필요도 없어졌지만 보신 산업이 새로운 돈벌이로 각광 받은 지가 오래 되었다.

옛날에는 복날이 되면 음식과 술을 준비해 산이나 계곡을 찾아 하루를 즐기며 더위를 잊었다. 또한 더위를 먹지 않고 질병에 걸리지 않는다고 하여 팥죽이나 수박, 참외 등 제철 과일을 먹기도 했다. 또 삼계탕은 기본이지만 보신탕이나 오리탕, 장어구이, 흑염소 요리, 잉어 삼색찜, 메기 조림, 참붕어 요리, 다슬기 조림 등 우리 주위에서 흔히 볼 수 있는 보양 음식은 이루 헤아릴 수 없이 많다.

복날에 시내나 강에서 목욕을 하면 몸이 여윈다고 믿었는데, 이는 더위로 몸이 뜨거워진 상태로 차가운 물에 갑자기 들어갔을 때의 사고를 방지하기 위해서인 것 같다. 또 '복날마다 한 살씩 나이를 먹는다'는 말도 있다. 복날의 무더운 날씨가 벼를 자라게 한다는 것을 가리키는 말이다. 논에서 자라는 벼는 삼복의 더위를 꼭 필요로 한다. 여름은 여름다워야 하고 겨울은 겨울다워야 한다는 말이다. 정치가 정치다워지고, 문화가 문화다워지고, 세상이 세상다워지고, 모든 사람도 사람답게 살 수 있다면 얼마나 좋을까. 또 있다. '여름철에 땀을 흘리지 않으면 가을 감기에 걸린다'는 말이다. 여름철에 적당히 땀을 흘리는 것 자체가 자연스런 건강법이란 이야기다.

나는 개고기를 먹지 못한다. 아니 안 먹는다고 해야 옳다. 개인적인 사정이 있기 때문이다. 돌아가신 나의 어머니께서 독실한 불교신자셨는데 한사코 개고기는 먹지 말라고 하셔서 지금껏 먹지 않는 것이다. 여름철이면 곤란한 경우를 자주 당한다. 만나는 사람마다 인사가 '한 그릇 하자'는 것이니(이 때 '한 그릇'은 보신탕이다'), 얼마나 곤혹스럽겠는가. 그러나 나는 흔쾌히 따라가기로 한다. 삼계탕을 따로 시켜 같이 간 사람이 약간 어색하겠지만 먹는 음식을 이래라 저래라 할 수는 없는 법이니까.

덥다고 에어컨에 의존하여 여름을 보낸다면 오히려 건강을 해치기 쉽다.

포퓰리즘과 3무 1반

저 6~70년대의 고무신과 막걸리가 오늘의 3무1반(무상급식, 무상보육, 무상의료, 반값 등록금)으로 진화했다면 지나친 억측일까. 정치판의 '못 살겠다. 갈아보자.'의 이유가 힘들어서, 괴로워서, 속상해서, 배 아파서, 더러워서, 눈꼴셔서 중 제일 마지막이어서는 좀 곤란하지 않을까. 아르헨티나에 이어 태국에선 부패의 온상이었던 탁신 전 총리의 여동생이 파격적인 친 노동자 농민 포퓰리즘 정책을 내세워 압도적 지지를 받아 당선되었다고 한다. 하긴 대중은 당장의 눈앞만 보는 존재들이라는 말도 있으니까.

포퓰리즘 (populism)이란 정책의 현실성이나 가치판단, 옳고 그름 등 본래의 목적을 외면하고 일반 대중의 인기에만 영합하여 목적을 달성하려는 정치행태를 말한다. 대중주의라고도 하며, 인기영합주의·대중영합주의와 같은 뜻으로 쓰인다. 대중적인 인기, 비현실적인 선심성 정책을 내세워 일반 대중을 호도하여 지지도를 이끌어 내고, 대중을 동원시켜 권력을 유지하거나 쟁취하려는 정치형태를 말한다. 포퓰리즘을 이끌어가는 정치 지도자들은 권력과 대중의 정치적 지지를 얻으려고 겉모양만 보기 좋은 개혁, 중장기적인 고려 없이 당장의 국면만을 유리하게 이끌려는 정책을 내세운다.

국가와 국민을 위하는 것이 아니라 특정 집단의 정치적 목적만을 위하고, 합리적인 정치·사회 개혁보다는 집권 세력의 권력 유지 또는 비집권 세력의 권력 획득 수단으로 악용될 뿐이다. 포퓰리즘의 특징은 지나친 인기 영합주의와 허울 좋은 명분뿐이라는 점이다. 충분히 고려되지 않은 정책에 대한 국고 및 재정압박이 생기며, 심할 경우 인플레이션 또는 저성장의 악순환이 초래될 수도 있다.

포퓰리즘의 원조는 1891년 미국 중서부 대평원지대의 농민운동에 기반을 두고 출범한 인민당이다. 농민과 노동자 지지를 목표로 시장이나 경제적 합리성을 벗어난 과격한 정책을 내걸었던 인민당은 연방의회에서 20여석을 차지할 만큼 세력을 키웠으나 얼마 못가 몰락하고 말았다. 일부 농민과 노동자들의 환심을 사기는 했지만, 현실적 대안을 내놓지 못했던 탓이다. 대신 포퓰리즘이란 용어를 남겼다.

2차 세계대전 후 아르헨티나의 페론도 비슷한 전략으로 정권을 잡았다. 최저 임금을 대폭 올리고 급진적 분배정책을 펴면서 대중의 지지를 받았으나, 그 결과 국고가 거덜 나고 살인적 인플레와

실업률로 국민들은 도탄에 빠졌다. 또한 전반적 소득감소로 중산층이 무너져 빈곤층이 50%에 달하기도 하였다.

아르헨티나는 한때 세계 강국 5위 안에 들던 나라였으나 페론 정권 이후 한없이 추락하였다. 페론은 노동자들의 지지를 받아 권력을 움켜쥔 후, 이를 유지하기 위해 친 노동 정책을 펼쳐 많은 인기를 얻었다. 개혁이라는 이름으로 노동자들의 임금을 인상하고, 근로환경을 개선했으며, 언론의 보도를 억제하고 자원의 국유화를 단행하는 등의 정책을 시행하여 그만큼 하층민의 지지를 받았다. 문제는 한 국가를 유지하기 위해서는 당장의 눈앞의 이익보다는 정치, 경제, 사회에서의 거시적 관점이 필요한 점을 간과했다는 것이다. 페론 정권은 단지 권력 유지라는 목적을 위해 개혁을 하나의 수단으로 활용했다. 이런 결격 사유에도 많은 노동자들의 지지를 받았던 페론 정권은 독재를 유지할 수 있었고, 제 1차 세계대전 발발 당시만 하더라도 국민 1인당 GNP가 스페인, 이탈리아, 스웨덴, 스위스보다 높았을 정도로 부유한 나라였던 아르헨티나는 몰락의 길을 걷고 말았다.

하지만 아르헨티나 내에서도 이러한 페론 정권을 두고 페로니즘이라며 찬양하는 사람이 있는가 하면, 반대하는 사람들 역시 많다. 어쩌면 페론은 진정으로 국민을 위한 사회복지의 확충을 하고 싶었을지 모른다. 그러나 그 정책의 즉자성과, 단기적 효과에만 급급하였기 때문에 이러한 결과를 초래했을 수도 있다.

또 근래의 예도 있다. 다시 태국의 새 총리가 된 탁신 가家 이야기다. 탁신 전 총리는 2001년 집권하자마자 모든 국민이 30바트(약 1,000원)만 내면 기본 의료서비스를 받을 수 있는 선심정책을 폈다. 도농 간 소득격차를 줄인다는 명분으로 마을마다 100만바트(3,500만원)씩 나눠주고 농가 빚을 탕감해줬다. 그러나 저소득층을 사로잡는 데는 성공했지만 의료의 질이 떨어지고, 국가재정이 어려워졌으며, 세금은 치솟아 중산층의 불만을 샀다. 탁신은 2006년 군부 쿠데타로 물러나 해외 망명했으나, 그가 뿌려놓은 포퓰리즘의 씨앗은 여전히 남아 있다. 탁신을 복권시키려는 시위가 최근까지 끊이지 않았던 이유다. 태국 국민은 군부와 왕실과 정치인 모두를 부패했다고 보고, 자신들에게 조금이라도 혜택을 주었던 탁신을 선택한 것이다. 정부와 국가의 미래는 생각의 여지가 없는 형편이다.

한 집안 3명의 총리와 4번의 총선 승리. 탁신 일가—家가 내각책임제 국가인 태국에서 3명의 총리를 배출하면서 10년 이상 태국 정치를 주무르게 된 건 모두 포퓰리즘 정책의 덕이라고 보아도 무방하다. 탁신 친나왓(62) 본인은 총리를 두 번 지냈고, 매제에 이어 막내여동생마저 총리직에 오르면서 탁신이란 이름은 강력한 '선거 브랜드'로 자리 잡았다. 이처럼 포퓰리즘 정치는 중독성이 강하다. 서민 생활이 어려울수록 더욱 위력을 발휘한다.

잉락은 이번 총선에서 노동자의 하루 최저 임금을 300바트(약 1

만원)로 40% 인상하는 등 재정 소요가 큰 정책을 공약으로 내걸었다. 공약을 다 지키려면 정부의 붕괴가 우려될 것이란 지적이 나올 정도다. 실제 태국 중앙은행은 국내총생산(GDP) 대비 재정적자 규모가 현재 42%에서 6년 내 60%까지 올라갈 수 있다고 전망하고 있다. 하지만 포퓰리즘이란 비판에도 불구하고 태국 서민층의 생활이 그만큼 고달팠다는 현실이 탁신가를 다시 태국 정치의 중심으로 되돌려놓은 원동력인 것으로 풀이된다.

잉럭의 공약은 사실상 '탁시노믹스'를 되살린 측면이 강하다. 탁신은 총리 재임 시절 농촌과 도시빈민을 위한 급진적인 정책을 많이 내놓으면서 지지층을 결집시켰다. 탁신가가 농민·서민층을 대변하고 있긴 하나 가족의 이권을 지나치게 챙겨 부패한 정치재벌이라는 평가도 적지 않다. 탁신 일가는 정보기술(IT) 분야에서 사업을 확장하면서 부정한 방법으로 부를 축적해왔다는 의혹을 받아왔다.

탁신과 그의 매제에 이어 태국의 새 총리가 된 탁신의 막내 여동생 잉락. 부드러운 이미지에 화해를 내세워 정계 입문 한 달 반 만에 정권을 잡는 데 성공했지만, 문제는 탁신의 정치적 유산을 고스란히 계승했다는 점이다. 농민 전용 신용카드 발급, 초등학교 입학생 전원(약 80만명)에게 태블릿PC 지급, 최저 임금 40% 인상 등의 공약을 내걸었다. '부패한 재벌'의 포퓰리즘이라는 지적도 만만치 않지만 태국 국민들은 열광한다. 그만큼 경제가 어려웠다는 이야기다. 먹고 살기 힘들 때 가장 위력을 발휘하는 것이 바로 포퓰리즘이다.

지금의 한국은 어떤가. 남의 일만은 아니다. 내년 총선과 대선을 앞두고 여야가 벌이는 포퓰리즘 경쟁이 목불인견이다. 현실을 무시한 선심정책은 세금으로 국민을 매수하는 행위다. 일단 중독되면 끊기 어렵다는 점에서 마약과도 같다. 국민도, 정치인도 피하는 게 상책이다. 사실 많은 정치인들의 공략들이나, 정책들을 보다보면 진심으로 국민을 위한 정책인지 아니면 포퓰리즘인지를 구분하기는 어렵다. 단순히 여당과 야당을 나눠서 판단하고, 언론에 휘둘려 판단하기보다는 국민 스스로가 좀더 정치에 관심을 갖고, 적극 참여하여 직접 판단하여야 된다고 생각한다. 미국의 인민당이나 아르헨티나, 태국을 타산지석으로 삼아야 한다.

나와 생각이 다르다고 '보수꼴통'이라 부르는 것은 그 반대 진영을 '친북좌파 빨갱이'라 부르는 것과 마찬가지다. 이런 중상과 비방은 우리의 삶과 문화를 거칠게 하고 최악의 경우에는 극단적 세력의 폭력이 정당화될 수 있는 빌미를 줄 수 있다. 기본적 사실에 대해서는 서로 간에 동의를 해야 한다. 그래야 우리 사회의 미래를 '폭력'이 아니라 '토론'으로 만들어갈 수 있다. 자기 의견을 가질 수는 있다. 그러나 자기만의 사실을 가져서는 안 된다.(패트릭 모이니헌 상원의원)

술과 담배 그리고 커피

일반적으로 몸에 이롭지 않다고 하면 더하고 싶다. 하지 말라고 하면 기를 쓰고 하는 심리랄까. 술과 담배, 그리고 커피, 사회통념상 이 세 가지 이름은 사람들에게 분명 푸대접 받고 있다. 지나친 음주가 건강과 가족과 경제와 개인을 망치는 주범이 되고, 담배는 백해무익한 것으로 인식되면서 애연가들이 점차 설 자리를 잃어가고 있으며, 한때는 고상한 취미로까지 여겨졌던 커피 또한 건강에 해롭다는 의미에서 차의 이미지를 녹차를 비롯한 건강차에 내준지 오래된 느낌이다. 그런데 나는 이 세 가지를 다 좋아해서 문제다. 이제부터 자기 변명적 이야기를 주저리주저리 늘어놓을까 한다. 강호제현들께서는 비논리적이고 궤변일지라도 어쭙잖은 한 사내의 넋두리라 생각하시고 제발 끝까지 읽어주실 것을 당부드린다.

먼저 술이다. 발렌타인 30년짜리에서 소주나 막걸리까지. 술에는 분명한 계급이 있다. 어떤 사람은 팔자가 좋아 분위기 있는 레

스토랑에서 와인을 마시기도 하지만, 어떤 사람들은 시장통 순대국집에서 소주를 마시고, 갈 데 없는 '망쪼 인생'들은 허름한 공사장 주변에서 깡통불을 피워 놓고 서거나 혹은 쭈그리고 앉아 안주도 없이 깡소주를 들이킨다. 취생몽사, 싼 술에 취해도 취하기는 마찬가지지만.

나는 사흘에 한 번 정도 술을 마시는 편이다. 물론 일주일을 한 번도 쉬지 않고 마신 적도 있지만. 이삼십 대엔 맥주도 즐겼으나 지금은 거의 마시지 않는다. 맥주는 순식간에 배가 불러 술을 더 마실 수 없게 한다. 그리고 무엇보다 배를 나오게 한다는 점이 가장 큰 이유다. 막걸리는 여름에 가끔 즐기는데 아내가 부추전이라도 부치는 날이면 더 좋다. 동네 슈퍼에 가서 천 원짜리 막걸리 두 병 사다가 아래층에 사는 아우와 함께 마시면 더 좋은 술이다. 큰 유리병에 얼음을 좀 받아서 거기에 막걸리를 붓고 흔들어서 형 한 잔, 아우 한 잔 나누는 분위기를 생각해 보시라. 아주버님, 형수님 해 싸면서 하하 호호 떠드는 막걸리 술자리라니.

소주라. 오래 그리고 많이 마셔온 우리 술이다. 나는 바닷가에 살고 있어서 해조류를 비롯 어패류와 각종 생선회를 많이 먹는다. 정말 내가 좋아하는 음식이기도 하다. 나는 육류보다는 생선을 특히 좋아한다. 육류는 거의 먹지 않는데 가끔 쇠고기 육회를 소주와 함께 즐기기도 한다. 생선회나 조갯살회, 그리고 장어구이나 조개구이를 먹을 때 소주 한잔 곁들이지 않으면 진미를 느낄 수 없다. 봄 도다리와 가을 전어라지만 소주 한 잔 없는 그 맛, 상상하기도 싫다. 그게 무슨 삶인가. 좋은 음식과 안주가 있는 곳에 좋은 사람과 좋은 술이 있어야 진짜 인생삼락이 아닐까.

술을 전혀 못하는 사람을 보면 참 안 돼 보인다(죄송합니다). 그분들은 그 큰 즐거움을 알지 못하기 때문이다. 물론 다른 곳에서 그보다 큰 즐거움을 찾으면 되겠지만, 그게 그거하고 같은가 말이다. 내가 아는 목사님 한 분이 있는데, 그분은 술 마시는 사람을 아주 싫어한다. 성경에서 술을 마시지 말라고 했다 해서 그렇다는데 나는 솔직히 그 목사님을 좋아하지 않는다. 중생들을 이끌어 주님의 품으로 인도하는 목자이신 목사님께서 그렇게 편협한 생각을 갖고 계신다면 분명 우리 인간들의 삶은 불행해질 것이기 때문이다. 그래서 나는 가톨릭이 더 인간적이라 생각한다. 몇몇 신부님은 술과 담배도 즐기시고, 무엇보다 인간적으로 신도들을 대하다 보니 종교를 위한 종교가 아니라 인간을 위한 종교인 것 같아서다. 크리스마스날이면 불교계에서 커다란 현수막에 '기쁘다 구주 오셨네'를 써서 교회 대문에 걸어 주고, 석가탄신일이면 기독교계에서 '봉축 부처님 오신 날'을 사찰 입구에 걸어주는 것이 정말 아름다운 모습이 아닌지. 어, 아닌데, 지금 술 이야기하다가 왜 종교로 빠지냐 말이다. 종교 얘기는 그냥 넘어가 주시기 바란다.

요즘 내가 부쩍 즐기는 술이 와인이다. 뭐 몸에 좋다고, 웰빙이 좋은 거라고 해서 그런 경향도 부인하진 않겠다. 그보다 맛도 괜찮고 가격도 다양해서 쉽게 다가가기 쉬웠다. 또 있다. 아내는 술꾼 남편과 스무 해가 넘도록 살아 놓고도 술이라곤 전혀 못한다. 나는 혼자서는 술을 마시지 않기 때문에 가끔 술을 마시고 싶을 때 아내라도 대작을 해준다면 얼마나 좋을까 하는 생각을 많이 해 왔다. 그래서 늦었지만 가르쳐 보자 하고 시작한 것이 와인이기도 하다. 좀은 달면서 떫은 맛이 덜한 와인을, 비싸지도 않고 지나치게 싸지도 않은, 칠레산이든 프랑스산이든 호주산이든은 가리지 않고, 한 병씩 사 와서 함께 마셔 보면 좀 나아진다. 지금은 두어 잔 마시는 실력이 되어 좀 낫다. 뭐 와인이야 안주도 별로 필요 없는 술이니 가볍게 한 잔 할 수도 있다. 다만 코르크 마개를 따면 큰 병이든 작은 병이든 다 마셔야 한다.

내가 소주 다음으로 즐기는 술이 위스키다. 데킬라와 보드카도 가끔 즐기지만 위스키에는 못 미친다. 반대로 코냑은 거리를 둔다. 지인들이 잘 이해하지 못하는데 나도 그 이유를 명쾌하게 밝히지는 못한다. 굳이 이야기한다면, 독한 술은 깊은 맛을 음미하는 것보다는 드라이하거나 짜릿한 맛을 좋아하는 것 같다는 것이다. 그런데 위스키는 대부분 40도가 넘는 독주라서 나이 들면 피해야 하는 술이라는데(언더락스컵에 얼음을 듬뿍 넣어 희석해서 마시거나 얼음물을 많이 타서 마시면 좋단다) 나는 아직 그럴 생각이 없다.

일본술이나(사케나 일본 소주) 중국술도 좀 이야기해 보자. 일본 여행을 가면 나는 고급 술집에는 절대 가지 않는다. 일본에서는 도시거나 시골이거나 간에 뒷골목이나 간선도로를 따라 가다 보면 빨간 등을 단 선술집이 많다. 안주도 대부분 200엔에서 500엔 정도로 저렴하고 술값도 비싸지 않다. 여름에는 아사히나 삿뽀로 맥주를 마시기도 하지만 시원한 사케를 즐겨 마시는 편이다. 몇 년 전에 나와 친한 윤사장과 일본 여행을 했는데 40도가 넘는 폭염 속에서 하루내 고생하다가 저녁 식사를 마치고 좀 시원한 틈을 타 선술집으로 갔겠다. 사케 두 병에 구이 안주를 두 접시 시켜 금방 다 마시고 또 시키고 이러니 주인장이 우리 좌석 옆에 아예 서 있는 것이었다. 그들이 보기에 분명 외국인인데 아, 이놈들이 들어오더니 30분도 안 되어 몇 천 엔어치의 음식과 술을 먹고 마시니 놀라서 혹시 이놈들이 술값 안 내고 도망이라도 가면 어쩌나 해서 보초를 서는 것이리라. 그날 우리는 그 주인장을 실컷 비웃어 주었다. 거나하게 취해 '야 이놈들아, 우리 한국 사람들은 그렇게 쪼잔하지 않다. 치사하게 외국까지 와서 술값 떼먹고 도망 안 간다 아아아아아.' 그날 밤 우리는 즐거웠다.

중국술은 50도가 넘는 백주라는 술 – 사실 중국술은 종류가 너무 많아서 모르겠다 – 이 그 중 괜찮았다. 상당히 독한 술이지만 퍼뜩 취하고 깔끔하게 깼다. 57도짜리 백주를 둘이서 마셨는데 취해서 그 자리에서 한 시간 남짓 자고 일어났는데 아, 정말 숙취가 없었다. 그런데 중국에서는 조심해야 할 것이 있다. 가짜술이 너무 많으므로 특히 조심해야 한다. 어쩌다가 거기 걸리면 속을 완전히 버리게 되므로 앞으로 술을 마실 수 없게 될 수도 있기 때문이다.

무엇보다도 술은 좋은 안주와 좋은 사람과 함께 좋은 분위기에서 즐거운 마음으로 마셔야 약이 되고 살이 되고 행복해질 것이다. 술을 왜 마시는가. 술이 거기 있기 때문인가. 사람이 술을 마셔야지 술이 사람을 마셔서는 안 될 것이다.

이제 커피 이야기를 해 보자. 커피에도 계급은 있다. 무슨 동물 배설물로 만든 최고급 커피도 있고, 자메이카 블루마운틴 커피 원두를 사용한 제품도 있지만 동네 슈퍼에서 살 수 있는 싸구려 가루커피도 있다. 누구는 스타벅스에서 우아하게 사오천 원 하는 명품 커피를 마시지만 누구는 이삼 백 원 하는 자판기 커피에 만족해야 한다. 그것도 운이 나쁘면 아무리 두드려도 동전만 삼키고 맹물만 나오기 일쑤다. 그러나 그 어떤 기호품보다 커피는 평등한 음식인 셈이다. 마시는 장소와 모양새만 다를 뿐이지 검은 즙액을 홀짝이면서 잠깐의 나르시시즘에 빠지게 하는 것은 마찬가지라는 이야기다.

나는 커피를 좋아한다. 원두커피든 인스턴트든 자판기 커피든 일회용 봉지 커피든 가리지 않는다. 지병 때문에 설탕이 든 커피는 좀 자중하고 있지만 아침 일찍 찾아가서 마시는 구식 다방 커피는 정말 맛있다. 요즘은 우리 진해의 고유명사가 되어 버린 〈흑백다방〉에 가서 피아니스트인 경아 씨가 뽑아준 커피를 가끔 즐기는데 30년이 넘게 마셔온 커피라 그 맛이 더욱 각별하다. 그래서 나는 '흑백'에 가면 커피만 마신다. '흑백'에서 다른 차를 마신다는 건 어울리지 않기 때문이다.

아침에 출근해서 동료들과 자판기 앞에서 아침 인사 겸해서 한잔 하는 즐거움을 직장인들은 다 알 것이다. 나는 고교 선생이라 수업을 두어 시간 하고 나면 절로 커피 생각 간절해지는 것을 어쩌지 못한다. 어떤 때는 하루에 열 몇 잔의 커피를 마실 때도 있지만 밤에 잠이 오지 않는다든지 두통이 온다든지 하는 증상이 없는 걸 보면 확실히 커피 체질인 것 같다. 하긴 언젠가 텔레비전에서 보니 커피에 밥 말아 먹는 할머니도 있었는데 거기 비한다면 아무것도 아닐 터. 옛날에 술 좋아하는 사람이 막걸리에 밥 말아 먹었다는 얘기노 늘은 적이 있으니 누구나 좋아하는 것 앞에서는 일반적인 상식을 뛰어넘는 일이 종종 생기는 것도 사람의 세상이라.

예전에는 오후에 수업 들어가면 학생들이 자기가 좋아하는 선생님일 경우 자판기 커피를 뽑아서 교탁 위에 갖다 놓는 일이 자주 있었다. 뭐 요즘도 가끔 그런 일이 있긴 하지만 전만 못하다. 아이들이 그만큼 정이 메말랐고 세상이 그만큼 변했다는 말도 되겠다. 아이들이 뽑아 놓은 그 커피는 그 전에 아무리 많이 마셨더라도, 정말 마시기 싫더라도 맛있게 기쁘게 마셔야 하는 커피였다. 아이들의 그 성의를 생각해서 마시지 않을 수가 없었다. 나는 정말 맛있게 마셨다. 열 잔이 넘는 경우도 있었지만 즐거이 마셨다.

휴일이면 느긋하게 일어나서 식사를 하고, 담배 한 대 물고 커피 한잔 진하게 타서 마시며, 어제 나온 석간 신문을 읽노라면(아, 일요일에는 왜 신문이 안 나오는 거야. 다른 나라에서는 다 나온다는데) 세상에서 부러울 것 하나 없는 기분을 아시는가. 몸에 나쁘고 이롭고는 그 다음에 생각해야 한다.

담배도 그렇다. 백해무익이라느니, 간접흡연이라고 다른 사람에게도 해를 끼친다느니, 다른 사람보다 빨리 죽는다느니 해싸면서 얼마나 협박하는가. 요즘처럼 담배 피우는 사람이 푸대접 받던 시절이 있었던가 싶다. 담뱃값은 또 왜 그리 비싼가. 혹자는 외국에 비해 담뱃값이 싸다고 하는데 말도 안 된다. 미국에서는 담배 한 갑에 4~5달러 하니 우리보다 좀 비싸다. 그러나 일본만 가 보자. 일본은 350엔 넘는 담배는 거의 없다. 대부분 280엔에서 350엔인데 우리와 비슷한 값이 아닌가. 그러면 미국이 우리보다 경제적으로 얼마나 잘 사는 나라인가. 일본은 우리보다 얼마나 잘 사는 나라인가. 그들의 경제력과 비교하면 우리 담뱃값이 훨씬 비싼 것이다.

서민들이 즐겨 피우는 담뱃값을 왕창 올려 건강보험 적자나 메우려고 하는 좀은 치사한 정책 실행은 확실히 문제다. 요즘 들어 또 올리려고 한단다. 이미 보건복지부에서는 올릴 것을 진제로 예산을 짜 놓았단다. 정말 웃기는 자장면이 아닌가. 이러니 국민의 정부라는 요즘도 빈익빈 부익부 상황이 심화되어 양극화로 가는 것 아닌가. 하긴 무엇이나 양극화가 심화되니 남미의 여러 나라들이 걸었던 전철을 따라갈까 두렵다.

약간 빗나간 것 같다. 담배, 그 맛을 아는 사람이라면 쉬이 끊지 못할 것이다. 나는 담배를 피우다가 끊었다는 사람들을 보면 사람이 아니라 신이라고 말한다. 대단한 정신력이기 때문이다. 그래서 학생들에게 금연 교육을 할 때도 나의 경우를 예로 들어가며 아예 담배를 배우지 말라고 가르친다. 배우면 끊기가 어렵기 때문이다. 그리고 피운 지 얼마 안 되는 학생들은 지금 빨리 끊으라고 이야기한다.

폐부 깊숙하게 빨아들여 입과 코로 내뿜는 담배. 담배 연기를 들이키고 한숨을 길게 내뱉으면 정신적 카타르시스를 느낀다는 사람들, 속상하면 한 대 피우고, 불안해도 한 대 피우고, 이야기가 꼬여 분위기가 마땅치 않을 때도 한 대 피운다. 커피 한 잔도 안 되는 가격으로 이만한 진정 효과를 주는 것이 또 어디 있으랴. 담배야말로 아주 저렴한 진정제인 셈이다.

나는 하루에 열다섯 개비 정도의 담배를 피운다. 물론 술을 마시면 좀더 피운다. 학교에서는 아이들이 보는 데서는 피우지 못하니 교사校舍 뒤편이나 적당한 곳에서 피운다. 예전에는 교무실에서 업무 중에도 자연스럽게 피웠으나 그런 호시절은 다 지나갔다. 건물 안에서는 담배를 피우지 못한다는 법이 만들어진 지 오래다.

외국에서도 다 그렇게 한다고 한다. 맞다. 내가 미국과 캐나다에 갔을 때 실감했다. 식당에서도 흡연석은 문 앞에 배치하여 흡연자들에게 불이익을 주고 있었다. 우리도 그렇게 한다는데 이의를 제기하고 싶지는 않다. 그러나 그러나 이건 아니다. 그곳에서는 흡연의 권리도 반드시 인정하고 있었기 때문이다. 건물의 바깥에는 반드시 흡연자들이 앉아서 담배를 피우며 쉴 수 있도록 해 놓았다. 심지어 고속도로 화장실 앞에도 벤치를 설치하여 재떨이와 함께 준비를 해 두었다. 일본에서는 아직까지 건물 안에서 흡연하는 곳이 많다. 몇 해 전 일본에 갔을 때 입국 심사대 대기실에도 재떨이를 준비해 둔 것을 본 적이 있다. 일본에서는 호텔 커피숍이나 술집 기타 어느 곳엘 가더라도 재떨이가 준비되어 있었다.

우리나라는 그런가. 아무런 시설이나 준비도 하지 않고 무조건 밀어붙이는 것은 정말 아마추어적 정책 실행이다. 정책을 현실적으로 입안하고 그 시행도 현실적으로 하지 않으면 그만큼 국민이 불편해진다. 지금 오락실 게임이나 각종 정책 때문에 나라꼴이 말이 아닌 것도 이 때문이다. 열린우리당이나 청와대 인사들을 보면 뭐 제대로 전문성을 가진 이가 드물다.(다른 정당도 거기서 거기지만) 그러니 하는 일마다 오류가 생기고 무리가 뒤따라 말썽이 없는 경우가 없을 지경이다. 인물이 있어야 인사를 제대로 하지 인물이 없으니 돌려막기 인사나 하고, 윗돌 빼서 아랫돌 받치는 인사나 하고, 지지자가 없으니 제 편이나 챙기고 그러는 것이다. 회전문은 호텔 같은 데나 있는 줄 알았는데 청와대에도 있는가 보다. 무조건 흡연자들을 범죄인 취급하지 마라. 엄연히 막대한(?)

세금 내고 그 권리에 따라 담배 피우는 건데 너무하지 않은가.

술은 조금 다르지만 어쨌든 커피와 담배는 저렴한 기호품이다. 카페인과 니코틴의 해악을 들먹이면서 웰빙을 위해서 담배를 끊고 녹차를 마시자고 목소리를 높이는 사람들도 있다. 그들은 보다 업그레이드된 삶과 성공적인 삶을 위하여 금연을 주장한다. 어떤 회사에서는 담배를 피우는 사람들은 결단력이 없는 무능한 인간으로까지 취급하기까지 한다. 담배를 물고 있는 자들이 인사고과에서 낮은 점수를 받는 것은 당연지사다.

그러나 나는 내 스스로의 의지와 결단력에 의해서 금연을 하면 몰라도 체제나 정부가 강요한다고 해서 끊을 수 없다는 고집을 부리련다. 그런 게 언더그라운드의 삐딱이 정신이지 않은가. 내 삶의 많은 부분이 커피와 담배와 술과 연관되어 있다. 삶에서 그걸 빼면 얼마나 무미건조하겠는가. 사람들에겐, 남에게 폐를 끼치지 않는 한 저마다 누려야 할 삶의 자유가 보장되어 있다. 국가인권위에서는 동성애자들이나 장애우들 같이 사회적 소수자들을 위한 배려도 적극적이다. 이십일 세기의 이 백주 대낮에 내가 하고 싶은 것을 못하게 제약한다는 것은 참을 수 없는 일이다. 술 한 잔의 즐거움, 커피 한 잔의 여유, 담배 한 개비의 카타르시스를 방해하지 말라. 그 총체적인 행복을 누가 무슨 자격으로 빼앗으려 드는가.

신묘년 토정비결

토정비결은 조선 선조 때 학자 土亭 이지함(1517-1587)의 도참서로 널리 알려져 있다. 주역의 괘를 풀이한 것으로, 사언시구로 이루어지고 그 아래 번역이 되어 읽기 쉽게 되어 있으며, 비유와 상징적인 내용이 많다. 길흉화복의 표현 자체가 사람들에게 활기를 찾게 해주고 힘을 북돋아주는 역할을 하여 서민에게 더욱 인기가 있었던 것 같다.

설이 지났다. 아무래도 양력설은 설답지 않고 음력설이라야 설맛이 제대로 나는 것 같다. 신년운세도 그렇다. 나는 토정비결을 즐겨 본다.

해마다 정초가 되면 선친께서는 식구들의 토정비결을 보아 어린 나에게 그것을 읽게 했다. 집을 떠나 객지에서 공부하던 형들의 것을 비롯하여 온 식구들의 토정비결을 읽어드리면 누구는 올해 무엇을 조심해야 하며, 누구의 괘가 올해는 제일 좋구나 하시면서 한 해의 길흉과 화복을 살펴보곤 하셨다.

올해 2011년은 辛卯年 토끼띠의 해이다. 辛은 五行에서 흰색을 의미하며, 卯는 토끼를 나타내므로 올해는 새하얀 토끼를 뜻한다. 토끼는 작년 경인庚寅년의 주인공 호랑이만큼이나 우리 민족과 인연이 깊으며 사랑 또한 많이 받아온 동물이다. 달나라 계수나무 아래서 떡방아를 찧고 있는 설화에서부터 시작해서 거북이 등을 타고 끌려간 용궁에서 기지를 발휘해 위기를 탈출하는 지혜로운 토끼 전설에, 우리나라 지도로 나타나는 토끼 모양까지 정말 여러 방면으로 우리와는 깊은 인연을 맺고 있다. 또한 토끼는 온순하고 선량한 동물의 상징이다. 누구에게도 해를 끼칠 수 없을 것 같고 끼칠 것 같지도 않은 선량한 이미지를 가지고 있으며 귀엽기까지 한 동물이다. 그러면서도 별주부전에서처럼 번뜩이는 기지와 지혜를 가지고 있기에 그 연약함 속에서도 12마리 띠 동물의 한 자리를, 그것도 당당하게 백수百獸의 왕인 호랑이 다음 자리를 차지하고 있기도 하다. 특히 토끼가 강하고 날카로운 이빨이나 발톱도 없고 하늘을 높이 날 수 있는 날개도 없지만 당당하게 터를 잡고 있는 것을 열강의 틈바구니에서도 씩씩하게 자리를 잡아 저력을 발휘하고 있는 대한민국을 상징하는 것 같다는 비유도 있다.(우리나라의 국토가 토끼 모양이 아닌가) 12지支의 방위 배열에서도 동쪽을 의미하는 것은 호랑이인 인寅과 토끼인 묘卯와 용인 진辰 등세 가지이며 그 중앙에 토끼인 묘가 자리 잡고 있다.

토끼의 해를 맞아 온순하고 연약해 보이지만 다산多産의 저력을 가진 토끼가 맹수의 왕인 호랑이와 상상 속의 동물인 용을 거느리듯이 토끼를 닮은 대한민국이 열강들을 호령하는 그런 날을 상상해본다.

자신의 사주를 바탕으로 한 신년운세 즉 토정비결은 어떻게 받아들이느냐에 따라 다를 수 있다. 절대적 의미를 부여한다든가 그것에 너무 집착하면 부작용이 생길 수 있다. 토정비결의 교훈은 사람살이에 반드시 좋은 일이 찾아올 것이라는 확신을 가지고 만사에 적극적인 자세로 임하라는 것이다. 다른 사람의 의견도 존중하고 스스로의 삶도 사랑하면서 더불어 사는 한 해가 되었으면 좋겠다.

일자리가 없다고?

20년 전에는 슈퍼마켓에서 물을 살 수 없었다. 누가 물을 돈 주고 사 먹느냐고 했다. 그런데 지금은 어떤가. 생수 한 병에 5백 원이니(프랑스산 무슨 물은 몇 천 원이란다) 사우디아라비아산 원유 값과 같다. 시대가 변했다.

공업계 고등학교 3학년 부장에게 창원의 중소기업 인사 담당자가 술을 산다는 이야기를 들었다. 3학년 졸업 예정 학생들을 좀 보내달라고. 실습생으로 있다가 졸업 후엔 정식 사원으로 뽑겠다고. 그러나 학생들은 힘들고 보수가 적다며 대부분 몇 달 뒤 학교로 돌아온다고 한다. 그래서 회사에서는 문제가 좀 많지만 외국인 근로자를 찾을 수밖에 없다고.

내가 근무하는 학교는 예전의 종합고로 정보처리과 학생들이 두 반 있는데, 은행이나 상업계는 취업 자리가 없어, 창원의 중소기업에 실습을 보내다가 지금은 실습을 아예 없애 버렸다. 왜냐하면 요즘 학생들은 진득하니 붙어 하루내 일을 하지 못하는데다, 아침 6시에 일어나 준비하고 출근하여 8시부터 오후 6시까지 일을 하다 보니 견뎌내지 못하는 것이다. 거기다가 잔업이 대부분이니 거의 휴일도 없이 일하고 130~150만 원 정도의 보수를 받는다. 단순노동에다 놀 시간이 없고, 밤에 피씨방 알바를 해도 80만 원은 받는 현실이니 굳이 힘들여 일하기 싫다는 것이다.

인력난 해소를 위해 값싼 외국인 근로자 수입에 대한 검토가 여론에 밀려 보류될 정도로 신중을 기한 것이 엊그제 같은데 현재 그 수가 100만 명을 넘어서고 있다. 중소기업중앙회 발표에 의하면, 이들 외국인 근로자에게 들어가는 1인당 평균 총비용이 한국인 근로자의 97.5%에 이르고 있다고 한다. 이는 아시아 주요국 중 일본 다음으로 높은 수치로, 업무도 단순 기능수준을 넘어 중요 제조분야로 진행되고 있는 실정이란다. 따라서 앞으로 그들이 한국 근로시장을 지배하게 될 것이라는 예측이 나와 있다. 그런데도 중소기업에서는 외국인 근로자가 더 필요하다고 아우성이다.

사정이 이런데도 왜 우리 청년들은 '일할 자리가 없다'고 말할까? 아니다. 일자리는 있는데 일할 자리가 없고, 일하기가 싫은 것이다. 쉽게 돈을 벌고, 쉽게 쓰는 풍토 때문이다. 요즘 청년들은 어렵게 살아보지 못했으니 절대적 가난에 대해 잘 모른다. 상대적 가난에 쉽게 절망하고, 남을 원망하고, 자신의 모든 어려움은 다 남들 때문이라는 그릇된 사고에 빠지게 된다. 고난을 이겨내고 희망과 보람의 제자리를 찾아가는 미덕을 깨우치지 못했으니 누구나 쉽게 살려고만 한다. 여러 가지 의견이 있겠지만 '땀의 가치'와 '기술의 가치'에 대한 잘못된 인식 때문이라고 본다. 이는 정치지도자의 근시안적인 행위와 이를 막지 못한 언론에도 큰 책임이 있다. 요즘 방송은 앞다퉈 화려하고 선정적인 것에만 관심이 있다. 이를 보고 자란 이들로서는 어쩌면 자연스러운 현상일지도 모른다.

정의와 양심보다 꼼수가 판을 치고, 저보다 잘나고 잘 사는 사람을 비웃으며, 그들을 경멸하는 사회는 희망이 없다. 한평생 땀 흘려 일하기보다 대충 여기저기 연줄을 찾아 얄팍한 꼼수로 살아가는 사람이 많은 세상이다. 평생을 직업 한번 제대로 가져보지 못하고, 재산도 제대로 없는 사람이 정치판에서 몇 십 년을 이리저리 살다가 기회가 와서 한 자리하는 사회는 비전이 없다. 그런 사람이 무슨 시민을 위하고 사회를 위해 일하겠는가. 그러나 대중은 분위기에 휩쓸려 쉽게 과거를, 그의 잘못된 과정을 잊어버리고 만다. 아쉽고 슬프다.

인간은 어려서부터 접하고 배우며 그것을 가치판단의 기준으로 삼는다. 그래서 '일자리는 있는데 일 할 자리가 없다'고 말하는 그들의 가치기준을 바꿀 수 있는 것은 어떤 제도 개선보다 먼저 언론의 보도 행태의 변화에서 출발해야 할 것이다. 지금의 오락프로그램 위주인 TV 방송보다는 이웃과 더불어 살고 나누는 모습을 찾아 보도하고, 땀과 기술의 가치가 왜 중요한 것인가를 담아냈으면 한다. 그리고 기성세대들의 각성이 무엇보다 필요하다. 사회 각계각층이 가치 있는 덕목을 존중하고, 더불어 살아가는 미덕을 소중히 할 때, 각자가 자기 자신의 일에 보람을 갖고 열심히 살아갈 수 있는 분위기를 조성할 때 그 사회는 바람직한 방향으로 나아갈 수 있을 것이다.

힘든 일을 꺼리는 청년들을 일자리로 돌아갈 수 있도록 땀의 가치를 일깨워줘야 한다. 그래서 힘든 일은 하지 않겠다고 말하는 그들을 설득하고 가르쳐야 한다. 정부 정책이든 언론이든 국민이 가야 할 방향을 잡아주는 길라잡이가 되어야 한다. 사회의 병폐를 알고도 방치한다면 정상적인 사회라 할 수 없다. 기성세대가 사회적 병인을 치료할 수 있는 명의名醫가 되어야 '땀과 기술의 가치'를 인정하는 능력 중심사회로 나아갈 수 있다.

치매 전문병원이 필요합니다

'치매'를 검색하여 보았습니다.

일단 발달한 지적 능력이 후천적인 뇌의 기질적 질환으로 두드러지게 저하된 상태로 나와 있군요. 치매는 지능 장애뿐 아니라 감성 및 의욕 장애도 동반하는 것으로 심하면 언어기능도 저하되는 심각한 병입니다. 일반적인 노화에 의한 '노망기'는 지능 저하의 정도가 약한 것으로, 급속하게 진행되는 병적 지능 저하인 치매와는 구별됩니다.

그런데 이 병은 환자 자신에게도 큰 문제를 가져오지만, 가족들이 겪는 고통은 이루 말할 수가 없다는데 그 심각성이 있습니다.

제가 아는 분 내외는 쉰이 넘도록 참 착하고 성실하게 살아왔습니다. 넉넉하지는 않지만 홀어머니를 모시고 자식들을 키우면서도 다른 사람을 위해 봉사하는 삶을 살아왔기 때문입니다.

그런 그분에게 날벼락이 떨어진 것은 작년 가을이었습니다. 팔순이 가까웠지만 비교적 정정하셨던 어머니가 어느 날 일을 마치

고 들어온 그에게,

"아저씨는 누구요? 우리 집에 우째 왔는기요?"

며느리에게 어머니는,

"아지매는 우리 집에 우짠 일이요?"

그분은 그만 억장이 무너졌다고 합니다. 그동안 남의 일로만 생각했던 치매가 자신을 찾아온 것이었지요. 그날 이후 어머니는 집안을 엉망으로 만들고, 집밖으로 나가셔서는 남세스러운 행동을 수시로 하시고, 길을 잃어버려 찾으러 다니기도 몇 번이어서 할수 없이 부부가 나갈 때는 대문을 걸어 잠그지만 집에 돌아와서는 다시 속울음을 삼키고, '하느님도 무심하시지. 어째서 내게 이런 시련을 안겨주시는가.' 한탄도 하며 하루하루를 지내고 있습니다.

저는 그분을 위로한답시고 노인전문병원이나 치매전문병원에 입원시키시는 게 당신에게나 식구들에게나 이로울 것이라고 했더니, 그분도 그 생각을 안 해 본 바는 아니라 했습니다. 다만 두 가지이유 때문에 망설일 수밖에 없다고 합니다. 하나는 한 달에 백만원이 훨씬 넘는 병원비를 감당할 여력이 없다는 점이고, 다른 하나는 몇 십 년을 홀로 살아오신 어머니를 또다시 홀로 병원에 가두어둘 수는 없는 노릇이라고 말하며 기어이 눈물을 쏟았습니다. 저는 할 말을 잃었습니다. 아무도 그분을 모릅니다. 당해보지 않고서는 치매의 그 막막함을 알지 못합니다.

세계 10대 교역국이면 뭐합니까. 경제력이 이렇게 향상되어 국민이 잘 살면 뭐합니까. 우리를 오늘날 이만큼 살게 해준 분들을 위한 복지정책은 최빈국의 수준을 벗어나지 못하고 있는데요. 국민연금, 의료보험, 복지정책 다 좋습니다. 하루빨리 각 지방자치단체별로 저 경비 노인전문 병원을 설립해야 합니다.

덕주봉의 나무 데크

장복산 덕주봉 정상에 설치된 나무 데크를 둘러싸고 말이 많다. 필자가 알기로는 장복산 누리길 사업의 하나로 덕주봉 나무 데크가 설치되었다.

국토부 '누리길' 사업의 하나인 '장복산 누리길'은 약 4개월 공사 끝에 지난달 준공했다. 1코스는 '안민고개 생태교~덕주봉~장복산 정상'(4.1㎞), 2코스는 '성산구 안민동 창원국가산업단지 예비군훈련장~덕주봉~안민고개~예비군훈련장'(6.9㎞)에 이르는 등산로다. 여기에 데크 로드와 전망대를 설치하고, 원주목 계단과 로프 난간 등을 설치하는 등 기존 등산로를 쾌적하게 정비한 것이다. 등산객을 위한 정자와 평상, 통나무 벤치와 안내판 등 편의시설도 설치했다. '장복산 누리길' 사업은 국비 5억 2000만 원, 도비 6600만 원, 시비 1억 5700만 원을 들여 지난달 22일 준공했다.

철거를 주장하는 측에서는 자연훼손의 관점과 지역의 역사를 연결해야 한다면서 산중턱을 깔아뭉개고 전망대를 설치해서야 되겠는가고 묻고 있고(희망진해사람들, 김헌일 의원), 지금이 좋다는 측(진해구 건축과)에서는 설문조사 결과 70%가 넘는 시민이 찬성하고 있고, 많은 창원시민이 찾고 있는 등산길인데 안전과 편의를 위한 시설이라 철거가 곤란하다고 하고 있다. 그러면서 '경화동 의인 김덕주'를 소개하는 스토리텔링 보드와 김덕주 캐릭터를 봉우리 아래에 설치하겠다는 것이다.

필자는 이 논란 후 덕주봉에 가 보았는데, 양측 다 주장에 일리는 있지만 자연훼손은 그리 심각하지 않았고, 역사는 살리면 된다고 여겨, 시민 편의 차원이라는 설명에 더 점수를 주고 싶었다. 그러니 기왕 설치된 데크는 그대로 두고 김덕주에 대한 안내를 하는 선에서 합의를 했으면 좋겠다. 아울러 말이 나온 김에 '경화동 의인 김덕주'의 스토리텔링 공모도 해 보면 어떨까 싶다.

나는 두 명을 낳았다

올해 나이 쉰여섯, 이른바 베이비부머 세대인 필자는 전쟁 후의 암담한 현실 속에서 태어나 70년대의 경제성장을 거쳤으니 가난과 풍요의 시대를 온몸으로 살아온 이 땅의 슬픈(?) 사람 중 하나다. 절대적 궁핍을 경험하고 가족을 위해 정년까지 죽어라고 고생한(할) 세대니까. 그러면서도 가족들에게 소외당하는 정말 슬픈 세대니까. 특히 요즘 아이들과는 엄청난(?) 세대 차이로 인해 대화조차 어렵다. 휙휙 변하는 디지털 시대의 속도를 따라가기도 너무 힘들고, 우물쭈물하다가는 저 멀리 뒤처지고 말 것이니 어찌 슬프지 않겠는가.

지난 6월 23일 오후 6시 36분 우리나라 인구가 5000만 명을 돌파했다. '인구 5000만 명에 1인당 국민소득 2만 달러'를 이룩한 세계 7번째 국가이다. 인구 5000만 명을 넘은 국가는 25개국뿐이다. 이 얼마나 대단한 경사인가.

그러나 기뻐할 수만은 없다. 우리를 우울하게 하는 것은 '미래 인구 계산서'이다. 앞으로 취업해서 세금을 낼 납세자가 줄기 시작해 2040년이 지나면 노인 수가 오히려 납세자보다 많아질 것이라고 한다. 현재의 40대는 40년 뒤인 2051년에 이처럼 뒤죽박죽이 된 나라 꼴을 목격하는 최초의 세대가 될 것이라고 한다. 이때가 되면 젊은이들은 "왜 세금을 내도 내도 끝이 없느냐"며 세금 내기를 거부하게 될 것이다. 또 왜 그렇게 결혼하지 않는 사람은 늘어가는지. 젊은이들이 결혼은 해도 안 해도 그만이라는 사고에 갇혀 있고, 결혼을 해도 교육비가 많이 든다면서 아이 낳기를 꺼리는 현실에 안타깝기만 할 것이 뻔하다.

우리는 이런 '저출산·고령화' 사회에 얼마나 대비하고 있을까. 오히려 방치하고 있었는지 모른다. 부양할 아동 숫자는 줄고 노인은 크게 늘지 않는 반면, 돈벌이할 청년 인구는 계속 늘어 국민소득이 올라갔기 때문이다. 국민소득이 껑충껑충 뛰는 마력에 취해 구호로만 저출산 문제의 심각성을 외칠 뿐, 예전 산아 제한 때처럼 국가가 총력을 기울이지 않았다. 불과 20년을 내다보지 못하는 청맹과니 정책이었다. 맨날 싸우기만 하고, 포퓰리즘에 내 편, 네 편 갈라 죽어라고 대립만 하는 정치권에 무얼 기대하겠는가. 1980년대까지만 해도 그랬다. 지금은 정년 퇴직을 한 선배교 사는 딸 둘에 아들 하나로 3남매를 키웠는데 막내아들은 의료보험도 안 되고 가족수당도 못 받았다. 하긴 둘도 많다는 때였으니까. 결국 나도 둘을 낳았는데 지금도 많이 아쉽다. 하나 정도는 더 낳아도 되었는데, 나이 들어보니 자식은 다다익선이라는 생각을 하게 되었다.

개인도 마찬가지다. 저마다 노후를 대비한다고 국민연금, 개인연금에 실손형 의료보험까지 챙기느라 바쁘다. 그러나 이런 연금·보험이 지탱되려면 돈 낼 사람이 있어야 한다는 사실에는 눈 감고 있다. 정치인들의 무책임한 포퓰리즘에 부화뇌동, 무상복지에 눈이 멀어 가는 사람들을 보면 정말 안타깝다. 그리스를 비롯한 유럽의 상황을 보고도 온갖 변명거리만 갖다 붙이는 사람들. 정부예산은 전부 국민의 세금이다. 내가 다음 세대를 위하는 세금을 내야 나의 이전 세대들로부터 내 노후를 보장받는 것이다. 나는 내기 싫다고 보험료와 세금을 안 내고, 다음 세대는 나몰라라하는 심보는 20~50클럽 국가치고 너무 수준이 떨어지는 것 아닌가. 국가 재정이나 사회보험 위기는 보험료를 몇 푼 올린다고 해결되지 않는다. 세금과 보험료를 지속적으로 내줄 자녀가 있어야 한다. 그런데 지금 우리는 아기를 몇 명 낳고 있는가. 요즘 젊은 부부들은 자기들의 노후를 책임질 2명도 낳지 않으니, 노후 안전판을 스스로 팽개치는 셈이다.

열린 아버지

요즘 학교에서는 '열린 교육'의 열기가 대단하다. '세계화'다 '열린 사회'다 하여 개방화와 국제화의 바람을 타고 모든 사물과 현상에 대한 언어의 명명 작업 또한 그렇게 되는 것인지 모른다. 그렇다면 이 가을에 나도 열린 가정과 열린 아버지에 대해 생각을 좀 한다고 해서 어색할 것은 없지 싶다.

최근 우리 사회는 회사 안의 전쟁, 취업 전쟁, 입시 전쟁 등으로 인한 가정의 해체 현상이 두드러지고 있다. 가족 구성원들이 가정에서 욕구를 충족시키기보다 사회 안에서 그들 각각의 욕구를 만족시키려 한다.

아이들은 저희들끼리의 생활이 보장되는 독서실이 가정보다 먼저고, 남편은 집에서보다 술집에서 술을 마시는 것을 좋아한다. 아내는 또 여성의 사회적 지위 향상으로 인해 바깥 생활이 많아진 요즘이다.

이렇게 직장과 학교 등에서 나타나는 경쟁 사회의 생리는 가족들을 집으로부터 멀어지게 하는 중요한 원인이라 할 수 있다. 그러나 나는 이런 경우와 좀은 다른 것 같다. 학교 생활도 심한 경쟁이 있는 편이라고 할 수 없고, 나 자신 또한 승진 같은 데에 큰 관심이 없으니 문제될 것이 없다. 또 정년이 거의 보장되어 있으니 직장에서의 불안도 크게는 없는 편이다. 그런데 나는 귀가 시간이 늦다. 친구들을 좋아하고 그들과의 어울림 자리를 자주 갖다가 보니 그렇고, 글 쓰는 일로 만나는 사람이 많고, 문협 관계와 행사일로 인해 자주 늦게 귀가하고, 휴일에도 집에 없는 날이 많은 것이다. 나이가 나이니만치 어쩔 수 없다는 논리로 나 자신과 아내에게 변명도 하고 합리화도 하는 편이다.

아내는 어느 정도는 이해하면서도 늘 불만이 많아 보인다. 내가 보기에도 이런 몇 가지만 약간 보완하면 문제가 없을 것도 같다. 가족이 내게 제일 중요한 사람이라는 지극히 당연한 명제를 전제로 나의 현실과 나아갈 바를 내 스스로 따져 보기로 하자.

나와 아내의 내면적 거리는 얼마나 될까. 나와 아이들의 내면적 거리는 또 얼마나 될까. 결론적으로 말해 나는 몇 년 전 베스트셀러였던 김정현의 소설 '아버지'에 나오는 주인공처럼 살고 싶지는 않다. 소설 속의 중년 아버지는 어느 날 암 선고를 받고 시한부 인생을 살면서, 자신이 죽은 뒤 가족들의 장래를 일일이 챙기는 세심한 배려를 한다. 물론 가족들은 아무도 그런 사실을 모른다. 그 길은 스스로의 외로운 방황의 가시밭길이다. 나중에야 그 사실들을 알게 된 가족들이 후회와 함께 아버지의 깊은 사랑을 깨닫게 된다는 이야기다. 현실감 있는 스토리 전개와 누구나 겪어보았음 직한 일들이 이 소설의 기본 골격이므로 많은 사람들을 감동시켰음직하다. 작가는 아버지의 깊은 사랑을 가족들이 몰라주는 데에 초점을 맞추어 아버지의 안타까움을 드러내고 결국 아버지의 그 크고 넓은 사랑을 깨우치게 한다.

이것은 지금의 우리 세태, 즉 가정에서 아버지로서의 자리를 잃어버리고 밖으로의 삶을 살아가는 다수의 아버지 이야기이다. 칠 팔십 년대만 해도 이 소설은 베스트셀러가 될 수 없었을 것이다. 지금이니까 가능한 것이다. 그러나 나는 이런 아버지가 되기는 싫다. 겉모습만 가족이고 속은 남인 생활이 이런 아버지를 낳았을 것이기 때문이다.

가족과의 의사소통이 제대로 되지 않았다는 말이 아닌가. 아버지의 고민을 가족들이 전혀 모른다는 것은 가족들 사이에 그만큼 개인주의가 팽배해 있었다는 말 이외에 무엇으로 설명할 수 있을까. 말없이 깊은 사랑과 배려를 하며 가장家長으로서의 책임을 다하는 전통적 아버지의 길을 다 버릴 수는 없지만 시대의 흐름에 맞게 현대적 아버지의 이미지를 갖고 살고 싶다. 아내와 아이들로부터 직장과 바깥일에만 매달린다고 가정에 소홀하다는 잔소리와 투정을 많이 들어왔고 또 듣고 있는 나로서는 생각해보지 않을 수 없는 문제다.

사실 육개월에 걸쳐 어렵게 교리 공부를 하여 세례를 받고서도 나가지 않는 성당 문제만 해도 그렇다. 바깥일에 바쁘다고, 그래서 일요일엔 쉬고 싶다고 핑계를 대고 한두 번씩 나가지 않다가 지금은 아예 냉담자가 되어 버렸다. 아내는 기다리고 있을 것이다. 언젠가는 내 스스로 깨달아서 다시 성당에 함께 나가게 되기를 날이면 날마다 기도하면서.

사람은 누구나 좋은 남편, 좋은 아버지가 되고자 한다. 나도 그렇다. 다만 잘 안 되고 있을 뿐이라고 자위하며 산다. 가장家長이 가정에서 자기 자리를 찾지 못해서 그런 것은 아닐까하는 생각도 해 보지만 그런 것은 아닌 것 같다. 집안에서 내 스스로 내가 중심이라고 여기며 살고 있고 가족들도 또한 그렇게 대해 준다. 이렇게 생각한다면 나는 아직까지는 그렇게 절망적인 상황이 아닌 것 같다. 나는 충분히 좋은 아버지, 좋은 남편이 될 수 있다.

'사나이 대장부'가 실종된 시대라는 말도 있고, 아버지와 가장家長이라는 자리가 연민憐憫의 대상이 되어버렸다는 말도 들리는 요즘이다. 남자로서 지켜야 할 최소한의 체면이나 의리조차도 제대로 지키고 살기 어렵다고들 한다. 시대가 변해도 많이 변했다는 말일 게다. 그렇지만 그렇다고 해서 옛날로 돌아가자는 식이어서는 안 된다. 나만 고집하는 아버지 혹은 남편, 사회 활동을 중시하여 사회적 출세만을 꿈꾸는, 직장의 일로 다른 것은 팽개치는 그런 사람이 아니라, 가족의 일을 최우선으로 하는 열린 아버지, 열린 남편이 된다면 그것은 쉽다. 따져 보면 그렇다. 가족만큼 중요한 것은 없다. 열과 성을 다 하는 직장도 퇴직하면 나를 버리며, 사회도 나에게 결격 사유가 생기게 되면 냉정하게 돌아서게 될 것이다. 그러나 가정과 가족들은 내가 아무리 늙거나 병들어도, 또 돌이킬 수 없는 나쁜 지경에 이르더라도 나를 버리거나 팽개치지 않는다.

나는 여태까지 너무 '아버지', '남편'이라는 권위의 허상에 갇혀 맹목적인 존재로 살아왔던 것은 아닐까. 이러다가 아이들이 점점 자라고 아내도 이런 삶에 타성이 붙어서 가족들과의 소통단절을 가져와 나중에는 스스로 고립되는 것은 아닐까. 안 되지, 안 되고말고. 아버지를 되찾자, 가장의 권위를 되살리자 이런 말보다 가정 안의, 가족 속의 내 자리를 빠른 시일 안에 찾아야 한다 싶다. 무엇이, 누가 가장 소중한가를 알았으면 더 이상 망설일 이유가 없지 않은가.

지금까지 나는 가장家長은 집에서 바깥일을 시시콜콜히 얘기해선 안 되고, 직장이나 바깥에서 생긴 일의 스트레스는 밖에서 술로 풀어야 마땅한(?) 것이라는 관념 속에서 살아왔다. 가족과의 공유를 스스로 단절시켜왔던 것이다. 나 자신의 고통을 가족과 함께 하는 것이야말로 지극히 당연하고도 자연스러운 것이 아닌가.

가족의 정신적 이산 상태는 가족 상호 간의 무관심을 유발하고 급기야 나홀로 생활에 빠져들게 한다. 이제 가족은 혈연 집단이므로 언제나 무조건 뭉칠 수 있다는 이야기는 어울리지 않는다. 인위적으로 노력해야 한다. 가족들의 공동의 노력도 필요하지만 가장家長의 노력이 제일 중요할 것이다. 가족회의를 정기화한다든지 가족들만의 휴일 프로그램을 꾸민다든지 하는 것으로 나를 재정립할 때가 되었지 싶다.

지나간 시간은 아름답다 했던가

　얼룩 무늬 교련복과 함께 아침이 시작되고 날이 저물던 시절, 옷이 귀했던 시절이라 학교에 갈 때면 각반과 요대 그리고 모자를 따로 준비했지만, 교련복은 농사일하기에 안성맞춤 작업복이 되어 주었지. 일제강점기부터 입었다는 검정색 상하의 교복 – 여름에는 흰색 상의에 쑥덕배라 불렀던 쑥색 하의-에 금색 도금 모표를 단 교모, 가난 때문에 운동화는 학교에 갈 때만 신고 집에서는 다이야표 검정 통고무신을 신었으며, 복장 검사 때마다 지적을 받곤 했던 목덜미의 호크, 그 호크 양쪽으로 뺏지와 학반 표시를 붙이고, 지금은 개그맨 임하룡의 추억담에나 나오는 흰 이름표를 단 70년대 대한민국 고등학생. 누구나 박박 밀었던 까까머리, 조금만 길어도 가차없었던 공포의 '바리깡', 삼 센티 길이라도 좋으니 스포츠칼라로 허용해 달라며 사정했던 우리들, 그것도 면소재지에 있는 시골 인문계 고교 국·영·수 선생님은 없는 날이 더 많았고, 다만 요즘 우리 학교 학생들이 부러워할 것이라면 남녀공학(진해중앙고는 남녀공학 안 하나 못 하나?) 이었다는 점 정도의 학교를 다녔다. 이름도 거룩하던 내 인생의 1970년대여!

말하지 않아도 다 아는 사실이지만 당시는 박정희 대통령 시대로 독재다 유신이다 해서 몹시 시끄럽던 소위 어두운 때였다. 학도호국단이라 하여 해마다 한 달씩이나 연습하며 준비했던 교련 검열이라든지, 준엄하고 엄격했던 선후배 간의 군기(?)라든지, 추상같았던 기율부원(지금의 선도부원)들의 등하교시 교문 검열 등등은 지금과는 많이 달랐다.

지금 생각해 보면 당시의 학교는 거의 군대식이 아니었나 싶다. 선배들이 후배들을 단체기합 주겠다고 학교에 건의하면 그 시간을 인정해 줄 정도였으니까. 한 학년 선배라 할지라도 학교 내에서나 길거리에서 만나면 딱 부러지게 거수경례를 하였고, 간혹 언행을 잘못했다가 선배들의 교실에 불려가 몰매를 맞는 일도 있었다. 요즘 우리 학생들은 아마 이해하기가 좀 힘들 것이다. 그러나 그때는 그런 시대였고, 또 지나고 나니 그런 것들도 아련해지는 것이 인간이란 참 묘한 존재라는 생각도 든다.

나의 고교 시절에서 가장 잊을 수 없는 선생님이 있다면 일 학년 때 담임을 맡으셨고 수학을 지도하셨던 박천수 선생님이다. 껑충 큰 키에 말을 더듬어 어눌해 보이셨지만 실력도 있으시고 아이들을 생각하는 정성이 대단했던 선생님, 중학교 때도 가르침을 받아 친근감이 있었지만 내가 목표를 잃고 방황할 때 무지막지하게 나를 다그치면서 '나는 너를 포기할 수 없다'던 그 말씀, 맞기도 많이 맞았고 그런 선생님의 사랑에 대들기도 하면서 나는 철이 들었다.

그러면 그때 이야기를 슬슬 해보자. 흥미 있을 법한 남녀공학은 사실 별 재미(추억과 재미는 별개다)가 없었다고 해야겠다. 그것은 무엇보다도 언행을 비롯한 모든 면에서 너무 제약을 많이 받는다는 점이었다. 학교생활에서 체육이나 교련 시간에 옷 갈아 입을 때는 남학생들이 빨리 교실을 비워줘야 하고, 사소한 문제로 담임 선생님을 곤란하게 한다든지 하는 일에서부터 이성에 대한 이해나 관심의 정도가 높아지고 용모에 신경을 많이 쓰게 되는 일, 마음에 드는 여학생이 있을 때 특히 행동에 조심하는 것, 때때로 불건전한 이성 교제를 하는 친구들도 있어서 학교를 끝까지 다니지 못하거나 교실에서 어떤 문제가 생겼을 때는 거의 남학생들의 책임이나 잘못으로 결론이 났던 일, 서로 친구지간이라 하여 학교 밖에서도 어울려 다니다가 생활지도에 걸려 혼이 났던 일 등 많은 추억거리는 있다. 지금도 동창 모임에 나가면 ―남자보다 여자 동창이 더 많이 참석한다.― 그때의 추억을 가끔 이야기하지만 남편과 아내와 자식이 있는 입장이니 내놓고 주고받지는 못하니까 결코 아름다운 추억은 아닌 것 같다. 누구와 누구가 연애한다더라는 말은 매일 듣는 편이었고, 그래서 성적이 떨어지고 학생과에 불려가고 그러다가 얼굴이 안 보이고… 그런 때는 가슴이 아팠다. 왜 아이들은 그 한 순간을 참지 못하는 걸까? 왜 선생님들은 무조건 아이들을 퇴학시키려고만 할까? 자세한 것은 몰랐지만 그런 현상들을 볼 때마다 욕지기가 목구멍까지 올라왔었다.

담배나 술 이야기도 빠질 수 없는 추억이다. 학교에서는 화장실이 유일한 몰래 흡연 장소였다. 흡연 학생들에 대한 처벌은 엄중하였고, 또 학생들도 그것을 인정하였으므로 약간의 치외법권 지역 ─그래도 몇몇 선생님들의 직접 방문이나 수사는 잦았고, 적발시는 말할 것도 없이 처벌받았다.─ 인 화장실 외에서는 제법 배포가 있다는 녀석들도 감히 엄두를 낼 수 없었다. 흡연은 무조건 나쁘고 함부로 해서는 안 된다는 인식을 갖고 있었으니까. 주로 학교 밖에서 몰래 그것들을 즐겼는데 시골이라 담배는 들이나 강가같은 곳에서 하였고, 술은 친구들과 어울려 역시 숨어서 하는 편이었다. 시골에서 고등학생 정도면 대부분 농사를 지으면서 학교에 다녔기 때문에 고된 농사일을 하다 보면 어른들이 막걸리 한잔 정도는 쉽게 주었고, 그 때문에 도시의 아이들보다 술을 빨리배우게 된다. 그러나 최소한의 예의는 있었고, 하지 않아야 할 때와 장소에서는 안 하는 기본적인 학생으로서의 태도는 갖고 있었다. 어른과 아이라는 엄연한 구분을 존중할 줄 알았다는 얘기다. 굳이 삼강오륜이라는 유교적 생활태도를 들먹이지 않더라도 이런 생각은 지금도 변함이 없다. 포스트모더니즘과 신세대가 주름잡는요즘의 세태라 하지만 적어도 인간이라면 사회적 관습이나 전통은 지켜야 하는 것이 당연하지 않을까. 세상의 모든 삶의 양태와 관계는 상식이 통하는 선에서 이루어지고 행해져야 할 것이다.

당시는 교통편이 좋지 못하던 시절이라 나는 자전거를 타고 약 시오리 정도의 거리를 등교하였는데, 신작로는 자갈길이라 주로 들판 가운데로 여러 개 나 있는 농로를 따라 다녔다. 자전거 통학은 많은 학생들이 하였으므로 학교에는 자전거 주차장(?)도 있었다. 때때로 친구들과 떼를 지어 하교하다가 소위 자전거 교통사고가 나기도 하였고, 그럴 때마다 팔과 다리 무릎 등에 찰과상을 입는 것은 예사였다. 또 자전거를 탄 채 장난을 치다 도랑에 빠져 혼이 난 적도 있었다. 겨울에는 춥고 손이 시려서 고생도 했지만 걸어다닐 수는 없었으니 어쩔 수 없었다. 그러나 봄이나 가을철에는 더 없이 좋았다. 생각해 보라. 푸릇푸릇한 봄보리가 솟은 들길을 검은 교복을 입은 학생이 자전거를 타고 달린다. 썩 괜찮지 아니한가.

그 자전거 들길에 얽힌 아련한 이야기 하나. 지금은 벌써 중년의 부인이 되어 버린 '누구'는 우리 마을 옆에 살았는데 서로 부끄러움이 많아 처음엔 말도 안 하고 지냈지만, 집안끼리 왕래가 잦았기 때문에 곧 친한 사이가 되었다.

그러나 아침에 같이 등교하는 정도까지는 아니었고, 가끔 하교길에 자전거 뒤에 태우고 그 들길을 함께 달리는 즐거움을 가지기는 했다. 서로가 문학을 좋아해서 화제거리가 많기도 하였지만 아무래도 가난한 살림살이에 대한 불평과 미래에 대한 불투명성에 대한 이야기를 많이 나누었던 것 같다. 그런데 그녀는 생각이 깊고 독서량도 나보다 훨씬 많아서 대화를 할 때면 거의 언제나 그녀는 엄연한 처녀였고, 나는 여전히 까까머리 고교생일 뿐이라는 열등감을 갖기도 했었다. 여자들이 사춘기를 전후한 시기에는 남자보다 정신적으로 빨리 성숙한다는 말을 나는 신뢰하지 않았는데 지금 생각해 보면 그 말이 사실인 것도 같다. 열심히 공부해 같이 대학 가자고 했던 그 문학 소녀는 대학에 갔고 나는 낙방했다. 그걸로 그만이었지만 나이가 들어가면서 다시 만나게 되었는데, 그는 몇 년간 여학교 교사로 있다가 결혼하여 남편을 열심히 뒷바라지 했고, 남편은 결국 부산의 모대학 교수가 되었다고 했다. 생각이 깊고 야무지던 고교 시절의 모습이 떠올라 흐뭇한 마음이 들었다. 요즘도 같이 문학을 하면서 그 때의 이야기를 하곤 하는데, 아직까지 우리 세대는 추억 속에서 '가난'을 떨쳐 버릴 수가 없는 모양이다.

학교의 학력 수준이 몹시 낮았던 학교에서 미래에의 불투명한 전망으로 배회하던 시절, 어렵사리 잡지 '학원' 한 권을 구해 몇 번씩 밤을 새워가며 읽었던 시절, 참고서 하나 제대로 없이 대학엘 가겠다고 공부하던 시절, 동네에서는 부농 축에 들어 제법 많았던 논밭 농사 때문에 휴일이 없어 '나는 절대 농사는 짓지 않으리라'고 다짐하며 아버지를 원망했던 시절, 그러나 얼마 안 가 아버지의 마음을 깨닫게 되어 가슴 저려하던 시절, 언제나 뭐가 먹고 싶던 시절, 그래도 나는 문학을 하겠다는, 국어 선생님이 되겠다는 그 작은 희망이 있었기에 유혹과 좌절에 넘어가지 않았던 것 같다. 결국 그렇게 되었지만, 막상 현실은 또 엄청 나를 놀라게 하였고, 내가 생각했던 교육은 이게 아니었는데, 이렇게 해서는 안되는데 해쌓다가 그길로 십여 년이 지나고 말았고, 지금은 하루에 한 번씩 참담함을 이겨내려고 노력하는 중이다. 언제나 아이들 앞에 서면 즐겁고 부끄럽지 않는 한 인간이 되기 위해서.

내가 다녔던 고교 시절은 시간상으로는 비록 삼 년이라는 짧은 기간이었지만 그 많은 이야기를 어찌 이 짧은 지면에 다 옮겨 놓을 수가 있겠는가? 두고두고 그 이야기를 하겠지만 나는 내 인생과 문학의 시작도 끝도 낙동강 유역에서 태어나고 성장했던 고향과 학교, 그리고 지인들이 내려준 바람과 햇살 그리고 그 끈끈한 정이라 생각한다. 그것 중에서도 엑기스에 속할 수 있는 나의 고등학교 시절이 어찌 꿈엔들 잊힐리야. 모든 지나간 시간은 아름다울진져.

잠에 대하여

　이른바 삼복의 계절이다. 이 더운 계절에 아이들을 데리고, 말도 많고 탈도 많은 여름 방학 보충수업을 한답시고 아침 8시부터 한낮이 되도록 선풍기 하나 없는 교실에서 시간을 보내고 있자니, 아무리 참으려 해도 짜증이 난다. 고등학생들이라 말귀를 알아들으니 "너희들 힘들지?" 하니 기다렸다는 듯이 일제히 "예!" 한다. "그래도 참자. 악법도 법이라 했는데 하기로 했으면 그걸 참아내는 것도 인생이다."라며 달래는 정도의 내가 스스로 밉기도 하다.

　초복부터 말복까지 한 달에 걸친 이 기간 동안 한 해의 더위가 다 몰려 있어 모두가 괴로워하는 시간이다. 이럴 때는 일의 능률도 저하되고 짜증이 늘어나 사소한 문제로 이웃과 불화를 일으키기도 한다. 그걸 알면서 왜 해야만 하는 것일까.

　두세 시간이 지나면 아이들은 졸거나 자기 시작하고 선생인 나도 사실 졸립다. 사람들은 옛날부터 더위물리기에 갖은 지혜를 다 동원하였건만 나른함과 졸음은 어쩌지 못하였고, 아직까지 묘안이 없는 실정이다. 과학이 아무리 발달하고 온갖 생활필수품이 획기적으로 개선되고 신제품이 나온다 해도 밀려드는 잠을 대체할 방법은 찾지 못하는가 보다. 잠은 여름에만 자는 것이 아니라 매일 자야 하는 것이어서 사람과 잠의 관계는 그야말로 뗄래야 뗄 수 없는 불가분의 사이라 할 수 있다.

심지어 아이들은 수업 첫 시간부터 꾸벅꾸벅 졸기 일쑤다. 저녁 늦게 자고(무엇 때문인지 요즘 아이들은 늦게 자는 것 같다?) 아침 일찍 등교해야 하니 지각생이 많기도 하고, 더러 결석생이 생기기도 하는데 그 이유를 물으면 대부분 늦게 일어나서 지각했느니, 한두 시간 늦은 김에 하루를 쉬었다는 핑계다. 그래도 내가 근무하는 학교의 아이들은 생각보다 지각 결석이 적어 비교적 착실한 편이다. 학업 성적은 좀 떨어져도 인성 교육의 측면에서 사랑과 정성으로 대하면 우리 교육이 그렇게 절망적이지는 않다는 생각도 하게 된다. 그렇다, 공부 못하면 사람도 아닌 세상처럼 돌아가고 있지만, 공부 좀 못한다고 사람 대접 못 받는대서야 말이나 되는 소린가. 세상 모든 존재하는 것들이 제 할 일과 제 길을 갖고 태어난다고 하지 않던가.

그러면 이 잠 이야기를 한번 해 보자. 잠에 대한 이야기는 대단히 많은 것 같다. 존 밀튼은 잠자는 시간을 두고 그 사람의 품격을 매겼다고 한다. 체력을 평상시로 유지하기 위해서는 5시간, 보통의 수면시간은 7시간, 게으름뱅이는 9시간, 그리고 지독한 게으름뱅이는 11시간의 수면시간이 필요하다고 했다.

수면은 인생의 절반을 점하는 대사다. 잠자는 것을 어떻게 길들여 다루느냐 하는 것은 그 사람의 일생을 길게도 짧게도 할 수 있는 중요한 요점일지도 모른다. 사람과 관계를 맺고 있는 여러 가지 중에서 잠에 의해 그 사람의 인생이 결정되는 일도 다반사일 것이다. 잠을 줄여 부지런해야 성공할 수도 있을 것이고, 잠자는 시간을 바꾸어서 살아가는 사람도 있을 것이며 잠을 연구하며 사는 사람도 있을 것이다.

인간은 누구랄 것도 없이 생애의 삼분의 일을 잠으로 보내고 있다. 그러면서도 지금까지 어느 과학자도 왜 꼭 그래야 하는지, 또 어째서 수면이 우리에게 없어서는 안 되는 좋은 것인지에 대해서는 정확히 해답하지 못하고 있다. 다만 잠자는 자세는 그 사람의 영혼 깊숙이 숨겨져 있는 비밀을 드러내 보인다는 정신요법학자의 주장이 있을 뿐이다.

반듯이 누워 큰 대자로 잠자는 자세는 안정감과 자신감을 나타내며 개성이 강함을 보여주고 있으며, 모로 누워 두 발목을 꼬고 자는 자세는 정서적으로 불안함을 나타내며, 엎드려 자는 자세는 일상생활을 조직화하려는 충동에 사로잡혀 있음을 나타내며, 반듯이 누워서 두 손바닥으로 머리를 받치고 자는 자세는 자기의 지적인 힘을 과시하는 것이라고 한다. 가장 흔한 자세로 모로 누워서 잔뜩 웅크리고 자거나 베개를 껴안고 자는 자세는 보호받고 싶어

하는 간절한 욕망을 드러내는 것이라고 한다.

사람에 따라 숙면하는 습관도 여러 가지다. 테너 가수 카루소는 18개의 베개에 둘러싸여 있어야 숙면했고, 찰스 디킨스는 남북으로 놓인 침대 위에서라야 잠을 잤다고 한다. 벤자민 프랭크린은 밤마다 침대 둘을 썼는데 한쪽에서 자다가 더워지면 다른 침대로 옮겨 자곤 했다 한다. 러시아의 귀족들은 잠이 안 올 때면 하인을 시켜 발을 긁게 했다고 한다. 그러면 나는 어느 유형에 속하는 인간 중의 하나일까. 최소한 7시간에서 9시간은 자야 하니 밀턴의 분류에서 본다면 그저 평범할 뿐이고, 처음에는 반듯이 누워 자다가도 어느 정도 시간이 지나면 왼쪽으로 모로 누워 약간 웅크리고 자는 형이니 이 또한 그렇다. 오른쪽 모로 눕는 일은 매우 드문 걸로 알고 있다. 그것은 자고 일어날 때 알 수 있다. 잠자리는 온돌방이든 침대든 아직 숙면을 못해 본 기억은 없는 것 같으니 비교적 잠은 잘 자는 것 같다. 다만 좀 늦게 잠자리에 드니까 아침에 일어나는 시간이 비교적 늦어 그게 문제지만. 그렇다면 약간의 안정감과 개성을 갖고 있으나 정서적으로 좀은 스트레스를 받고 있다고 하겠다. 참 보통 사람의 평범한 모습이다.

최근에 일본의 과학 잡지 〈科學朝日〉이 하루 8시간은 자야 건강에 좋다는 설(說)은 의학적 근거가 없다고 보도했다고 한다. 수면시간이 이보다 짧더라도 다음날 심한 피로를 느끼지 않으면 그것으로 족하다는 것이다. 에디슨이나 처칠, 나폴레옹 같은 사람은 언제라도 자고 싶을 때 잘 만큼 잤다고 한다. 아마 이 방법이 인간에게 가장 좋은 수면 습관일 것이다. 먹고 싶을 때 먹고, 자고 싶을 때 자고, 울고 싶을 때 울면 그보다 더 자연스러운 것이 없을 테고 그러면 정신 건강상 아무런 문제도 없을 것이다. 매사가 그렇지만 자연스러움만큼 문제를 발생시킬 확률을 줄이는 것은 없다. 아아, 놀고 싶을 때 놀고, 자고 싶을 때 잘 수 있다면 얼마나 좋겠는가. 모두가 그렇겠지만 현실이 허락을 하지 않으니 나는 언제쯤이나 그런 자유를 갖게 될까. 아마 힘들 것이다. 영원히 그때가 오지 않을지도 모른다. 간절히 그때를 기다리겠지만 나이가 들어 더 이상 세상이 나를 필요로 하지 않을 때가 그때라면 정중히 사양하겠다.

잠에 대한 생각이나 이야기가 얼마나 많겠는가마는 사람은 이 잠을 잘 다스려야 하는 숙명을 갖고 있다고 하겠다. 따라서 수면을 자기의 모든 조건에 알맞도록 조절하거나 충분히 다스릴 수 있는 이성적 능력을 가질 수 있다면 얼마나 좋을까 하는 생각을 해 본다. 아무리 무더워도 또 짜증이 나더라도 수면 습관을 잘 길들이면 졸음이 쏟아지는 여름 복중 더위도 이겨낼 수 있을 것이라 여겨진다. 사람은 환경에 빨리 적응하는 편이라 하니, 졸립다고 졸 수 없을 때나, 자고 싶다고 잘 수 없는 경우에는 그것을 참아내는 이성적 힘으로 만물의 영장이라는 이름값을 해 낼 수 있으리라.

가을이 가는 소리

가을이 가고 있다. 천고지절이라 한 번이라도 더 하늘을 쳐다보게 되는 계절, 가을이 가고 있다. 언제나 여유를 갖자, 이해하자, 사랑하자, 욕심을 버리자 되뇌어 보건만 얼마나 마음의 여유가 없었으면 유달리 푸르고 높다는 우리나라의 가을하늘 한 번 제대로 보지 못했는데 벌써 가을이 가고 있나 싶다.

계절이 바뀌는지, 하루가 어떻게 지나가는지 전혀 자신을 돌아보지 못하는 그 시간만큼 나는 사람다움을 잃어가고 있는 중이리라. 맑고 깨끗한 바람과 햇살 속에서 은은한 가을산 계곡의 청정한 물소리를 듣는 여유, 그 여유가 아쉬운데 이렇듯 계절은 저 혼자 가고 나는 나대로 돌아가고 있으니 안타깝다 못해 억울한 심정이다. 그러나 어쩌랴. 만족스럽지 못해도 우리는 살아야 하고, 사람다움에의 길을 찾아 끝까지 걸어야 하는 떨쳐버릴 수 없는 이 운명적인 삶을.

길지 않은 세월을 살아온 나에게도 이렇듯 늦가을이면 생각나는 일화 하나가 있어, 다시 생각해보며 상실의 시간을 딛고 일어서는 여유와 함께 과연 삶이란 무엇인가를 곱씹어 보고 싶다.

아마 오륙 년 전이었을 게다. 내가 맡고 있는 아이 중에 k라는 얼굴이 갸름하고 약간 창백하며 말이 없는 내성적인 아이가 있었다. 어찌 보면 여학생 같이 이쁜 남학생이었다. 지금도 그렇지만 중학교 삼학년의 가을은, 태어나서 처음 맞는 입시 때문에 그야말로 처절한 상황이 연속되는 시기이다. 그런 어느 날 점심시간이 끝나고 다섯째 수업시간 중, k는 별 표정도 없이 배가 아프다는 것이었다. 참을 수 없는 정도냐고 물었더니 오전부터 아팠는데 참다가 힘들어서 말씀드린다고 했다. 별 생각 없이 반장과 함께 병원에 가라고 보내고 k의 어머니께 전화를 했다. 돌아온 반장은 k의 어머니가 오셨기에 진찰 결과를 보지 못하고 그냥 왔다고 했다.

정말 대수롭잖게 생각하고 퇴근길에 들렀더니, k의 어머니는 흐뭇하게 웃으시며 내게 말하는 것이었다. 급성맹장염으로 급히 수술을 했고, 의사 선생님께서 말씀하시길 좀더 늦었더라면 아이가 고생을 많이 했을 거라 했으며, 선생님께서 빨리 조치를 취해 주셔서 매우 고맙다고. 무척 황당했다. 내가 한 게 뭐가 있다고. 누구라도 이럴 경우 부끄럽지 않을 수가 있겠는가.

많은 아이를 대하는 직업인지라 몸이 아픈 아이도 많지만, 그 때의 일로 깨달은 점이 많다. 아이에겐 교사의 판단이 절대적인 것인데 성심성의껏 대하지 않고 편의주의에 빠져 자칫 심각할 뻔했던 일을 그처럼 안이하게 처리했던가. 내가 겪는 모든 일들이 하나부터 열까지 중요하지 않은 일이 없다는 것을 왜 몰랐던가. 내가 대하는 한 사람 한 사람이 내게 제일 소중한 사람이라는 걸 잊어서야 말이 되는가… 끝없는 자책과 무력감에 스스로를 용서하기 힘들었다.

이튿날 다시 병원에 갔을 때, 견딜 만하느냐고 묻는 내게 k는 밝게 웃으면서, 어려서부터 주사 맞는 것이 그렇게 무섭고 싫었는데, 이 병원의 간호사 누나는 얼굴도 예쁘고, 하나하나 챙겨 주는 마음씨도 매우 고와서 그런지 주사 맞을 때 하나도 아프지 않고 오히려 병원 생활이 즐겁다고 말하는 것이었다. 그래, 예쁜 사람의 고운 마음씀씀이는 아픈 사람의 육체적 고통쯤은 아무렇지 않게 또 쉽게 어루만질 수 있는 법이라고 말해주었던 기억이 새롭다.

미소를 잃지 않는 사람은 언제 보아도 넉넉하고 푸근하지 않던가. 그 뒤 k는 고교에 진학, 지금은 대학에 다니고 있는데 방학 때면 한 번씩 만나 그 때 얘기를 하며 병원에 갈 때마다 그 간호사 누나가 생각난다던 k.

우리가 살고 있는 사회라는 이 울타리, 간호사의 미소 하나, 서로를 대하는 사람들의 따뜻한 마음가짐 하나가 모든 고통으로부터 우리를 지켜주고 나아가 나를, 너를 우리를 사랑하는 큰 실천을 이루는 것이리라.

가을이 가는 소리조차 점점 멀어져가는 지금, 나만을 위하며 마음의 평화를 잃고 살지는 않는지 되돌아볼 일이다. 조그만 일에도 감사하고, 이웃과 이웃 간의 작은 사랑을 실천하며 누구나 함께 사는 존재임을 깨닫는 시간이었으면 한다. 언덕 너머로부터 겨울이 오는 기척을 느끼며 올해의 가을은 보내자. 인간으로서 가장 좋은 일은 '나'와 '너'가 아니라 '우리'를 생각하는 따뜻한 가슴을 갖는 것임을 다시 생각하면서.

건망증 예찬

　춘삼월부터 날씨가 풀리면 춘곤증과 더불어 찾아오는 건망증. 금방 치운 물건을 찾느라 쩔쩔매거나 중요한 약속을 잊어 낭패를 당하기도 하는 증상. 흔히 정신이 깜빡한다는 뜻으로 사용되어 의사들은 그 원인을 뇌손상 등으로 인한 기질적 원인과 스트레스 등으로 인한 심리적 원인으로 설명한다. 물론 현대인에게는 심리적 원인이 대부분이겠지만.

　얼마 전에 가까이 지내는 선배의 딸 결혼식이 있었다. 수필가 이하윤 선생만큼 열성적인 메모광은 아니지만 나도 메모를 많이 하는 편인데 어찌된 일인지 그 일만은 메모를 하지 않았고 월계획표만 보고 다른 약속을 하고 말았다. 청첩을 받을 때만 하더라도 특별한 일이 없어 꼭 결혼식장에 가리라 마음먹었는데 그만 잊고 친구들과 바닷가엘 가버렸던 것이다. 월요일 출근해서야 그 사실을 안 나는 당황했고 그 선배에게 정중한 사과의 전화를 드리지 않을 수 없었다.

그러나 한편으로 그 일이 고의적인 것이 아니었고, 모처럼 친구들과 바닷가에서 허심탄회하게 즐거운 하루를 보냈다는 생각에 이르자 건망증이 오히려 모든 것을 잊고 하루를 지내도록 해준 행운의 근원인 양 느껴졌다. 이 무슨 아이러니란 말인가

좀처럼 시간을 내기가 어려운 생활 속에서 그 하루의 의미는 생각보다 컸고, 세상에는 모든 일이 다 공식처럼 이뤄지지 않고 이렇게 가끔 뒤바뀌어도 좋은 일이 있구나 싶었다.

건망증은 생리적 현상으로 40대 이후엔 건강의 척도가 되기도 한다는데 사람이 모든 사실을 기억하고 산다는 것은 이루 말할 수 없이 괴로운 일이리라. 잊고 싶은 일이나 불행했던 순간들은 빨리 잊는 것이 좋고, 즐거웠던 일과 꼭 필요한 일들은 차분하게 생각하며 메모하는 버릇이 필요할 것이다. 건망증은 필요악인가.

權威와 權威主義

　우주 만물은 각기 나름대로의 자리를 지키면서 질서를 유지한
다. 하찮은 미물일지라도 그러할진대 하물며 인간임에랴.

　민주주의는 자유가 보장되어 있어서 인간의 존엄성을 극대화시
켜 안정 질서를 유지해나가는 제도이다. 만민 평등의 믿음 아래
함께 살아감의 약속이 그 속에 들어있다. 타의에 의한 행동이나
억압, 부당한 간섭의 배제는 말할 필요도 없다. 규제는 자의에 의
한 행동의 억압을 말하므로 규제의 통제는 자율에 맡겨져야 민주
주의가 법이나 규칙 등을 통한 서로의 약속 아래, 안정된 질서를
추구해 나가는 것이라 할 때, 무질서는 사회 불안을 조성하여 민
주주의의 꽃인 자유를 위협한다. 그러므로 질서파괴는 반민주적이
라 단언할 수 있다.

　제도와 의식의 상호보완적 관계 하에서 서서히 이루는 것이 올
바른 민주주의요 민주화일 것이다. 사회 각계각층에서 민주화가
진행되는 요즘, 그 각계각층에서 혹 무질서는 횡행하지 않는지.

자율에는 책임과 권리가 동시적이므로 타인의 의견을 존중하고 스스로의 책임을 다하는 태도가 절실히 요구된다고 하겠다. 그리고 권위와 권위주의를 혼동해서는 안 된다. 민주주의는 함께 살아감의 약속을 통해 질서유지를 이룬다. 이 질서유지는 권한과 책임에 따라 시키는 자가 있게 되고, 이를 받아들여 일하는 자가 있게 된다. 이러한 관계를 권위라 한다면 민주사회는 권위가 있어야 함께 살아감의 약속을 지킬 수 있게 되고 질서유지를 할 수 있다. 다시 말하면 권위는 민주주의를 가능하게 하는 주춧돌이자 골격이라 할 수 있는 것이다.

따라서 민주화 과정에 있어서 이 권위의 존중 내지 보호는 가히 절대적이라 할 수 있다. 그런데, 요즘 우리는 이 「권위」와「권위주의」를 혼동하고 있는 것 같다. 용어의 의미는 알고 있다 하더라도 실천되지 않고 있다는 말이다. 앞에서 말한 것처럼, 권위가 다른 사람을 따르게 하는 힘이라면, 권위주의는 권력의 힘으로 무조건적 복종을 강요하는 위세라 할 수 있다. 따라서 민주정신의 바탕이자 단체 속에서의 질서 유지의 바탕이 되는 권위는 마땅히 존중되어야 하고, 민주화를 더디게 하고 가로막는 권위주의는 배격되어야 한다.

권위를 무너뜨릴 때 조직이나 사회는 질서가 유지되지 못하고 질서가 유지되지 못하면 함께 살아감의 약속이 지켜지지 않게 되고, 그럼으로써 만민평등의 믿음이 깨지며 결국엔 인간의 존엄성이 땅에 떨어지고, 자유를 잃어 독재나 폭력집단으로 전락하게 되는 것이다.

가정을 예로 들어보자. 집안의 질서를 지켜 화목과 안정을 유지시켜 나가는 가장家長, 즉 아버지에 대하여 자식이 불만을 갖고 아버지의 권위를 무시하게 된다면 그 자식이 아무리 그럴듯한 목적을 갖고 그랬다 하더라도 그 집안의 안정과 화목은 풍비박산이 되고 말 것이다. 아버지가 다소 권위주의적이라 하더라도, 잘못된 점이 있다하더라도 아버지의 권위를 존중하면서 의논하여 합의된 약속을 하나씩 실천해 나가는 것이 그 가정의 평화를 지키는 길이 될 것이다. 나와 다른 의견을 가졌다 하더라도 나만 옳다는 독선을 벗어나 적법하게 고쳐 나가야 한다. 그래서 자기만이 옳다는 논리 아래, 그것이 실천되지 않는다고 폭력을 행사하는 일이 있어서는 안 된다. 폭력은 어떤 경우에도 정당화될 수 없다.

무엇이 우리 사회의 민주화에 진정 도움이 되는 것일까를 自問해보는 것이 필요하다. 정부에서도 동사무소에서도 경찰서, 우체국, 학교에서도 각기 권위를 존중하고 권위주의를 청산하면서, 우리가 누리고 있고, 앞으로도 지켜나가야 하며, 성숙된 그것으로 발전시켜 나가야 하는 민주주의 체제 수호에 앞장서야 하겠다.

동화를 읽는 사람들

　어린 시절 할머니나 어머니의 무릎을 베고 누워 옛날이야기를 들어본 사람은 안다. 그것이 무엇과도 바꿀 수 없는 소중한 마음의 재산이라는 것을. 아무리 사는 것이 힘들고 어려워도, 어떤 물질적 욕망이 자신을 흔들어도 굳건한 삶을 이어갈 수 있는 정신적힘이 되는 순수의 재산. 그것이 바로 인간이 지녀야 할 삶의 순박성이 아닐까.

　요즘 아이들은 동화의 세계를 모른다. 순수와 아름다움의 참힘을 모른다. 교육열이 세계 최고라는 우리 어른들도 그런 곳은 소용없는 것으로 안다. 경쟁 시대에 걸맞은 몰인간적 개체로 만들어도 되는 것일까. 피아노, 태권도, 미술학원 등등, 그것으로 아이의 심성과 자질 향상이 가능할까. 마음이 깨끗하고 아름다워야 바르고 꿋꿋하게 세상을 살아갈 수 있는 법이다.

　물론 요즘의 어머니들은 바쁘다. 그러나 아이들은 부모의 배려를 받고 자랄 권리가 있다. 부모들의 개인적 욕구 성취 때문에, 엄마와 함께 신비한 동화의 세계에 젖어들며 아름다운 마음을 가꾸고 행복한 시간을 가져야 할 아이들이 소외되어서는 안 된다. 경제적 풍요를 위해 정신적 영역을 제쳐 놓은 결과를 오늘 우리는 보고 있지 않는가.

마음이 가난해서는 안 된다. 마음이 가난하면 물질적 풍요가 이뤄져도 허상에 불과할 뿐 오래 가지 못한다. 건강하고 순박하며 풍부한 포용의 마음을 가진 사람만이 물질적 풍요도 함께 누릴 수 있는 법이다. 마음을 살찌워야 한다. 그것은 어릴 때의 교육에서 시작된다. 아이들에게 그들만의 시간과 공간을 주고 동화를 읽게 하자. 그것만이 우리를 부자로 만든다.

메마른 계절의 희망

춘삼월인데도 날씨가 쌀쌀하더니 때마침 비가 내린다. 봄비다. 이 비가 그치고 나면 완연한 봄이 오리라. 그러나, 마음 한 켠에선 「새싹과 생명 이미지」로서의 봄이 아니라 「춘투」니 「운동」으로서의 봄에 대한 우려가 자꾸 머리를 든다.

오늘날 우리 사회는 대화, 사랑, 이해가 너무 모자란다. 어느 한 쪽에서만 문제를 해결하려 해서는 안 된다. 걸핏하면 우익이니 좌익이니 하는 사고나 도식화된 편견이나 극도의 흑백논리로는 절대 문제의 근본적 해결은 있을 수 없다.

필리핀의 민중혁명이 성공하고 나서 아키노 대통령은 한 연설에서 『어떤 것을 억압하기 위해 사용한 수단이 오히려 그것을 활성화시킨다』고 말했다. 물론 목적을 위해서는 수단과 방법을 가리지 않는 사고방식을 경계한 말이다.

같은 논리로 볼 때 하나의 행위는 그 행위와 대조적인 다른 하나의 행위를 낳는다는 말로 연결될 수 있다. 사회구조 속에서의 대립과 갈등은 미래에 대한 새로운 가치와 새로운 감수성, 그리고 새로운 잠재력을 키워내는 반면에 자칫 규범과 질서를 파괴할 우려점도 가지고 있다는 말이다. 요즘의 학생운동이나 노사분규 그리고 우리 일선 교사들이 추구하고 있는 교육 민주화 운동에서도 이런 논리는 적용될 수 있으리라.

부산 시내 모 학교의 수업 중단과 농성, 집단사표의 불행한 사태를 접하면서 빗물만큼 무거운 마음을 어쩌지 못하는 이는 비단 나만이 아니리라. 어느 집단이든지 우리는 너무 메말라 있다. 제각기 주장이 있고, 또 각기의 주장에 일리가 있다.

그러나 목소리만 가지고는 문제가 해결되지 않는다는 것을 왜 모르는가? 교육은 획일주의적 사고와 행동을 거부한다. 즉 답이 하나로 정해져 풀이되는 과학적인 것이 아니라 여러 가지 개성적 형태로 시행되는 예술적인 것이 교육인 것이다. 학교는 학생이 주인이다. 서로 양보하고 이해하는 마음을 갖고, 한쪽에서 적극적인 수용 자세를 가질 때 다른 한쪽에서도 행동주의나 투쟁을 위한 투쟁은 지양되어야 마땅하다. 사회의 변화는 급진적 흐름을 타서는 안 될 것이다. 인내심을 갖고 하나씩 풀어나갈 때 그 생명은 오래 지속될 것이다.

새봄을 걱정하는 사람들이 많다. 좀 더 성숙하고 이성적인 사고와 판단에 의한 모두가 건강하고 모두가 웃는 봄을 기대해본다. 봄비처럼 희망적인 계절이기를.

문제를 푸는 지혜

해마다 되풀이 되는 것은 따분하다. 한 해를 보내고 또 한해를 맞으며 아무런 반성이나 창의성 없이 맹목적으로 되풀이할 때 정말 그렇다.

그러나 학교의 그것은 따분하지 않다. 겨울 휴가를 보내고 이듬해 개학을 하면 하나는 내보내고 하나는 받아들이는 작업, 곧 졸업과 입학을 하게 된다. 그것은 일종의 설레임을 동반하는 일이므로 자연히 교무실도 그런 분위기에 휩싸인다. 그래서 교사는 아쉬움과 기대로 한 해를 시작한다고 한다. 지난해의 아쉬움을 더 큰 가능성을 일깨우는 올해의 노력으로 연결시키는 것이다. 교육은 바로 이러한 자성과 소박한 보람에서 이뤄지는 것이 아닐까. 흔히 말하는, 교사에 대한 처우개선의 문제는 적어도 그 다음의 얘기인 것이다.

어느 사회든 어두운 면은 있게 마련이다. 그러나 일부가 전체를 나타낸다고는 말할 수 없다. 교육 현장의 몇몇 어두운 면으로 전체 교사를 매도할 수는 없는 것이다.

문제를 부정적으로만 보려는 태도를 버려야 한다. 일단 긍정적으로 검토해 나간다면 오히려 그 해결이 더 쉬울 것이다. 어떤 일이든 「일방적」이라든지 「일사불란」 같은 말로 그 해결점을 찾으려 했다가는 저항에 부딪치게 되는 법이기 때문이다.

오늘날 우리 교육이 갖고 있는 병폐는 여러 가지가 제시되고 있지만, 그 근본적 치료에 대한 구체적 처방은 나오지 않고 있다. 교육이 가진 문제점은 한 개인이나 집단의 욕심을 떠나 정치인 교육자 국민 모두가 구습을 과감히 탈피한 상태에서 풀어가야 한다. 교육이 어찌 일부 계층의 전유물일 수 있으며 한 치 앞만 내다보고 하는 일이겠는가? 그리고 그 해결 방법은 결코 질서를 벗어나지 않는 범위에서 이성적인 것이라야 한다. 가장 인간적인 태도로 말이다. 급히 먹는 밥은 체하는 법인만큼 질서와 권위의 수호 없이 개혁은 있을 수 없기 때문이다.

민주사회는 질서와 권위에 의해 존재 가치가 생긴다. 한 조직 속의 구성원이 그 조직의 지휘 체계나 권위를 무시하게 되면 그 조직은 무너지게 된다. 민주주의를 지켜 나가야 한다는 대위에 동의한다면 권위는 존중되어야 한다. 교육도 교육 나름대로의 권위가 지켜져야 교육 민주화도 그만큼 빨라질 것이다. 권위와 질서가 존중되는 바탕 위에서 잘못된 점을 과감히 고쳐 나가는 태도! 이것이 오늘의 우리에게 가장 필요한 것이 아닐까.

바코드 인간

　슈퍼마켓에 가 보면 수많은 물건이 일목요연하게 정리되어 있다. 그 물건 하나하나에는 무엇을 의미하는지 금방 떠오르지 않는 숫자의 나열과 그 숫자 위의 굵기가 서로 다른 검고 흰 막대들의 표시가 있는데 이것이 바코드(barcode)다. 컴퓨터가 그 상품의 이름이나 가격, 판매량 등을 이해하기 쉽게 만든 기호인 바코드, 열세 자리 숫자로 된 이 기호는 국가 번호, 제조업체 번호, 상품 품목 번호, 점검 번호로 되어 있다. 바야흐로 컴퓨터 시대에 살고 있다는 실감을 하게 된다.

　나중에는 우리 인간들조차 등짝에 열세 자리 숫자와 백여 개의 막대로 표시된 바코드가 찍혀 사회를 구성하고 있는 하나의 부품이 되고 말 것이라 생각하니 어쩐지 섬찟한 마음 금할 수 없다.

　모든 것이 기계화되어 딱딱해지는 사람살이라도 무관하지 않으리라. 아스팔트, 콘크리트 건물, 수많은 자동차, 공장들 속에서 인간은 태어나고 자라며 생활한다. 흙구경이 어려운 삶 속에서 인간은 어쩔 수 없이 이기적인 사고와 행동을 하게 되고 결국 나만 아는 존재, 자제력을 상실하고 한탕주의의 무모함에 모든 것을 맡기는 슬픈 인간이 되는 것일까.

과학 문명의 발달로 인해 우리의 삶이 편해지고 윤택해진 것은 사실이나 그 좋은 점 뒤에 여러 가지 어두운 면을 보면서 위험 수위에 달한 오늘의 인간성 상실 문제를 심각하게 생각하지 않을 수 없다.

바코드와 더불어 만물의 영장인 인간이 하나의 사물처럼 부품으로 변해가는 이 시대에 우리 모두는 인식해야 한다. 인간성 상실과 그 회복의 문제를.

4부

알렉세이 막시모비치 뻬쉬꼬프

책 읽는 즐거움! 아직 나는 그 참기쁨을 잘 알 지 못한다. 얼마나 많은 책을 읽어야 그런 기쁨 속에 살 수 있을까? 이런 생각으로 지내왔는데 우연찮게 그 기회를 얻게 되었다.

얼마 전 졸업 때 한 학생이 구소련의 작가 막심 고리끼가 쓴 '어머니'를 나에게 선물했다. 책을 선물하는 녀석이 대견하여 몹시 흐뭇했다. 한국어판이 나온 지 오래된 책이라 물론 읽었던 작품이었지만, 오랜만에 다시 한번 읽고 싶은 생각이 들었다.

알렉세이 막시모비치 뻬쉬꼬프는 막심 고리끼의 본명이다. 전통적 러시아 문학의 바탕 위에 새로운 소비에트문학의 세계를 열어 '사회주의 리얼리즘의 아버지'라 불리는 고리끼.

그의 출세작이기도 한 '어머니'는 노동 계급을 소재로 한 소설이다. 이 소설을 이해하기 위해서는 20세기 초 러시아 혁명의 정치적, 사회적 분위기를 조금은 알 필요가 있을 것이다. 그동안 수많은 노동소설이 있었지만, '어머니'의 〈노동자〉는 정의롭지 못한 사회의 희생물로 표현되어, 사람들의 동정의 대상이 되는 계급으로 그려진 것이 아니라, 불의와 맞서 적극적으로 삶을 개척하고, 역사를 스스로 만들어 가는 주체적 계급으로 그려져 있다. 그만큼 진취적이고 고귀하며, 또한 인간이 나아가 살고 싶은 이상을 위해 애쓰는 투쟁의 지도자로서도 전혀 손색이 없다.

노동 계급으로 하여금 스스로에 대한 눈 뜸뿐 아니라 정치적 성숙을 확인하게 해주고 있으며, 작품 속의 어머니는 여성 혁명 투사로 묘사되고 있으나 당시의 혁명 의식을 충분히 반영하고 있는 것일 뿐, 단순한 러시아 혁명적 인물이 아니라 전세계 인류의 보편적 사랑의 획득 차원에서 이해되어야 할 인물로 나타나 있다.

일반적인 이야기지만 인간의 구원 문제는 나폴레옹적 인물의 손에 맡겨질 수 없는 것이다. 인간들 스스로가 그들의 운명의 주인이 되어야 하며, 진정한 혁명은 혁명의 주체인 노동자계급의 자발적 계급의식의 성숙에 의해 가능해진다는 평범한 진리를 빠벨과 그의 어머니 그리고 노동자를 통해 표현해내고 있는 작품 〈어머니〉는 80년대의 우리 사회를 되돌아보게 하는 동기를 충분히 던져주었다.

지난해가 '책의 해' 였지만 앞으로도 영원히 '책의 해' 가 되어야 하고, 많이 읽다 보면 독서의 참기쁨을 맛볼 수 있다는 것은 사실이라 말하고 싶다.

어느 날의 일기

- 사는 건 견디는 것이라 하네

사는 건 견디는 거라고 사람들은 말을 하지.

언제 우리 삶에 고통과 눈물 아닌 것이 있었는가.

그걸 견디는 것 또한 하나의 몫이라는 걸 우리는 여태 부인하며 지내왔던 건 아닐까.

서른 몇 살의 사촌 처남이 딸을 얻었다고 연락을 해왔다. 늦게 본 아이라 그 기쁨이 얼마나 크랴 싶으면서도 요즘 사람들은 너무 마음이 가벼운 건 아닐까 생각하면 옆구리가 허전하다.

예쁜 이름 하나 지어주어야겠다. 오랜만에 짓는 이름이다. 더러 조카들이나 지인들의 자녀 이름을 짓기는 했으나 근래에는 없었는데…… 오래된 친구와 오랜만에 만나 저녁 식사를 함께했다.

그의 어깨에 내려앉은 시간의 두께가 나를 차분하게 하였다.

흑백에서 커피 한 잔을 마시며 주인인 경아 씨와 박경화 씨 등과 담소했다. 그들의 여유와 살이에서 이쁜 미소를 보았다. 그래, 저렇게도 사는 거야. 보기에 따라서는 얼마나 참한가.

담배 때문에 가족들에게 왕따를 당한다. 요즘 세상에 어디 나만 그러랴만 좀 그렇다. 프로이트는 담배를 끊었을 때, 건강과 기분이 좀 좋아지긴 하지만 결코 행복한 건 아니라고 말했다는데. 학교나 사회 어디를 가도 담배와의 전쟁을 하는 중이니 이참에 나도 하다가도 아서라 마음먹는다. 오히려 요즘 나는 시가에 맛을 들이고 있는 중이다. 얼마 전까지는 파이프 담배를 즐겼는데(집에서만, 밖에서는 건방져 보일 가능성이 있으므로), 값이 좀 비싸서 그렇지 시가도 좋은 것 같다. 작년에 미국 다녀올 때 좀 사온 쿠바산 시가는 다 피웠고, 네덜란드산은 몇 개 남았는데 쉽게 구하지도 못하고 해서 아끼며 피우고 있다.

누군가는 쾌락과 위험의 절묘한 결합을 담배라고 정의했다. 가능하면 다른 이들에게 해를 끼치지 않겠으니 내가 담배 피우는 것에 대해 누구도 간섭하지 않았으면 좋겠다. 내가 담배를 즐기는 것 또한 삶을 견디는 것이니까. 쾌변인가. 적어도 나에게는 아니다. 담배는 내 지적 작업의 자양분인 동시에 생활의 일부다. 추호도 버리고 싶은 마음이 없다. 코미디언 이주일 때문에 담배를 줄이거나 끊어보겠다는 이들이 많아졌다는데 그들의 마음을 건드리고 싶지는 않다. 그렇게 하라. 그리고 나에게도 그러지 마라.

옛날에는 담배가 만병통치의 신성한 것이었다가 악마의 선물로까지 비약된 존재다. 영원히 우리가 그리워하는 첫사랑 혹은 첫 욕망의 대상과 같은 것이리라.

어느 날의 일기
- 산 놈 문상하기

    어제는 오랜만에, 정말 오랜만에 마산엘 다녀왔다. 이달균 시인의 작업실엘 갔다가 정호씨와 내 불알친구 진규까지 만났으니 참 좋은 나들이였음에 틀림없다.

    그런데 내 친구 진규와의 만남은 좀 엉뚱하게 이뤄졌다. 집 앞에서 택시로 마산으로 가는 중이었는데 해군 작전사령부를 거쳐 양어장 쯤 가고 있을 때 전화가 왔는데, 전화 건 사람이 말을 잊지 못하더니, "니 정말 이월춘이 맞나?"하고 몇 번을 물어보는 것이었다. 그래 내가 "이 친구야 와 그라노?" 했더니, 들에서 일을 하고 있는데(내 친구는 창원시 대산면에서 수박 농사를 짓고 있어 요즘이 하우스일로 제일 바쁠 때다) 부산과 경주, 울산에 있는 친구들에게서 전화가 왔는데 내가 석 달 전에 죽었다고 하면서, 친구로서 너무 무심한 자신들을 탓하고 나서 오늘 저녁에 부부동반해서 진해로 가보자고 의논을 하더라는 것이었다. 그러면서 진규를 나무라더라는데 "넌 그래도 월춘이 하고 자주 연락하고 만나는 녀석인데 그렇게 까맣게 모르고 있었단 말이냐"며 호통을 치더라는 것이었다.

그래 이 친구는 하던 일을 그만두고 집으로 들어와서는 내가 전에 새집을 지었을 때 선물한 시화를 보며 한참을 울고 있으니, 친구 부인(2년 전에 뇌졸중에 걸려 많이 좋아졌지만 아직 투병 중이다) 이 물었고, 같이 통곡을 했다는 것이다.

그래도 믿어지지 않아 진해 내 집으로 전화를 했는데 집사람이 전화를 받았고, 친구는 내가 죽었느냐고 물어보지도 못하고 쓸데없는 이야기만 주고받다가, 알고 있는 손전화 번호를 묻고는 끊고, 내게 전화를 했다는 것이다.

하, 참 이런 경우도 있구나. 하면서 나는 정말 어쩔 줄 몰라 했다. 이놈이 자꾸 니 참말로 살아 있제? 못 믿겠다. 해쌓는 통에 마산으로 나오라고 했는데, 지 아들놈 운전 시켜 마산으로 왔고, 이달균의 작업실에 합석하게 되었는데, 친구들에게 이월춘이 괜찮다고 멀쩡하게 살아있다고 다 연락하고도(몇 놈이 나에게 연락을 해왔다. 정말 다행이라 했지만 나는 이놈들아, 평소에 우리가 그만큼 연락이 없었기에 이런 일이 생긴 것이라 고함을 쳤다) 도저히 일이 손에 잡히지 않아 저녁이지만 마산으로 나왔다며 나를 보더니 큰 길에서 한 5분간 얼싸안고 눈물을 글썽이는 것이었다. 나는 그 우정에 또 감동하여 코끝이 찡해지고.

여러 사람이 모여 이 선생은 좋겠다느니, 오랜만에 만났으니 회

포를 진하게 풀어야겠다느니, 산 사람이 죽었다고 소문이 났으니 참 오래 살겠다느니, 그래서 오늘 이렇게 친구를 만난 것은 그야말로 '산 사람 문상하기'가 아니겠느냐며, 죽었다가 다시 살아온 사람이니 정말 새 마음 새 기분으로 살아라는 등 여러 이야기를 나누었다.

거기다가 이달균은 죽었다가 살아 돌아온 친구라며 푸짐한 안주와 술을 준비해서 우리를 대접해 주었다. 친구와 술을 좀더 하고 늦게야 헤어졌는데, 아무튼 학교 졸업식 후에 친구집엘 한번 다녀와야겠다. 부인도 몸이 안 좋으니 강제로 진해로 한 번 모시고 와서 생선회라도 대접해야겠다 싶다.

아직도 나는 어리둥절하다. 내 생에 그런 헤프닝이 있었다는 점이 그렇고, 이럴 땐 어찌해야 하는지 몰라서도 그렇다. 참 잘 살아야겠구나 싶기도 하다. 좀 더 나를 비우고 남을 먼저 생각하는, 삶에서 자주 겪게 되는 쓸쓸한 즐거움에 대해서도 참고 또 참아야지 하는 생각을 한다. 어제는 참.

어느 날의 일기
- 을해년 유월 하순에

오랜만에 창원 나들이를 했다. 조문규 형과 정규화 형을 오랫동안 보지 못했기 때문에 아침 일찍 서둘렀다. 마침 황선하 선생님께 제 9회 백청문학상 수상자 기념패와 사진을 갖다 드릴 일도 있었기에 10시경에 창원 용호동 롯데 아파트로 향했다. 오전이라 선생님께서는 아직 자리옷을 평상복으로 갈아입기 전이었고, 사모님께서는 싫어하는 기색은 전혀 없었으나 조금은 당황하시는 것 같아 송구스러웠다.

선생님은 바쁠 텐데 이렇게 챙겨 주어 고맙다며, (선생님의 친절과 인정은 만인이 알고 있는 바이나 젊은 사람들일수록 그 느낌의 정도는 더욱 심하여 무안할 지경이다. 진작 갖다 드렸어야 맞는데 한 달이 지나서야 한 일을 갖고 그러셨으니) 아파트 상가의 찻집 '만날고개'로 가 내게 차 대접을 하려 했으나 일요일이라 문을 닫았고, 다시 차를 타고 '삼소방'으로 갔으나 거기도 마찬가지, 근처의 이향안 선생 숙소로 갔으나 거기도, 근처 다방을 찾았으나 또, 할 수 없이 근처 슈퍼에서 베지밀 한 병씩을 마시며, 오늘은 따뜻하고 맛 나는 차 한 잔 마실 기회를 얻지 못한다며 씁쓸해 하셨으나 나는 이게 오히려 실속은 있는 것 같다며 인사하고 헤어졌다.

다시 상남동의 금탑빌딩에 있는 문규 형의 일터로 갔더니 마침 계셨고, 놀라는 눈치였다. 차 한 잔을 나눈 후 형은 규화 형의 안부를 전했고, 함안의 이명성 형이 군 의회 선거에 출마했다며 가보지 않겠느냐는 말을 했다. 내 차는 두고 형의 쏘나타 투를 타고 산인으로 갔다.

몹시 피곤한 기색의 이 후보 내외를 만나 점심을 먹고, 다시 창원으로 돌아오는데 산과 들은 벌써 제자리를 다 잡고 있었다. 흠뻑 물이 오른 버드나무며, 냄새가 다소 역겨운 밤꽃, 약간 철 늦은 유채꽃, 아카시아, 짙은 향을 발산하는 소나무 숲이 오랜만의 시외나들이를 기분 좋게 만들었다.

창원에 와서 규화 형을 만나 선거 이야기며 세상잡사를 서로 나누다가 어디 가서 놀기라도 하자는 형을 만류하고 다섯 시쯤 헤어졌다. 그런데 헤어지면서 형은 내게 이런 말을 했다.

"이 선생, 양로원에 가본 적 있나? 살기가 버거워지면 한 번씩 가보게. 내 늙으면 저렇게 될 거라는 생각도 들 거고, 돈도 좀 벌어야겠다는 마음이 생길 거고, 나는 어떻게 살아야 하느냐에 대한 답은 몰라도 느낌 정도는 배우고 올 테니까."

언제나 그렇듯 덤덤하고 약간은 냉소적인 듯한 규화 형의 태도나 말투가 이 날은 좀 정감 있게 들렸다. 나이 50을 바라보는 선배로서 보통 사람보다는 많은 인생 경험을 쌓아온 그의 모습은 대단히 천진(?)해 보이면서도 아웃사이더의 전형으로 생각되어 온 것이 사실이었던 만큼 그의 이런 말들은 思考와 實踐의 변화를 의미하는 것인지도 모르겠다. 그러나 아무려면 어떤가. 규화 형이 평소답잖게 내게 그런 말을 했다는 것이 오히려 인상 깊었던 것인 거지.

나는 생각했다. 계단을 내려오면서 내가 언제 안분지족安分知足의 삶을 바랐던가, 그렇다고 늙어 비참함을 면하려고 돈을 모으겠다든지 하는 마음도 또한 없다. 늙어서 내가 얼마나 뼈아픈 세월을 살아왔는가를 드러낼 이유는 없을 것이고, 지나온 내 모습에서 상처 입은 자신의 몰골을 끔찍해 하며 슬퍼해야할 이유도 없을 것이다. 늙어서도 남을 의식하는 배타적인 삶을 누리지 않고, 내 스스로를 위한, 내가 짊어져 왔고 앞으로도 지고 가야 할 내 몫의 세월과 인생을 위한 자의식에 긍지를 느끼면서 오늘을 살겠다고.

나는 아직도 삶에는 최고의 길이 없다고 믿는다. 어리석은 인간들이 무슨 위인들의 삶이니, 이 세상 등불 같은 이의 인생이니 하면서 본받기를 강요하여 하나의 전형적인 인간들을 양산하려는 것이라고. 나는 나일 뿐이고 너는 너일 뿐인데 어찌 너를 너답게 하는데 힘을 쏟지 않고, 남의 길을 따라가려 하느냐고. 언제나 느끼고 깨닫는 데서 내 개인의 진리는 있고, 스스로의 물음과 대답 속에서 진정한 한 인간이 내적으로 성숙해 가는 것이라고.

사랑이 무작정 아름답기만 한 것이 아니라는 것을 말하고자 함이 아니다. 그러나 사람이 사랑 없이 산다는 것은 또 생각할 수 없다. 사랑은 절망의 원인이자 희망의 대안이 되는 양면의 성격을 갖고 있다. 하기야 인간이 접하는 모든 사물과 생각들 중에 진정 순수한 것, 어느 한 가지만의 완전한 순수는 없는 법이지만.

어느 날의 일기

- 죽음에 대하여

한 사람의 존재를 마무리하고 돌아왔다.

장인의 선종을 맞아 사위의 역할을 하느라 한 일주일 바빴다. 그러나 주위의 많은 분들께서 도와주셔서 의외로 쉽게 치렀다는 느낌이다.

일흔 몇 해의 삶 치고는 너무 쓸쓸했지만 남은 자들의 '처리'를 위한 행사는 그야말로 일사천리였다. 누군들 그렇지 않으랴만 모두들 피곤한 기색이 역력했다. 한 사람의 삶을, 인생을 마무리하는 것은 가족들이나 친지가 아니라 자기자신이어야 하겠다는 생각을 했다.

나의 삶을, 인생을 내 스스로가 마무리하지 못한다면 무슨 의미가 있으랴 싶었던 것이다. 물론 현실적 제약이나 여러 가지 문제점은 접어 두고 말이다.

언제나 죽음을 생각하면서 살 필요는 없겠지만, 하루하루 준비해두는 습관은 필요할 것 같았다. 이렇게 내가 아는 체하는 것은 제법 많은 죽음을 맞아 봤기 때문인지도 모른다. 경험에 따르면 그냥 허무한, 무의미한 죽음들이 의외로 많다는 것이다. 탄생과 죽음의 공간과 시간을 씨줄과 날줄로 엮어 보다 탄탄한 하나의 '인간'이 되고 싶다는 생각을 하면서 이만 줄인다.

다시 죽음을 이야기하려 한다.

불교에서는 죽음을 포함한 모든 인간사를 세속으로부터의 超然에서 접근하려 한다. 죽음은 곧 삶이요 열반이라는 인식이 그것이다. 전생에서 현세로 다시 내세로 이어지는 윤회가 모든 것을 존재케 한다고 보는 것이다.

죽음에 대한 가장 오래된 해석을 기록으로 남긴 고대 메소포타미아인들은 죽음을 실질적으로 삶의 끝이라고 보았다. 그들은 죽음 후의 세계를 아랄루라고 불렀다는데, 먼지를 먹는 어두운 지하세계, 모든 기쁨이 사라진 그림자의 나라라고 생각했다는 것이다. 그럴지도 모른다. 우리는 누구나 죽음을 두려워하고 겁을 내는데 그것은 그만큼 죽음이 어둡고 무섭다는 본능적인 생각을 갖고 있기 때문일 것이다.

그러나 철학자들은 죽음에 대해 세 가지의 유형으로 설명하고 있다. 그 하나는 죽음을 신들이 결정한 인간의 운명으로 수용하는 자세요, 또 하나는 장례의식을 통해 조상신으로서 上帝 좌우에 좌정하거나 죽음의 왕국에서 영원한 생명을 누린다는 믿음을 갖는 것이요, 나머지 하나는 인간 각자가 행한 선악에 따라 죽음 후 심판을 받는다는 사상이다. 무엇보다 우리는 곧 스스로가 죽음을 직접 경험하게 된다는 사실이다.

과연 죽음은 육체와 영혼의 분리인가?

정신은 육체의 어디에 존재하고 있는가? 인간의 본질이 '생각하는 존재'라면 식물인간은 그대로 인간일 수 있는가? 아아, 갑자기 복잡해진다. 불멸이란, 부활이란, 환생이란 무엇인가? 죽음 후의 천당과 지옥이란 과연 있는 것인가? 그러면 그것은 삶 이후의 삶이란 말인가?

죽음의 공포는 무엇인가? 죽음에 대한 공포는 그것이 괴로울 것이라는 가정에 근거를 두고 있으나, 죽음 그 자체는 절대로 괴로움이 될 수 없다는 에피쿠로스의 말은 무엇인가. 하기야 쇼펜하우어는 죽음 그 자체에 아무런 의미를 부여할 필요가 없다고 말했으니 그냥 받아들여야 하는 것인가. 스피노자는 인간은 절대로 죽음을 정확히 알거나 직시할 수 없다고 했다.

그렇지만 우리는 죽음을 인정하지 않을 수는 없다. 죽는 사람의 심리 단계를 알아보자.

1. 무조건 죽음을 부인하고 고립화시키려는 단계
2. 왜 내가 죽어야 하느냐의 분노의 단계
3. 죽음과 일종의 협상을 벌이는 단계

4. 협상이 잘 되지 않는데서 오는 의기소침의 단계
5. 모든 것을 포기하고 죽음 자체를 받아들이는 수용의 단계

하이데거는 인간을 '죽음을 향한 존재'라고 말했다. 인간은 완전보다는 불완전을 추구하고, 삶보다는 죽음을 향해 열려 있다는 것이다. 인간존재가 필연적으로 영원하지 않고 일시적이라는 사실은 인간이 아직도 존재 그 자체가 아니라 존재에 대한 하나의 가능성일 뿐이라는 것이다.

그런데 그런데 말이다. 요즘의 죽음은 자기 의사와 전혀 다른 양태를 보여준다는 것이다. 산소호흡기와 신선한 혈액으로 버티는 생명이 과연 생명일까 하는 점이다. 분명 그런 의료기기가 없었다면 환자는 숨을 놓았을 텐데, 기계에 의지하여 하루나 이틀을 더 산다는, 아니 누워있다는 것은 전혀 자기의 의사가 아닐 뿐 아니라, 가족들의 의사에 의해 다만 숨을 쉴 뿐인 것이니 이는 살아도 산 것이 아니다.

전생에서 현세로 이어진 이 존재를 내세로 이어가는 것이라고 믿고 싶은 나는 가톨릭적인가? 불교적인가? 아니면 정말 인간적인가?

너무 복잡하고 깊이 들어가면 내가 감당할 영역이 안 될 것이기에 이쯤에서 접어두자.

어느 날의 일기
- 지리산 통신

사랑하는 이여

근 일 년 만에 지리산엘 왔습니다.

경남 지방의 폭설로 예정보다 하루 늦게 실행된 여행이었지만, 별다른 걱정거리 없이 남원, 구례를 거쳐 화엄사 계곡으로 들어올 수 있었습니다.

사랑하는 이여

산은 눈을 덮고 앉아 말이 없습니다. 이런 점이 제가 지리산을 좋아하는 이유기도 하지만요. 골짜기마다 뭇 사연들을 구겨 넣고 엎드린 것 같습니다. 그러나 저는 그걸 함부로 고요라 이름 붙이지 못합니다. 산허리에 걸린 구름 그림자가 산을 넘어가는 동안 내가 할 수 있었던 건 그저 발걸음을 하나씩 산 속으로 던져 넣는 일뿐이었으니까요. 산은 어떤 말씀도, 일상적 사색도 허락지 않았습니다.

발목까지 빠지는 눈 속에 산 아래의 욕심을 묻고 싶었지만, 쉽게 몸을 열지 않는 지리산에서 잘 익은 산수유술만 마시고 있습니다. 이런 상황에서는 말이 필요치 않다는 것을 의외로 빨리 감지합니다.

그렇습니다. 눈바람 속의 고사목 가지에 그렇고 그런 마음들을 걸어놓고 내려옵니다. 처음부터 그랬지만 우리네 살이에 언제 만만한 시간이 있었는지요. 끝끝내 참고 견디는 것이 제 자신의 하루하루라는 것을 부정치 않으려 합니다. 뜨뜻한 온돌방바닥에 배를 깔고 누워 소나무 가지에 얹힌 눈송이들이 바람에 떨어지는 섭리를 보고 있습니다.

사랑하는 이여

좀은 게을러지고 싶은 날입니다. 가능하면 말없이 몇 날을 보내고 싶은데 결국은 '다음에' 하면서 돌아가겠지요.

아도르노는 아우슈비츠 이후 어떻게 시가 쓰이겠는가 하고 탄식했다지요. 우리는 80년 광주 이후 어떻게 시가 쓰이겠는가 울고 또 울면서, 세상은 이성의 장치가 파괴되어 동물화로 치달아가는 아수라의 현장일 뿐인데 표현이나 말이 가능하겠는가 하고 절망했었지요.

그러나 그게 무엇이란 말입니까.

모든 현상은 내 개인의 사고 범주 안에서 의미를 찾아가는 것이고, 나무 한 그루, 풀 한 포기처럼 사람도 각각의 존재 이유와 가

치가 있다 생각하면, 바람이 불고 낮은 지붕의 집집마다 저녁 등
불이 켜지는 것, 저게 문학이요 예술이 아니겠는지요.

　사랑하는 이여

　지리산의 차가운 바람 한 줄을 보내면서 변함없는 그대에로의
마음 굽이굽이 돌아갑니다.

언덕 만들기

팔십 년대가 가고 구십 년대를 맞는다. 수많은 회한과 감동이 없을 수 없다. 해마다 후회하고 마음 다지는 일을 하면서 올해도 새로운 각오를 하게 되는 것은 내가 인간이기 때문일 게다.

하루나 한 달, 또는 일 년은 우리가 생각하기에 따라, 어떤 의미를 부여하는가에 따라 그 가치가 달라진다. 하루하루를 이어 한 달이 되고 그것을 이어 일 년이 되는 것인데, 이 일 년을 나는 오늘 하나의 언덕이라 생각해 본다. 사람살이란 평생 동안 이 언덕을 만드는 것이다. 삶을 계단 오르기에 비유하듯이 수많은 언덕 오르내리기가 바로 삶의 과정이 아니겠는가?

보람 있는 한 해였던 이의 언덕은 산처럼 높아서 희망적일 것이고 논둑이나 밭둑, 또는 강둑만한 사람은 그에 따른 보람과 후회로 그 언덕을 내려왔을 것이다. 묵은 달력을 떼어내고 새 달력을 걸면서 올해는 과연 어떤 언덕을 만들게 될까를 생각해 본다.

철따라 피고 부는 꽃과 바람, 열매 맺는 수목과 들판의 곡식들을 그냥 시각적 감상의 대상으로만 여기며 살아갈 수는 없겠다. 연말의 들뜬 분위기와 성취감보다는 후회가 많았던 한 해를 마감하면서 느낀 스스로의 비애를 또 만들 수는 없기 때문이다. 세상에 존재하는 삼라만상이 사랑과 관심 여하에 따라 나와 아무 관계가 없는 것이 될 수 있고, 아주 소중한 존재가 될 수 있기 때문에 사물이나 상대방에게 보다 폭넓은 이해를 갖고 그들을 나의 대상으로 승화시키는 마음을 갖고 싶다.

불신과 경쟁의 마른 세상, 강 건너 불구경의 무관심이 팽배해진 사회를 더 이상 보고 있을 수는 없다. 이제 물질 제일주의, 이기주의의 삶을 떠나, 정신적 풍요를 누릴 수 있는 '참언덕' 만들기에 힘써야 한다. 그래서 연말쯤에는 들뜬 기분의 세모를 보내는 것이 아닌 튼튼하고 아름다운 삶의 고리를 확인하고, 그 삶의 고리들에 충분한 가치와 사랑을 부여하면서 또 새로운 언덕을 오르는 여유를 갖고 싶다.

사랑만큼 큰 재산이 어디 있으랴.

한 해를 마무리 짓고 또 한 해를 시작하는 일이 상투적인 일일 수는 없듯이, 매일 반복되는 삶이지만 그 생활의 한순간 한순간이 소중하지 않을 것이 없다. 역사는 순간의 기록이 아니라 순간을 하나하나 이어가는 것이라고 했다. 살아가는 일이란 결국 돈이나 명예에 있지 않고 하나씩 자신의 삶에 대한 존재의 언덕을 만들어 가는 데 있는 것이 아니겠는가.

그리고 올해는 이기利己의 주머니를 버리고, 비록 텅 빈 것일지라도 나를 배우는 우리 아이들의 미래를 담을 수 있는 단단한 주머니를 하나 갖고 싶다. 열악한 교육환경도 없고, 처절하게 공부만 강요하는 교실이 아닌, 연신 웃음이 솟다가도 남의 아픔에 격려를 보낼 줄 아는 그런 아이들의 학교. 선생님이 머리띠 두르는 일도 없고, 아이들이 애타게 선생님을 부르는 소리가 들리지 않는 주머니. 스스로의 슬픔을 극복할 줄 아는 우리 아이들로 키울 수는 없는 것일까? 한 그루의 나무 키우기처럼 정성과 사랑의 발자국 소리를 듣고 아이들이 자랄 수 있도록 길을 여는 주머니! 그런 주머니 하나를 갖고 싶다.

언제나 그렇듯, 순간의 삶에만 너무 매달리다 보니 스스로의 생활도 메말라가고, 다른 사람의 아픔까진 몰라도 되는 그런 현실에 나는 살고 있다. 자신을 극복하는 일이 어렵지만 올해는 과감히 나를 던져 뚜렷한 객관의 눈으로 살아가야겠다. 나를 중심으로 한 삶이 아니라 우리를 먼저 생각하고 살아가는 삶, 단단하고 야무진 언덕 몇 개와 선이 굵고 가슴이 넓은 큰 언덕 하나를 만들기 위해 오늘도 나는 나만의 사랑 주머니를 갖고 나만의 언덕에 오르는 연습을 해야겠다.

이인모와 김선명

열다섯 살 때 일제의 수탈과 압제를 못 이겨 단신 월남하여 서울에서 노동자 생활을 하다가 남로당원으로 좌익에 몸을 담고 공산주의자가 된 세계 최장기수 김선명 씨. 당시의 공산주의자가 꿈에도 그리던 적화통일을 위한 육이오가 터지자 열심히 활동을 하다가 구이팔 수복 당시 더는 서울에 머물지 못하고 인민군과 함께 월북하였다가 51년 시월 인민군 31사단 정찰대 소속으로 강원도 철원지구를 정찰하다 유엔군에게 포로가 된 인물. 26세 때 교도소에 들어가 95년 광복절 특사로 대전교도소에서 풀려난 그는 古稀가 돼서야 푸른 수의를 벗게 되었으니 長長長 43년 10개월의 형기였다. 27년을 감옥에서 보냈다는 남아공의 만델라 대통령도 그에 비하면 훨씬 짧은 편이니 국제사면위원회를 비롯한 각 인권위원회의 주장들도 일리는 있다.

사상의 자유는 보장되어야 한다. 사람은 누구나 자유롭게 생각할 수 있다. 우리 민족의 모든 행동은 일제와 남북분단에서 비롯된 것이니 개인에게 그 책임을 물을 수는 없다. 나이 70이나 된 그가 사회에 나온다고 무슨 반국가적인 활동을 하겠는가. 어떤 법이나 사상으로도 한 개인의 인권을 억압할 수는 없다.

그렇다. 김선명 씨의 경우를 보면서 새삼 분단 조국의 아픔을 느끼게 해주는 것이 사실이었다. 나도 모르게 감상적이 될 수밖에 없었다. 그러나, 그러나 潮水처럼 밀려오는 쓸쓸함은 무엇 때문일까. 이인모 씨가 그랬던 것처럼 김선명 씨 또한 골수 공산주의자이다.

그런데 우리나라는 민주주의 국가다. 그와는 사상이 달라 같이 살 수가 없다. 유감스럽게도 배달민족이라는 큰 테두리를 적용할 수 없는 것이 우리의 현실이다. 북한의 현실도 생각하자는 얘기다. 물론 우리가 이런 조치를 취했다고 북한도 그렇게 하라는 말은 아니다. 적어도 인권 문제 만큼은 훨씬 더하다는 것을 전 세계가 인식하고 있으니까.

우리 정부가 끝끝내 전향을 거부하는 이 골수 공산주의자를 석방했을 때 꽃다발을 목에 건 채 그는 무슨 말을 했던가. 신문과 텔레비전에서 보고 들은 대로 옮겨 보자.

"이제 여생은 조국 통일에 보탬이 되는 일을 하고 싶다."
"민주화를 위해 힘쓰는 젊은이들과 함께 국가보안법 폐지 투쟁에도 나서겠다."

민주화 투쟁을 하다가 옥살이를 하고 나온 사람으로 착각을 일으킬 정도였다. 그런 그를 박수를 치며 환영하는 사람들은 누구인가. 이 땅에 존재하는 공산주의자들인가. 아니면 과연 그 정체는 무엇인가.

"김선명 씨가 간첩이기 이전에 44년을 독방에서 지낸 불쌍한 사람이어서 꽃다발을 받고 환영받을 만하다."는 민주화실천가족운동협의회(민가협)의 주장은 설득력이 없다. 아직도 우리 사회 일부에서는 그를 영웅으로 대접하고 있다는 것도 여러 보도를 통해 알 수 있었다. 그의 무엇이 영웅답다는 것일까. 미제 앞잡이 정권의 강압과 억류에 대한 저항일까, 군사독재정권에 대한 평생 동안의 저항정신일까. 아니면 44년여에 걸친 0.75평의 독방 생활을 하면서도 끝끝내 전향을 거부한 그 골수 정신인가, 그리하여 그가 평생을 꿈꿔 왔던 적화 조국 통일에 대한 열망인가.

우리의 학생들과 일부 단체의 주장들은 그만큼 우리의 의식이나 생활 수준이 옛날과 다르다는 의미를 담고 있을 것이다. 그래 좋다. 세상이 많이 바뀌었다. 그러한 주장과 이념적 행동들을 수용할 수 있을 정도가 되었다. 그렇다면 모두가 나 아니면 아니라는 식의 흑백논리는 곤란하지 않은가. 서로의 사상이나 행동도 마땅히 존중되어야 한다.

金善明, 그가 꿈에도 그리던 조국 통일은 분명 적화통일이 아닌가. 그는 이 나라 좌익의 시발 단계에서부터 그 뿌리를 찾아야 할 정통 한국적 공산주의자다. 그는 우리의 '민주화의 영웅'이 될 수도 없고 돼서도 안 된다. 그는 결코 남아프리카 공화국의 만델라와 같은 선에 오를 수 없다. 단지 오랫동안 감옥생활을 했다는 이유로 그가 만델라와 비교되고 영웅시되는 우리의 이 현실을 무엇으로 읽어야 할지 아직은 모르겠다.

이인모 씨는 어디에 있는가. 북으로 갔다. 죽기 전의 김일성으로부터 영웅의 대접을 받고 지금도 잘살고 있을 것이다. 김선명 씨도 북으로 보내라. 평생을 공산주의자로 살아왔고 여생도 그렇게 살아갈 것이라는 그를 남에 둬야 할 이유는 없다고 본다. 북으로 보내야 한다. 가지 말라고 말리고, 당해 봐야 안다고 아무리 일러도 우리 아이들은 자꾸 북으로 가서 김일성을 찬양 숭배하는데 이인모도 보냈으니 김선명도 보내고 아이들도 보내라. 원하는 것은 무엇이든 할 수가 있고 얻을 수가 있다는 이 나라에서 북으로 가겠다는 사람들을 말릴 필요도 까닭도 없다.

仁과 禮의 길

　예전에 비해 추억이 많아졌다. 지워져 가는 것들에 대한 안타까움, 영원히 내 삶의 처음으로 되돌아갈 수 없다는 낭패감, 그 절망이 나를 추억케 하는지도 모를 일이다.

　추억은 모든 시인과 작가의 광맥이다. 나는 신념이나 희망 또는 비전 따위에 매달리지는 않는다. 미래가 고달프고 탕진된 듯한 느낌을 주기 때문이다. 우리의 삶이란 때로 과거 속으로의 퇴행을 통해 현실과 미래를 구성해야 하는 것은 아닐까 하는 생각을 오래 전부터 해 왔고 지금도 변함이 없다. 물론 이때의 퇴행은 내적 충만감을 다스리는 자기 정제의 행위라는 전제가 필요하겠지만 말이다. 그러나 자기 정체성의 망각이나 단순한 침잠으로서의 그것은 곤란하다. 현실을 사는 존재자로서 희망은 분명 중요한 것이니까.

추억을 먹고 사는 존재가 사람이라고 했으니 추억을 미리 만든다는 의미도 생각해 봄 직하다. 아직 그럴 때는 아니지만 나이 든 나를 미리 추억해 보고 싶다.

사람이 지천명에서 이순이나 고희를 향하고 있을 나이라면 이제는 곱게 늙는 법을 생각해야 할 것이다. 곱게 늙는다는 것은 품위 있게 늙는다는 뜻이리라. 육신의 나이만 먹는 것이 아니라 정신의 나이도 함께 먹어 그 균형을 갖추어 감이리라. 주름살과 흰머리를 앞세우고 오는 세월의 위력도, 나이만큼의 품위와 덕망이 발산하는 아름다움만큼은 감히 범접할 수 없을 것이다. 자신의 육신 위에 쌓이는 세월을 일종의 치욕으로 여기고 겁을 낸 나머지 거기에 인공적인 어떤 것, 예컨대 돈을 들여 육신의 주름을 없앤다거나 겉치레에 투자한다면 그것은 아름다움이 아니라 한마디로 노추老醜에 불과하다.

정신의 당당함으로 노추老醜를 물리치는 품위 있는 노년에서 우리는 진정한 아름다움을 볼 수 있을 것이다. 쉬운 일은 아닐 것이다. 품위를 가꾸고 지키며 그 향기까지 낼 수 있으려면 얼마만큼의 노력과 공부를 해야 할지 알 수 없을 뿐만 아니라, 사람들과의 대인 관계 중에 지켜야 할 품위 있는 태도 또한 얼마나 어려운 일이던가.

모름지기 무의식중에 다른 사람의 감정을 상하지 않게 하는 마음 자세를 갖는 인생연습을 해야 한다. 공자와 맹자는 사람다움의 삶을 열어가는 기준으로 인과 예를 말하였는데 이 인과 예가 바로 품위와 덕망을 말하는 것이리라.

청바지를 입는 사람들

몸에 꽉 낀 블루진 속에 숨겨진 매력은 무엇일까. 와이 블루진이 유행한 지는 오래되었지만 최근 여성들 사이에서는 젊었거나 나이가 좀 들었거나 간에 하체를 꽉 죄는 청바지와 흰색 탱크탑 디셔츠를 받쳐 입는 것이 특히 유행인 것 같다.

아닌게 아니라 그런 차림은 강렬하면서도 톡톡 튀는 베네통 패션에 비하면 약간은 수수한 멋을 풍긴다. 그리고 무엇보다도 실용성이 강하다는 것도 사실이다. 적청황을 중심으로 한 원색조의 싱그런 패션도 아닌 이 청바지 패션은 조금은 소박하고 풋풋하며 은은한 느낌을 주며, 거기에다 흰 상의를 받쳐 입어 깨끗한 인상을 주는데 더 큰 매력이 있는 것 같다.

그러나 와이 블루진의 진짜 매력은 아무래도 그것만은 아닌 것 같다. 꽉 낀 블루진의 매력을 이야기하자면 남성일 경우 조금의 가식 없이 앞으로 툭 불거져 나온 살아있는 물건의 윤곽 때문에 더욱 힘차고 강인한 남성다움을 드러내는 데 있고, 여성은 움푹

팬 골짜기의 와이 모양의 라인이 주는 진한 호기심에 있다. 특히 여성은 청바지 차림의 뒷모습에도 큰 매력이 있는데, 알맞게 위로 올라간 탄력 있는 히프의 선이 그것으로 앞의 와이 라인과 더해져 그 매력을 더해주고 있다.

솔직하게 말해 이러한 모습들은 상대방의 성적 자극을 더욱 높여주는 구실을 할 것이다. 다시 말해 농도가 진한 섹스 어필이 된다는 말이다. 특히 여성의 꽉 죄인 와이 블루진의 안쪽과 바깥쪽을 쳐다보는 남성의 시선에 무엇이 들었는지 더는 말 안 해도 알 수 있는 일이다.

물론 나는 이러한 인간의 본능에 대해 비판하고픈 마음은 전혀 없다. 그리고 그것을 거부하고픈 마음도 없다. 본능은 스스로의 이성적 힘으로 자제하는 것이지 타인이 강요할 수 있는 성질이 아니기 때문이다. 결국 멋이라는 이름 뒤에 숨어있는 본능은 우리가 인간이라는 동물이기에 상대의 성性에게 자신의 모습을 어필하고자 하는 것이 아닌가. 당당한 자기표현이 어떻고, 자신만의 삶을 꾸리는 자아 창출이 어떻든 간에 원초적 본심은 어쩌지 못하는 것이다. 이성과 본능 사이의 갈등, 인간은 이 굴레를 벗어날 수도, 벗어나서도 안 되는 존재가 아닐까. 인간에게 내려진 이 영원한 숙제의 틀 속에서 가장 사람을 사람답게 하는 생각과 행동의 길을 찾아가는 것이 지성과 인격을 고루 갖춘 참인간이다.

코스모스와 질경이

출근하여 교실에서 바라보는 아침 바다는 시리게 푸르다 인사하며 등교하는 아이들을 바라보다 문득 어릴 때 시골길의 코스모스와 질경이가 생각났다. 푸른 가을 하늘을 배경으로 활짝 핀 빨강 하양 분홍의 코스모스, 그 아래 길바닥에 매일 사람들에게 밟히면서도 끈질기게 되살아나는 질경이.

내가 가르치는 아이들을 이 둘에 비교해 본다. 아름답고 싱그럽지만 연약하게 키울 것인가. 소박하면서도 끈질기게 되살아나는 질경이로 키울 것인가. 물론 어느 한 가지로만 성장하게 해서는 안 된다. 싱그럽고 아름다우면서도 소박하고 강인한 아이로 키울 수 있어야 한다. 그러나 오늘의 이 시대는 곧잘 이분법의 논리를 요구한다. 그래서인지 부모나 학교 사회는 무조건 「안된다」나 「그것만 해야 한다」에 길들여진 것 같다. 한마디로 말한다면 코스모스와 질경이의 좋은 점을 다 가질 수 있도록 자발성을 키워 주지는 않고 「코스모스」 되기만을 강요하는 것이 오늘의 교육현실이라

하겠다.

참교육이란 아이들 개개인이 갖고 있는 가능성을 계발시키는 것이 아닐까. 인간이 인간다울 수 있다는 것은 인간으로서의 자율과 자립에 의해 스스로 생활할 수 있다는 의식이 있기 때문이다. 그렇다면 이 인간적 의식의 가능성을 계발시켜 제 힘으로 제가 갈 수 있는 길을 가도록 해주는 것이 참된 교육의 위상이라 하겠다.

이러한 점을 생각한다면 교육은 교육 이외의 모든 규제나 간섭으로부터 벗어나 스스로의 질서를 세워나가야 한다. 한 교실에 육십여 명의 아이들을 넣어놓고 교육관리가 바뀔 때마다 해가 바뀔 때마다 달라지는 교육지표나 정책에 따라 획일적으로 아이들을 구속시켜 왔던 것이 사실이다. 교육은 백 년을 내다보는 계획이 필요하다는데 정치적 현실이나 時流에 따라 갈팡질팡한다든지 교육의 경험 없이 소위 낙하산식 인사人事로 교육계의 높은 자리에 앉아 무사안일에 의한 지시 일변도의 강압적 자세로 학교 교육을 이끌어나가는 현실 하에서는 결코 아이들을 위한 교육이 될 수 없다.

아이들을 「코스모스」로 키울 것인지 「질경이」로 키울 것인지 아니면 코스모스의 유연성과 질경이의 강인함을 함께 가진 아이로 키울 것인지는 우리 기성세대와 교육 현실이 결정한다는 사실을 알아야 한다. 장복산 능선 너머 맑은 하늘 바라보며 아이들에게 사람됨의 근본을 잘 가르치고 있는가를 반추해본다.

포한抱恨과 포용包容

　파란만장한 세월을 살아온 사람을 우리는 일반적으로 기박한 팔자를 갖고 태어난 사람이라는 말로 위로하곤 한다. 그러한 사람일 경우 대개 가슴 속에는 켜켜이 쌓인 포한抱恨이 깔려 있는 것을 발견하게 된다. 자신이 겪은 질곡과 고통의 고비마다 결정적인 타격을 준 인물에 대한 야무진 복수심이 깔려 있게 마련이다.

　그러나 가슴 속에 도사리고 있는 포한이나 복수심을 나름대로의 이성으로, 또는 특유의 해학이나 가없는 인간애로 보듬어 끌어안아 극복할 수 있어야 한다. 그런데 그것은 말처럼 쉬운 일은 아니다. 자기자신에게는 삼엄할 정도로 엄격하나 타인에 대해선 가능한 한 관대하고자 하는 이성적 자기다스림의 철학이 꿋꿋하게 자리잡지 못한 사람은 감히 생각할 수도 없는 일이다.

　전직 대통령들의 감옥행을 바라보는 국민들의 시선은 크게 두 가지인 것 같다. 모든 일이 인과응보라는 시각이 그 하나라면, 어쨌든 안됐다는 동정론적 시각이 다른 하나다. 전자가 국민 대부분의 생각을 대변하는 것이겠지만. 지금의 대구 경북 지역의 민심이 어떤지 잘 알지는 못하지만, 그들로 인해 포한을 갖고 있는 이들의 입장에서 본다면 좀 더 엄한 형벌을 내려야 마땅하리라. 그러나 원한은 또 다른 원한을 낳는다는 평범한 말도 있듯이 역사적 사건에 대한 비판과 올바른 자리매김의 측면에서 이번 일을 다루었으면 하는 것이 개인적 바람이다.

전직 대통령들은 단식이나 함구로 국민들에게 적반하장의 떼를 쓴다는 인상을 주지 않아야 하고, 국민들의 알 권리를 묵살하지 말아야 하며, 포한을 가진 국민들은 또 그들에게 법적인 것 이상을 요구해서는 안 될 것이다. 민주국가인 이 나라에서 법에 의해 문제를 풀어가는 전형을 세우기 위해서도 현명한 판단과 지혜로운 해결의 방법을 찾아야 한다.

포한抱恨의 대립적 낱말이 포용包容이다. 둘의 관계가 대립적이라는 말은

그만큼 서로 통할 수 있는 소지를 많이 갖고 있다는 의미다. 감정적으로나 정치적 계산으로 문제를 해결하기보다는 법에 의해 해결하는 순리를 무시하지 않을 때 화합의 새로운 마당을 만들 수 있다.

험담 버리기

벌써 바람이 차다. 중부지방의 얼음 소식에다, 강원도 수재민들의 고단한 겨우살이 뉴스가 들려온다. 요즘은 봄과 가을이 없고 여름 다음에 바로 겨울이 온다더니, 말 그대로 춘래불사춘春來不似春이요 추래불사추秋來不似秋다. 날이 추우면 따뜻한 곳을 찾게 되듯이, 춥고 배고플수록 만나는 이들과 더운 김이 오르는 차 한 잔, 밥 한 그릇 나누고 싶다. 거기다가 마음까지 따스한 이들과의 만남이라면 더할 나위 없으리라.

나는 그동안 너무 추웠던 사람이었다. 남들보다 나를 먼저 생각하며 살았고, 나의 커다란 허물은 보지 못하면서 남의 조그만 실수조차도 용서할 줄 몰랐다. 배움이 얕고 포용력이 없는 사람의 특징은 모두 갖고 있었다. 그러나 나도 따스한 남자가 되고 싶었다. 사실 누구나 그럴 것이다. 맹자의 성선설에 바탕할 것도 없이 사람은 누구나 측은지심測隱至心의 심성을 갖고 있기 때문이다. 추운 오늘, 좀더 따스한 사람과 세상을 생각하면서 내 스스로를 돌아보려고 한다.

　나는 너무 쉽게 남의 이야기를 한다. 다른 사람들 이야기는 할 필요도 없다. 하긴 남의 이야기만큼 재미있고 부담없는 것이 있을까. 직장 동료들과 함께 상사들의 흉을 안주로 술을 마신다든지, 술자리, 밥자리, 심지어 찻집에서도 내 주변의 많은 사람들의 장점과 선행은 애써 덮어둔 채, 그들의 잘못한 점이라든지, 단점을 들추거나, 근거 없는 뜬소문을 기정사실화하여 확대 재생산하는 어리석음을 지금까지 수없이 행해왔다. 덕망과 인품을 갖추지 못한 자신을 돌아볼 줄 모르는 후안무치의 인간, 알량한 지식 나부랭이로 나는 백이요 너는 흑이라는 치졸한 흑백논리를 일삼는 존재, 하나만 알고 둘은 모르는 좌정관천坐井觀天의 인간이 바로 나였던 것이다. 무조건 나의 생각만 옳고 남을 무시하는 태도에서 흉과 험담은 시작된다. 바로 눈앞에 없는 사람에 대해 부정적인 말을 하는 것은 말로써 남에게 상처를 입히는 행위다. 남에 대해 하는 말들은 그 상대방을 돌이킬 수 없이 단정지어 버리는 아주 위험한 행위임에도 불구하고 조심하지 않았던 것이다. 말을 함부로 해 그동안 수없이 많은 오해와 갈등을 만들지 않았던가. 말로써 말이 많으니 말을 말까 한다는 선인들의 말도 있듯이, 말의 중요성과 영향력에 대해서야 중고교 국어 교사로서 얼마나 강조해왔던 일인가. 험담은 무조건 해서는 안 된다. 좋은 말만 하고 살아도 시간은 그리 넉넉지 않다.

무엇보다 문제가 되는 것은 잘 알고 있으면서도 행하지 않았다는 점이다. 실천하지 않는 앎이야말로 정말 가치가 없는 것이다. 신중하고 또 신중해야 할 말하기의 기본을 애써 모른 척했던 것이다. 완벽하지 못한 존재인 인간이기에 말로써 남에게 상처를 주지 않기가 쉽지는 않을 것이다. 나도 연약한 한 인간으로서 그런 실수를 아주 없애기는 아마 어려울 것이다.

그러나 나는 오늘부터 애쓰고 싶다. 많은 노력을 기울이더라도 남의 험담을 하지 않겠다. 그러려면 무엇보다도 그런 자리에 가지 않는 것, 그런 자리를 만들지 않는 것, 나에게 험담을 하지 않도록 도움을 줄 수 있는 사람들과 자주 만나는 것, 아무나 만나지 않는 것, 비생산적이거나 나태한 모임을 하지 않는 것 등을 실천해야 할 것 같다. 무엇보다 중요한 것은 나 자신의 마음이겠지만, 좋은 책을 많이 읽고, 생각을 깊이 하고, 마음을 너그럽게 갖는 연습을 하며, 남의 단점은 덮어주고, 아주 작은 것일지라도 좋은 점은 찾아서 드러나게 해주어야겠다.

그리고 사람을 칭찬하는 데 인색하지 말아야겠다. 남을 즐겁고 기쁘게 하는 것이 진정 나의 행복임을 내 어찌 몰랐단 말인가. 진정한 행복이란 단순히 주관적으로 좋다고 느끼는 삶이 아니라 객관적으로 좋은 삶을 사는 것이라고 하지 않는가. 선과 축복 그리고 아름다움 같은 행복의 다양한 모습을 떠올리며, 자신의 삶을 스스로 통제하는 느낌과 자부심을 갖도록 하자.

여가와 돈, 술, 쾌락만이 나의 행복이 아니리라. 짧은 기쁨이 아니라 긴 행복을 꿈꾸자. 내 마음 안의 교활한 카인(Cain)을 다스리는 유능하고 지혜로운 아벨(Abel)을 찾아내어 키우자. 장자는 말하지 않았는가. 마음에서 모든 욕망이 깨끗이 사라지고 모든 제약에서 해방되는, 그리하여 행복과 불행의 구별조차 초월하여 도道에 이르는 것이 행복이라고.

거짓말을 밥 먹듯 하거나, 잘못을 인정하지 않거나, 책임질 줄 모르거나, 그것을 남에게 전가하거나, 나의 판단을 흐리게 하거나 오도誤導하는 사람을 멀리해야겠다. 좀 더 자신에게 솔직하고 유혹에 굴복당하지 않으며 쓸데없는 일에 휘말리지 않도록 나를 연마해야겠다.

낙엽 구르는 길과 스산한 바람에 옷깃을 여미며, 마음이 넓고 따스한 벗과 향 짙은 차 한 잔을 나누고 싶은 지금, 자꾸 부끄러워 고개를 들지 못하는 나를 어찌할꼬. 자신의 영혼을 좀 더 깊이 들여다보라며 그윽한 눈길로 내 어깨를 쓰다듬어 주는 친구 하나 있었으면 좋으련만.

황영조와 김재룡

　제12회 히로시마 아시안게임 마라톤에서 동메달을 딴 김재룡 선수를 기억하는지. 그는 황영조의 금메달에 가려 푸대접(?)을 받았다. 많은 사람들은 10월 9일 오전 마라톤 경기가 열리기 전까지 한국의 출전 선수는 황영조뿐인 줄 알았다. 출국 전부터 모든 언론은 황 선수만 내세웠고, 정작 출국하는 날도 감독과 황 선수 두 사람만 공항 출국장에서 인터뷰하는 모습이 텔레비전에 나왔기 때문이다.

　알고 보니 황영조는 특별 대우를 하여 우리 선수단과 따로 출국하여 일본의 한 호텔에서 시합 날을 기다리며 훈련했다. 그 훈련 기간 중에도 모든 매스컴에선 황 선수의 훈련방식이나 컨디션 그리고 마음의 각오를 몇 번씩이나 반복해서 보도하는 등 온통 황영조뿐이었다. 그러나 김재룡 선수는 일반 선수단과 함께 일본으로 갔고 또 함께 훈련했기 때문에 우리 국민이 마라톤에는 한국 선수가 황영조 한 명뿐인 줄 알았다는 것도 무리는 아닌 셈이다.

황영조는 그를 위해 특별히 제조된 운동화까지 신었다. 그리하여 그는 특별 대우를 받은 값을 했는지 당당히 금메달을 땄다. 모든 메스컴과 사람들은 그에게만 환호와 박수를 보냈다. 그것이 경기요 경기는 결과를 따진다고 강변하면 할 말은 없다. 그러나 어찌 모든 일에 과정이 없고 결과만 있겠는가. 세상에는 영광과 찬사는 접어둔 채 묵묵히 자기 할 일에 매진하고 있는 사람도 많은 법이고 보면 그 메달을 딴 선수보다 김재룡 선수처럼 묵묵히 달려 동메달을 딴 사람에게도 큰 갈채를 보내는 배려가 있어야 하지 않겠는가.

어찌보면 김재룡은 황영조의 금메달을 가능케 한 가장 큰 내조자인지도 모른다. 처음부터 거의 끝까지 황영조와 나란히 달리며 일본과 중국 선수들의 견제를 따돌려, 황영조가 페이스를 지켜 막판 그의 독주를 가능케 한 것도 김재룡의 효과적인 도움이 있었기에, 그의 견인차 역할이 있었기 때문이다.

물론 김재룡은 처음부터 황영조의 들러리를 서겠다고 출전한 것은 아닐 것이다. 어떤 운동선수가 2등이나 3등을 하려고 경기에 출전하겠는가. 그러나 3등이 있어야 2등이 있고 2등이 있어야 금메달이 있다. 일본과 중국 선수들을 제치고 동메달을 딴 김재룡 선수 또한 황영조 못지않게 훌륭한 선수며 칭송받아 마땅하다. 그런데도 전혀 그렇지 못해 아쉬웠다.

이것은 어찌 보면 오늘날 우리의 삶의 태도와 궤를 같이하는 현상이며 인정이라고 여겨진다. 남에게 불쾌감을 예사로 주면서 자기만 생각하는 극도의 이기주의, 예의를 지킬 줄 모르며 제 자식 귀한 줄만 아는 몰염치의 아집, 상대적 가난 때문에 자포자기적 행동을 아무 죄의식 없이 저지르는 세기말적 범죄 행위들은 진정 오래전에 아놀드 토인비가 경고한 '문명의 대가'를 치르는 것이라 하더라도 그것은 결국 우리가 하나씩 잃어버린 인간다움의 빈 자리를 차지하고 있던 증오와 파멸이 드디어 알을 깨고 나오는 일련의 현상일 것이다.

1등이 아니면 안 된다는 사고, 무엇이든 최고여야 한다는 생각, 그래서 고액 과외도 생기고 불법과 부당이 판을 치고, 과정은 살피지도 않고 결과만 갖고 평가하는 경제며, 시험점수 1점에 목을 매다는 교육, 그리고 돈만이 최고의 행복과 삶의 가치를 가져다준다는 물질 우선주의의 불쌍한 사람살이의 오늘에 서글픔을 느끼는 것은 비단 나 혼자뿐일까.

이러한 생각을 바탕으로 한 사람살이, 그리하여 윤리와 도덕의 실종, 인간성의 상실을 가져와 결국은 사람다운 삶의 종말을 향해 있는 힘을 다해 달려가는 하루살이의 인간이기를 원하는가. 차분히 우리를 돌아보아야 한다. 1등과 금메달의 환호도 좋지만 그 과정을 돌아볼 때, 얼마든지 아름다운 일을 찾아낼 수 있고 결과는 좀 나빴다 하더라도 동기나 과정이 아름답다면 오히려 거기에 더 가치를 두는 사람살이가 진정 참된 인간의 삶이 아닐까. 황영조와 김재룡은 둘 다 훌륭한 선수들이지만 오늘 나는 김재룡 선수에게서 더욱 사람다운 삶의 향기를 느끼게 된다.

회초리가 없는 사회

조선 인조 때 영의정을 지낸 홍서봉의 어머니 유씨는 아들을 올바르게 가르치기 위해 아들인 잘못했을 때 회초리로 엄히 다스린 후 그 회초리를 비단 보자기에 소중히 싸서 간직했다고 한다. 회초리의 참뜻이 얼마나 소중한가를 자식으로 하여금 스스로 깨닫게 하기 위함이었으리라.

요즘 학교에는 회초리가 없다. 제자의 잘못을 다스리는 스승의 회초리를 폭력으로 보아 어떤 이유로도 그 행위를 용납하지 않기 때문이다.

그래서인지 쉬는 시간은 말할 것도 없고 공부 시간에도 시끄럽기가 이만저만이 아니다. 확실히 요즘 아이들은 버릇이 없고 제멋대로 행동한다. 각 가정에서 자녀를 적게 두다 보니 아이들 위주로 생활하며 과잉보호한 결과일 것이다. 물론 아이들을 지도하는 교사들의 더 큰 사랑으로 그 문제를 풀어갈 수도 있겠다. 그러나 이이들은 여러 가지로 미숙한 상태이므로 이를 바로 잡아주는 것이 교사나 어른들의 할 일이라고 본다면 상벌 교육이 그 방법이라 할 수 있는데 이 상벌 교육이 제대로 안 되고 있기 때문에 지금의 여러 가지 통탄할 일이 일어나고 있는 것이다. 윤리가 땅에 떨어지고 사제지간의 도리도 지켜지지 않는 것이다. 가장 근본적인 일, 잘못했을 때는 사회의 어른들이 따끔하게 꾸짖는 회초리를 들어야 하고 잘했을 때는 모자람 없는 칭찬과 격려를 해주는 바람직한 사회를 그려본다.

온갖 범죄, 수단을 가리지 않는 탈법. 청소년들의 탈선, 한탕주의, 스승을 매도하는 제자들, 목숨을 가볍게 버리는 일 등등 요즘의 이 세태를 걱정만 하고 있을 단계는 아니다. 근본적인 교육이 안 될 때 그 아이들이 자라서 결국 극단으로 흐를 수밖에 없고 이기주의로 인해 예의나 윤리를 생각지 않는 것은 어쩌면 당연한 일일 것이다.

이 시대의 모든 어른들이 잘못을 바로잡기 위해, 가르치고 배우기 위해, 나아가 건강한 사회를 위해 회초리를 드는 의무를 저버리고 있지 않나 싶다.

山菊예찬

들국화는 여러 가지다. 산이나 들에서 흔히 만나는 꽃들의 이름
이다. 쑥부쟁이, 구절초, 왕고들빼기, 개쑥부쟁이, 참취, 개미취,
산국, 감국 등이다. 들국화는 식물 이름이 아니고 산과 들에 피는
국화과의 식물을 함께 이를 때 쓰는 말이다.

그중에서 나는 산국을 특히 좋아한다. 산국은 국화과의 다년생
초본이다. 한번 심은 곳에서 해마다 새싹이 돋고 꽃이 핀다. 척박
한 곳에서도 잘 자라지만 비옥한 곳이면 더 풍성한 꽃을 즐길 수
있다. 특히 추위에 강해서 된서리를 맞아도 잘 시들지 않고 그늘
진 곳에서도 꽃을 피운다. 번식은 씨앗을 뿌려도 되지만 꺾꽂이나
포기나누기를 하여도 잘 산다.

오래전부터 우리 조상들이 노랑꽃과 아름다운 향을 지닌 산국
을, 가을에 꽃이 필 무렵 딴 꽃봉오리를 말렸다가 머리가 아픈 두
통과 어지러울 때, 열을 내리거나 눈병에 쓰거나, 주독을 풀거나
심한 기침에 말린 꽃을 끓는 물에 넣고 달여 마시면 머리가 맑아

지고 기침이 멈춘다고 한다. 또 잎을 찧어 낸 즙에 소금을 넣어 종기나 치통, 벌에 쏘이거나 벌레 물린 곳에 발라 효험을 보기도 했다. 이렇게 약재로 쓰기도 했지만, 산국의 여린 잎과 부드러운 순을 끓는 물에 살짝 데쳐 맛있는 묵나물로도 먹었고, 가을에 딴 꽃으로 술을 담가 향기로운 국화주로도 즐겼다. 내가 아는, 지리산 사람인 어느 분은 국화차를 손수 만들어 보내오기도 하는데 그 향은 마셔 보지 않으면 모를 것이다. 국화주는 술로도 그 기능을 다 했으나 가정상비약으로 쓰기 위해 보관하였다고도 한다. 또 있다. 꽃을 말려 베갯속으로 사용하면 머리가 맑아져 단잠을 청할 수 있고, 그 은은한 향도 덤으로 즐길 수 있다.

된서리가 내릴 정도로 날씨가 추워지면 푸른빛이 사라져가는 산야에 하얀 서리를 이고 핀 국화꽃들이 흩날리는 맑고 깨끗한 향기는 손끝이 시릴 정도로 차가운 공기와 만나야 청량감을 더한다. 주위의 풀들이 시들면 갑자기 꽃봉오리를 터뜨려 자신의 존재감을 드러내는 국화꽃은 그래서 오상고절의 대명사라 불리는 것이리라. 이들 들국의 공통점은 하나같이 꽃송이들이 작다는 점이다. 우리가 흔히 기르는 대국이나 왕국보다 더 국화다운 꽃이라 말하면 잘못일까.

MSG 유해 유감

　나는 오래전부터 당뇨병을 앓고 있다. 지금도 한 달에 한 번은 동네병원에 가서 혈당과 혈압 등을 점검하고 약을 먹어 혈당을 조절하고 있다. 문제는 당뇨 환자에게 필수라는 음식 조절이 말처럼 쉽지 않다는 점이다. 어디 그뿐이랴. 좋아하는 커피를 안 마실 수도 없고, 거기다가 술과 담배도 즐기니, 의사로부터 술은 줄이고 금연하라는 긴곡한 충고도 수년째 듣고 있다. 지금까지 당뇨에 좋다는 음식과 약초, 민간비방까지 안 해 본 것이 없을 정도지만 아직은 신통한 처방을 만나지 못하고 있다.

　아내는 커피를 블랙으로 마시게 하고, 음식에는 엠에스지를 넣지 않고 채소 중심에 육류를 멀리하는 등 나름대로 보살펴 주고 있지만, 도통 음식의 맛을 느끼지 못하니 이 무슨 고통이란 말인가. 건강도 건강이지만 맛도 있어야 할 것 아닌가. 먹는 즐거움을 어디에 비기랴.

화학조미료 MSG 많은 음식, '하마−호빵 가족(뚱땡이)' 만든다.

"뷔페"식이 왜 그렇게 맛이 없는지? 조금만 먹어도 배가 불러오는데 왜인지?

중국 음식을 먹고 난 후 불쾌감, 근육 경직, 메스꺼움 등의 증상을 호소

조미료 MSG 과다섭취 실명 · 시력 저하 위험

이런 기사나 방송을 본 적이 있을 것이다. 그러면 과연 이걸 먹어야 하나, 먹지 말아야 하나. MSG로 불리는 글루타민산나트륨은 식품첨가물로 전 세계에서 널리 사용되고 있다. 국제전문기구는 인체 안전기준인 1일 섭취 허용량도 별도로 정하고 있지 않다. 그러나 한국에서는 유해성 논란이 끊이지 않고 있다. 몸에 나쁜 '화학 조미료'라는 부정적인 인식 때문이다. 음식에 아예 넣지 않는 가정도 있고, 음식 전문가와 방송에서는 연일 몸에 나쁘다고 알리면서 누구나 먹으면 큰일 나는 줄 알게 되었다.

1960년대 MSG의 유해설이 제기된 적이 있단다. MSG가 든 중국 음식을 먹으면 목과 등, 팔이 마비되는 듯한 증상을 일으킨다는 것이었다. '중국음식증후군'으로 불린단다. 그러나 아직까지 과학적으로 MSG가 해롭다는 증거는 나오지 않고 있다. 더구나 글루타민산은 단백질을 함유한 유제품이나 육류, 어류, 채소류 등의 식품에 천연으로 들어 있다. 식품 속의 천연 글루타민산과 식품첨가물의 인체 생리적 반응은 같다.

그런데 어느 날, 채널에이의 몸에 좋은 음식을 알리는 프로그램

에서 엠에스지는 절대 넣지 않아야 좋은 식당에 선정되는 것이 잘 못되었다는 방송을 보게 되었다. 엠에스지는 천연 물질이며, 멸치나 다시마 등에 많이 들어 있으며, 사탕수수에서 뽑아낸 것이므로 전혀 해롭지 않고, 세계보건기구에서 따로 규제를 하지 않을 정도로 안심하고 먹어도 된다는 것이었다. 어느 대학 화학 전공 교수는 커피를 마실 때 수십 년째 사카린을 넣어 먹는다면서, 왜 엠에스지가 나쁘다는 것인지 이해할 수 없다고 하는 방송도 보았다.

그래서 나는 요즘 사무실에서 인스턴트긴 하지만 카누 커피에 사카린 몇 알을 넣어 먹고 있다. 누구의 말을 믿어야 할지 모르지만 아무래도 기우에 불과할 거 같아서다.(그런데 내가 가는 병원의 의사선생님은 많이 넣지 말라신다. 사카린도 당이니 과당過糖은 안 좋다면서) 엠에스지가 그렇게 몸에 나쁘다면 벌써 규제를 했을 것이리는 기대심리도 있었을 것이다. 반면에 어릴 때부터 먹어온 것이라 습관화되었을 것이란 불안감도 있지만. 아무튼 이 단맛을 어찌 포기한단 말인가.

인간이 느끼는 기본적인 맛에는 신맛, 쓴맛, 단맛, 짠맛 등 사원미四原味가 있다. 서양에서는 떫은맛과 알칼리맛을 추가해 육미六味라 부르고, 동양에서는 흔히 매운맛을 넣어 오미五味라고 한다. 불교에서는 동양의 오미에 심심한 맛을 추가해 육미를 얘기한다. 또 동양의 오미에는 매운맛 대신 감칠맛을 넣기도 한다. 감칠맛이란 음식을 먹은 뒤에도 남아 있는 맛깔스러운 맛이나 식욕을 돋우는 좋은 맛, 더 먹고 싶은 느낌을 갖게 하는 맛을 일컫는다.

감칠맛은 1908년 일본의 화학자 이케다 기쿠나에 교수가 찾아 내 '우마미(うまみ, umami)'라고 불렀다. umai(맛있다)와 mi(味, 맛)를 조합한 말이다. 제5의 맛인 감칠맛을 일으키는 물질이 바로 아미노산의 하나인 글루타민산나트륨이다. 이듬해 아지노모토(味の素, 맛의 본질이라는 뜻) 회사는 이 물질을 특허 내고 조미료 제조에 이용해 떼돈을 벌었다. 이 기술을 받아들여 우리나라의 제일제당에서 만든 미원과 미풍이 대표적 엠에스지다.

엠에스지도 설탕이나 소금처럼 없어서는 안 되지만 과하면 부작용을 일으킨다는 과학자가 많다. 따라서 무조건 나쁘다고만 하지 말고, 음식점에서는 원하지 않는 사람에겐 엠에스지를 빼고 조리하면 되고, 원하는 사람은 넣어서 조리하면 되리라 생각한다.

식품의약품안전처가 얼마 전 '식품첨가물 안심하세요'라는 소책자를 발간했다고 한다. 과학적인 연구 결과를 토대로 국제적으로 안전성이 입증된 식품첨가물에 대한 국민의 부정적인 인식을 바로잡기 위해서다. 글루타민산나트륨 얘기도 당연히 들어 있다. 그러나 왜곡된 인식은 좀처럼 개선되지 않고 있으니 참으로 이상한 일이다.

갑오년 2월 14일

정월대보름이면 밀양 수산다리 아래 낙동강둑에 동네 아이들이
다 나와 쥐불놀이를 하고, 품이 너른 김해평야 논바닥에선 제액초
복除厄招福을 기원하는 달집태우기가 한창이었다. 달집을 사를 때
묵은 액을 씻고 건강과 풍요를 기원하는 내용을 소망지에 적어 태
우면, 김해 진영 쪽 하늘에 휘영청 밝은 달이 둥근 희망을 담고
떠 올랐다.

달집태우기는 많은 지역에서 행하는 정월의 행사였다. 정월대보
름은 음력을 사용하는 전통 농경사회에서는 각별한 의미를 지닌
절기이며 풍요를 기원하는 날이다. 이날 사람들은 호두나 잣 등의
부럼과 귀밝이술, 나물, 오곡밥, 약밥 등을 먹으며 풍년을 기원하
고 액운을 쫓는다. 쥐불놀이, 연날리기, 다리밟기, 줄다리기 등도
빼놓을 수 없는 큰 풍습이다.

올해는 때마침 2월 14일이 정월대보름이라 양것(?)들의 행사인
발렌타인데이와 겹친다. 1995년 이후 19년 만이다. 사랑 고백과

함께 초콜릿을 전하는 밸런타인데이로 더 친숙한 젊은이들을 나무랄 생각은 없다. 위키백과에 따르면 '밸런타인데이는 초콜릿 주는 날'이란 광고는 1936년 일본 고베의 한 제과업체에서 처음 나왔다고 한다. 밸런타인데이가 초콜릿 판매를 위한 국적 없는 기념일이란 비판이 적지 않지만 그래도 엄연한 현실로 자리한 것은 부정할 수 없다. 다만 공동체의 유대보다는 개인의 말초적 유희에 탐닉하는 세태만 추억으로 기억될까 우려할 뿐이다.

특히 104년 전인 1910년 이 날, 이토 히로부미를 처단한 안중근 의사가 사형선고를 받았으니 그 의미를 되새겨야 한다면서 '안중근데이'로 바꿔야 한다는 의견도 많다. 지난달 중국 하얼빈역에 '안중근 의사 기념관'이 생긴 이후 안 의사에 대한 관심이 높아진 덕분이지 싶다만, 사실 나도 모르고 있었기에 부끄럽기 그지없다.

지난해 세간을 시끄럽게 했던 고교 한국사 교과서 8종은 안 의사에 대해, 단 한 문장에 그친 교과서가 다섯 종이나 됐다고 한다. 그것도 '안 의사가 이토 히로부미를 응징했다'는 기초적 사실 정도란다. 오늘날 학생 대다수가 2월 14일을 초콜릿 주고받는 날로만 알고 있는 데는 어른들 책임이 크다. 정말 부끄럽다.

그러나 생각 있는 젊은이들도 많은 모양이다. SNS에선 이날을 '보름타인데이'나 '부럼타인데이'로 부르자는 의견이 많은 호응을 얻어 호두나 땅콩을 넣은 '셸 초콜릿'이 인기라고 한다.

세상은 변하고 있다. 우리에게 희망은 있다.

두려운 자리

몇 년 전부터 진해문인협회 회장을 맡아달라는 이야기가 있었다. 그분들이야 내가 몇 십 년을 진해문협과 함께 해왔으니 인사치레로 하신 말씀이겠지만, 듣는 나는 두려울 수밖에 없었다. 진해문협은 돌아가신 방창갑 시인, 황선하 시인과, 지금은 경남대 교수로 있는 정일근 시인이 나와 함께 만들고, 고 김정환 아동문학가와 둘이서 '진해문학'지를 창간하면서 지금에 이르고 있다. 그동안 진해문협의 숱한 우여곡절을 겪어온 나로서는, 개성이 강한 문인들의 처세를 지켜봐 온 나로서는, 자리 앞에서는 인연이나 정의가 아무 소용이 없다는 것을 몇 번이나 봐온 나로서는 어찌 두려운 마음이 들지 않겠는가.

문청 시절부터 문학은 여기餘技로 하는 것이 아니라는 믿음을 가슴에 품었던 내가 진해문협의 많은 회원 분들을 보면서 자꾸만 자신이 없어져 모임에도 잘 나가지 않게 된 연유가 여기에 있다. 무엇이 나를 가르치며, 깨우치게 하며, 공부하게 하는가. 이를 말할 수 없다면 문협이 무슨 소용이람. 이런 생각만 가득해져 단체 활동이 소원해지고 말았다. 그렇다고 회원들에게 무슨 감정이 있다는 것은 전혀 아니다.

교사인 나는 진실로 가르치면 진실로 배운다는 교육적 믿음을 갖고 있다. 허점투성이인 내가 평생을 교직에 있을 수 있었던 것도, 바른 타협이 아니면 가지 않으려 애썼고, 가르치는 아이 하나라도 사람답게 키워보려고 힘써 왔기 때문이 아닐까. 낙오자 없이 함께하는 교육, 열정적 교육 앞에서는 아무리 게으른 학생들이라도 진지한 자세로 배움에 매진할 수 있다는 믿음을 버리지 않는다. 가르친다는 것은 다만 희망을 말하는 것이라고 했던가. 희망이 없으면 목표가 없고 그리되면 스스로 깨달음이 없게 된다. 좋은 게 좋은 것이라며 즐겁게 살 수도 있을 것이다. 그러나 마음만은 언제나 옳은 게 좋은 것이라 생각하며 살고 싶다.

15세기 말 명나라 진헌장이 '白沙子'에서 말했다. 배고프면 밥 먹고, 목 마르면 마신다. 가난하고 천하면 부귀를 사모하고, 부귀로워지면 권세를 탐한다. 궁하면 못하는 짓이 없고, 즐거우면 음란해진다. 온갖 짓을 온통 본능에만 따르다 늙어 죽은 뒤에야 그만둔다. 이런 것을 일러 짐승이라 해도 괜찮다고.

아이가 몽둥이를 쥐면 사람을 함부로 때리고, 소인이 권력을 잡으면 사람을 마구 해친다는 성대중의 말도 있다.

나는 천생 소인이다. 작은 단체의 장(長)도 맡기가 두렵다. 세상

만사가 언제나 치세와 난세가 어울려 돌아가니, 하나같이 내세울 게 없는 내가 어찌 다른 사람들 앞에 나설 수가 있겠는가.

이익을 좇아 살지 말고, 정의와 사랑을 좇아 살고 싶은 것은 나만의 생각은 아닐 것이다. 다만 실천이 어려울 뿐. 그러나 죽는 날까지 애쓰며 살고 싶다.

아름답게 낡은 사람, 아름답게 늙은 사람.

오래된 것들은 다 아름답다

시간은 모든 것을 쓸어가는 비바람
젊은 미인의 살결도 젊은 열정의 가슴도
무자비하게 쓸어내리는 심판자이지만

시간은 아름다움을 빚어내는 거장의 손길
하늘은 자신이 특별히 사랑하는 자를
시련의 시간을 통해 단련시키듯
시간을 견뎌낸 것들은 빛나는 얼굴이 살아있다

오랜 시간을 순명하며 살아나온 것
시류를 거슬러 정직하게 낡아진 것
낡아짐으로 꾸준히 새로워지는 것

오래된 것들은 다 아름답다

저기 낡은 벽돌과 갈라진 시멘트는
어디선가 날아온 풀씨와 이끼의 집이 되고
빛바래고 삭아진 저 플라스틱마저
은은한 색감으로 깊어지고 있다

해와 달의 손길로 닦아지고
비바람과 눈보라가 쓸어내려준
순해지고 겸손해지고 깊어진 것들은
자기 안의 숨은 얼굴을 드러내는
치열한 묵언정진默言精進 중

자기 시대의 풍상을 온몸에 새겨가며
옳은 길을 오래오래 걸어나가는 사람
숱한 시련과 고군분투를 통해
걷다가 쓰러져 새로운 꿈이 되는 사람

오래된 것들은 다 아름답다
　　- 박노해 시집 〈그러니 그대 사라지지 말아라〉 중에서

은둔의 역설

　해인사 소리길을 걸었다. 올레길이니 둘레길이니 할 때 따라 지은 이름인 것 같다. 원래 이 길은 홍류동천紅流洞天 십 리 길이었는데, 감추어진 길에서 드러난 길로 바뀌었다. 세월이 흘러서 세상이 바뀐 것이다. '홍류'란 봄 진달래, 가을 단풍을 감상하는 곳을 일컫는다. 소리길이란 그 풍경에다 물소리와 바람 소리가 함께 하는 길이란 의미란다. 눈은 물론 귀까지 호사를 누리라는 뜻이리라. 과거와 현재, 눈과 귀를 모두 만족시키는 명품길이란 안내가 보인다.

　하긴 둘레길, 소리길 걷는다고 해서 한 벌에 수십만 원짜리 형형색색의 아웃도어를 입고 나선 대한민국의 선남선녀들이 특별한 가치를 발견하기는 쉽지 않겠지만, 이런 길 걷기는 속도의 시대에 찌든 요즘 사람들에게 나름대로 의미가 있을 것이다.

　소리길 중간쯤이나 될까. 농산정籠山亭이다. 안내글을 보니 신라 말기에 최치원 선생이 은둔하였다는 곳이다. 당시에는 아마 첩첩

산중이었을 이곳이 오늘날에는 이렇게 선뜻 가 닿을 수 있는 곳이
되었다. 깊은 산세와 수목에 가렸지만 웬만한 노출보다 더한 곳이
되어버렸다. 감출수록 드러난다는 은둔의 아이러니랄까.

狂噴(奔)疊石吼重巒(광분첩석후중만)
人語難分咫尺間(인어난분지척간)
常恐是非聲到耳(상공시비성도이)
故敎流水盡籠山(고교류수진롱산)

첩첩 바위 사이를 미친 듯 달려 겹겹 봉우리 울리니,
지척에서 하는 말소리도 분간키 어려워라.
늘 시비是非하는 소리 귀에 들릴세라,
짐짓 흐르는 물로 온 산을 둘러버렸다네.

고운 선생의 제가야산독서당題伽倻山讀書堂이다. 천지의 기운이 막
히면 현인들은 숨는다는 주역의 말이 떠오른다. 고운孤雲선생의 뜻
과 의지가 느껴지는 것 같아 한순간 숙연해짐을 어쩌지 못하였다.
감춘 것은 당사자의 의지라지만 들춰내는 것은 제 삼자의 뜻이니
누구의 잘잘못이라고 말하기 어렵다. '퇴계'(이황)나 퇴옹(성철)은
결코 신비주의를 의도한 은둔이 아니었지만, 현대에 와서 재해석
되니 반전도 이런 반전이 없다.

문득 하늘을 보니 외로운 구름 하나가 높이 떠 있다. 나도 모두 다 버리고 숨어버리는 야은野隱까지는 안 되더라도 소극적 은둔인 이은吏隱까지는 하고 싶다.

그런데 바위 곳곳에 이름을 새겨 놓은 못난 사람들은 도대체 어떤 위인일까. 건너편에 민박집이 보인다. 저곳에 며칠 누우면 은둔의 냄새나마 맡을 수 있을까. 기와집이 멋쩍다.

입맛 살맛

　나는 어릴 때부터 입 까다롭기로 집안에서 이름이 났다. 김치는 물론이요, 날달걀과 돼지고기도 먹질 않았고, 생선도 갈치와 고등어 정도, 그것도 구이로 해야 먹었으니, 안 그래도 어려운 시절이라 눈총 많이 맞았다. 나중에 머리가 커서는 김치든 뭐든 대체로 잘 먹게 되었지만, 위로 형이 둘이요 누나가 둘이었으니, 부모님은 차치하고라도 형과 누나들에게 지청구 많이 듣고 자랐다. 그래선지 마른버짐이 핀 비쩍 마른 아이였다. 장년의 나를 만난 사람들은 어릴 때 별명이 '빼빼장구'였다는 말을 여전히 믿지 않지만. 가난한 시절에 편식까지 해서 잘 먹지 못했으니 오죽했으랴.

　그러나 나는 지금도 아무거나 막 먹고 살 필요는 없다고 생각하는 사람이다. 먹고 싶고, 먹어서 맛있는 것만 먹고 살아도 다 못 먹는 세상인데, 왜 이것저것 닥치는 대로 먹어야 하나. 예전에야 형편이 어려우니 반찬 투정하지 말고 차려주는 대로 먹는 게 미덕이었지만 지금은 아니지 않는가. 그래서 맛없는 식당은 절대 두 번 안 간다.

나는 육고기보다는 생선요리를 좋아한다. 물론 소고기 육회나 안창살, 안거미, 치마살 구이 같은 것은 한 번씩 즐기기도 하지만 생선요리에는 미치지 못한다. 겨울철이면 가리비, 키조개, 백합 등 각종 조개회를 즐길 정도로 나는 수산물이 좋다. 닭과 오리 한방 백숙 같은 요리도 한맛 하지만 담백하고 깔끔한 생선의 맛에 비기랴. 또 건강에도 좋으니.

정월에는 담백한 삼치회나 구이가 좋다. 물메기 요리도 한맛 한다. 큰 거 한 마리 골라서 반 토막은 회무침으로, 대가리를 포함한 나머지는 탕으로 끓이면 좋다. 물론 요즘은 귀해서 잘 먹지 못하는 볼락구이가 있다면 더욱 좋고. 참, 복어도 빼 놓으면 섭섭하다. 한동안 중국산 냉동 복어가 많았지만, 지금은 생복을 쓰는 가게가 많아 참맛을 느낄 수 있다. 다만 비싸서 그렇지.

이월에는 뭐니 뭐니 해도 대구요리 아닌가. 뭐, 찬 바람이 불면 시작되는 대구철이기도 하다. 대구회도 살이 깊어 씹는 맛을 느낄 수 있지만 아무래도 대구는 맑게 끓여낸 탕이 제격이다. 가격이 만만찮아 횟집 요리는 자주 먹질 못하지만 경화장날 커다란 놈 한 마리 사다가 마누라 손맛을 더해 끓여 먹는 맛 또한 심심찮다. 대구나 물메기 남은 놈은 내장을 손질해서 빨랫줄이나 베란다에 걸어서 말려 놓으면 두고두고 먹을 수 있다. 어디 먼 곳에 지인이나 어르신이 계신다면 두어 마리 택배로 보내드려도 좋고.

삼월에는 도다리다. 봄 도다리 가을 전어라 하지 않는가. 이즈음의 도다리는 뼈가 순해 뼈째 썰어 먹는 일명 새꼬시가 맛있다. 오월쯤 되면 뼈가 단단해져 새꼬시는 어려워진다. 이때는 중도다리를 살만 포를 떠서 먹으면 파르스름한 도다리살맛이 또 어깨를 떨게 한다. 도다리쑥국과 도다리미역국도 일미다. 가끔 입맛이 떨어지는 점심시간이면 내가 근무하는 경화동에서 속천까지, 도다리미역국 먹으러 거제횟집까지 가는 일도 있었으니까.

사월에는 간자미와 숭어다. 그런데 창원 지역은 싱싱한 간자미 먹기가 쉽지 않다. 부산 자갈치까지 나가거나, 마산어시장에 가면 비교적 싱싱한 놈으로 맛볼 수 있지만 아무래도 진해는 숭어가 봄맛 중 하나다. 지금은 용원에서 그물로 많이 잡지만 진해는 수치(STX조선이 있는 곳)에 숭어막이 있었다. 좀 부풀려서 말하면 한창 많이 잡힐 때 용원어판장에서는 숭어 한 마리에 삼백 원이면 샀다. 고깃값보다 장만하는 비용과 양념값이 더 많이 들었으니까. 발갛게 물이 오른 숭어살을 초장에 듬뿍 찍어 먹어야 제 맛이다. 나는 숭어가 쌀 때 몇 마리 포를 떠서 랩을 감아 냉동실에 넣어 얼려 둔다. 나중에 얇게 썰어 술안주로 먹으면 또 다른 맛이니까. 이건 아마 일식 재료점에서 구한 훈제연어를 얼려두었다가 먹던 버릇에서 시작된 것이리라.

오월에는 홍어가 좋다만 쉽게 먹을 수가 없다. 그렇다고 먹을 게 없을까. 장어구이가 있다. 하긴 일 년 내내 먹는다고 누가 뭐라 할 사람 없지만, 장어는 여름 아닌가. 일본말로 아나고라 부르는 붕장어 구이가 편하지만, 가끔 갯장어, 일본명 하모 샤브샤브가 맛으로 치면 대감격이다. 전라도 여수나 가까운 고성에 가면 전문점이 많지만 진해나 창원에는 드물다. 나는 단골 횟집에 가서 해달라고 떼를 써 먹는다.

유월에는 병어가 좋지만 거의 냉동뿐이다. 그것도 귀하기만 하고, 칠팔월에는 민어가 최고지만 전라도까지 가야 맛을 볼 수 있다. 목포까지는 그렇다 해도 최소한 여수까지는 가야 회부터 부위별 맛을 볼 수 있으니, 한 마리에 백만 원 남짓이라는 가격도 문제지만, 시간과 동무를 구하기도 어려워 올해는 가보지 못했으니 당연히 맛도 못 봤다.

구시월엔 전어, 통영의 열기다. 전어야 새꼬시도, 포를 뜬 회도, 석쇠에 왕소금 철철 뿌려 먹는 구이도 다 맛있다. 전어 마니아들은 일명 통전어를 즐긴다. 비늘을 치고 대가리를 잘라내고 내장을 발라낸 전어를 듬성듬성 썰어낸 약식 통전어와 비늘만 긁어내고 아예 통째로 썰어낸 통전어 말이다. 흔히 몬도가네식 전어 먹기라 부르는 이 맛을 나는 아직 모른다. 피가 흐르는 생선을 내장째 우걱우걱 씹기가 좀 그래서다. 전어철이 되면 값이 비싼 것은 둘째

치고라도 횟집마다 자리 잡기가 어려울 정도다. 그래서 사람들은 어판장이나 중앙시장 지하 회센터에 가서 킬로그램 단위로 사다가 직접 해 먹거나 초장집에 가는 경우가 많으나 게으른 나는 그런 수고를 하지 않는다.

열기는 볼락의 일종인데 회도 삼삼하지만 구이가 일품이다. 통영 정도는 가야 값싸게, 푸짐하게 먹을 수 있지만 진해에서는 귀한 생선이다. 이전에는 포장마차에서 더러 맛볼 수 있었지만, 지금은 실내포차에 가도 어쩌다 한번 맛볼 수 있다. 언젠가 볼락 낚시를 가서 보았던 손맛을 아직 잊지는 못하고 있지만, 점점 우리 바다도 온대성을 띠는지 생선의 가짓수가 줄어드니 나 같은 해산물 마니아들은 안타깝기 그지없다.

동지섣달에는 제주 모슬포에 가면 좋다. 방어가 있기 때문이다. 묵은김치에 싸 먹는 방어회맛을 모르고 어찌 주당이라 하겠는가. 제주에는 그 유명한 다금바리가 있지만 아무나 아무 때나 먹을 수가 없으니 어쩌겠는가. 나도 이십여 년 전에 딱 한 번 먹어보고 지금까지 보지도 못했으니. 이왕 제주 이야기가 나왔으니 하나만 더. 자리돔 물회다. 뼈째 썰어 씹기가 좀 그렇지만 씹을수록 구수한 맛을 내니 어찌 참겠는가. 나는 제주에 가면 점심은 주로 이것으로 하고, 저녁에는 제주시나 서귀포 시내 시장에 가서 허름하지만 깨끗한 식당을 찾는다. 그런 집이 참맛이라는 건 누구나 알잖는가. 갈치회에 고등어회를 시켜 소주와 먹는 맛이란. 저녁밥은 건너뛰어도 무방하다. 아, 작년에 갔던 욕지도 고등어회도 생각나네. 통영행 배 타기 직전 한 마리 만 원 주고 급하게 먹었던 그 고등어회맛.

입맛이 있어야 살맛도 있다. 맛있는 만남도 있다. 수많은 만남과 이별이 반복되는 삶에 맛난 만남이 없을 건가. 그러나 그것도 고장난명孤掌難鳴이라고 내가 느끼지 않고서는 알 수가 없다. 정말 맛있는 만남이었는데도 불구하고 지나쳐버린 만남은 얼마나 많았을까. 나이 들수록 더더욱 마음공부가 간절해진다. 나와 인연을 맺은 그 어떤 만남도 내게 허술하거나 의미 없는 것은 없었을 테니 말이다.

할매국수

    나는 면요리를 좋아한다. 경화시장통 국숫집의 시원한 콩국수, 물국수, 얼큰한 비빔국수, 겨울이면 뜨끈한 팥칼국수, 해물을 잔뜩 넣어 칼칼하고 시원한 해물칼국수, 일본식 소바, 메밀국수 전문점의 메밀국수, 강원도 막국수, 면발이 어린아이 손가락만한 우동을 좋아한다.

    거기다가 중국집의 짜장면이나 짬뽕도 빼놓을 수 없다. 건강상의 이유로 아내로부터 잔소리를 들으면서도 일주일에 한 번 정도는 먹어야 직성이 풀리는 라면은 말할 것도 없다.

    요즘 시내 곳곳에 국숫집이 생겼다. 음식 장사하기가 다른 것에 비해 수월하기 때문이리라. 그러나 내 생각은 좀 다르다. 국수라고 쉽게 생각했다간 얼마 안 가 간판을 내려야 할 테니까. 사람들 입맛 까다롭기가 어디 예전과 같은가 말이다. 그 집만의 특별한 맛이 없으면 금방 외면당하고 말 것이다.

내가 처음 할매집에 간 것은 아마 십여 년 전이었을 것이다. 입맛이 없어 집밥 대신 외식거리를 찾는 내게 아내가 괜찮은 비빔국수가 있다며 데리고 간 곳이다. 진해구 중원로터리에서 공설운동장 가는 길로 들어가 문화의 거리를 지나면, 오른쪽에 정말 작고 허름한 가게 하나가 있다. 가정집을 겸한 조그만 집, 세간으로 보아서는 할머니 혼자 사시는 것 같았다. 간판도 없고(따라서 할매집이 아니다. 다만 내가 편의상 부르는 이름일 뿐), 홀에는 작은 탁자가 두 개, 방엔 상이 세 개뿐인 아주 작은 국숫집이다. 하긴 할머니 혼자 가게를 꾸리니 아주 알맞다 싶기도 했다. 메뉴는 단 두 개뿐. 물국수 4,000원, 비빔국수 4,500원.

그래서 점심시간엔 일찍 가지 않으면 맛볼 수가 없다. 준비한 재료가 떨어지기 때문이다. 저녁엔 거의 장사를 하지 않는다. 욕심내지 않고, 준비한 재료가 다 팔리면 문을 닫기 때문이다. 실제로 나는 이 집에 국수를 먹으러 가서 그냥 돌아온 경우가 더 많았다.

나중에 알고 보니, 인근의 케이티진해지사, 우체국 등의 직원은 물론 오랜 단골들이 미리 찜을 해놓기 때문에 늦게 가면 자리 잡기도 어렵고, 그렇다고 점심때가 지나서 가면 재료가 떨어져 허탕을 치기 때문이다. 그렇다고 예약이 가능한 것도 아니고.

손님이 주문하면 바로 센 불에 국수를 삶는다. 면을 걷어 올려 찬물에 씻어 물기를 짜 그릇에 담는다. 여기까진 여느 국숫집과 같다. 여기에 비법(?)이 들어간다. 내가 알기론 좋은 재료에 양념을 더한 할머니의 손맛뿐이다. 그거면 충분하지 않은가.

아무튼 나는 이 집에 가면 주로 비빔국수를 먹는다. 평소 매운 음식을 좋아하지 않기에 비빔면은 가까이하지 않았는데, 우연히 먹어본 할매표 비빔국수는 왠지 당기는 맛이었다. 많이 맵지도 않아서 견딜 만한데다, 다 먹고 나면 약간 얼얼한 매운맛이 묘한 여운을 준다. 또 진한 국물(뭘로 우렸는지 자세히는 모른다. 정말 시원하다)을 따로 한 그릇씩 주면서 여분의 면을 함께 줘 물국수맛도 보게 해주는 마음 씀씀이가 할매다워 좋았다. 사실 성인 남자에게 국수 한 그릇으로는 좀 모자라지 않은가. 할머니가 눈대중으로 삶는다. 청년들은 좀 많게, 아가씨는 좀 적게. 곱빼기는 메뉴에 아예 없다. 무엇이든 모자라면 더 준다. 값도 싸다.

할매국수는 할머니의 오랜 손맛과 친근함, 수익만을 따지지 않는 마음이 어우러져 꽤 괜찮은 맛을 엮어내고 있는 것은 아닐까.

사는 일은
밥처럼 물리지 않는 것이라지만

때로는 허름한 식당에서
어머니 같은 여자가 끓여주는
국수가 먹고 싶다

삶의 모서리에 마음을 다치고
길거리에 나서면
고향 장거리 길로 소 팔고 돌아오는
뒷모습이 허전한 사람들과
국수가 먹고 싶다

세상은 큰 잔칫집 같아도
어느 곳에선가
늘 울고 싶은 사람들이 있어

마음의 문들은 닫히고
어둠이 허기 같은 저녁
눈물자국 대문에
속이 훤히 들여다보이는 사람들과
따뜻한 국수가 먹고 싶다

　　　　　– 이상국, '국수가 먹고 싶다' 전문

수우당 수필선 003

牟山漫筆 2

2021년 7월 30일 초판 인쇄

지은이 | 이월춘
펴낸이 | 서정모
펴낸곳 | 도서출판 수우당
주 소 | 51516 창원시 성산구 외동반림로 126번길 50
전 화 | 055-263-7365
팩 스 | 055-283-8365
이메일 | dlp1482@hanmail.net
출판등록 | 제567-2018-7호(2018.2.12)

ISBN 979-11-972259-6-3-03810

값 13,000원

＊이 책은 ▣경남문화예술진흥원의 문화예술지원을 보조받아 발간되었습니다.
＊잘못된 책은 바꾸어 드립니다.
＊저자와 협의하여 인지를 붙이지 않습니다.